Poéticas afro-brasileiras

Organizadoras: Maria do Carmo Lanna Figueiredo
Maria Nazareth Soares Fonseca

Poéticas afro-brasileiras

2ª edição

MAZA edições

EDITORA PUCMINAS

2ª edição – 2012

Coordenação editorial
Cláudia Teles

Capa
é design

Diagramação
Pablo Guimarães

Revisão
Virgínia Mata Machado

P745 Poéticas afro-brasileiras / organizadoras : Maria do Carmo Lanna Figueiredo, Maria Nazareth Soares Fonseca. – 2. ed. – Belo Horizonte: Mazza; PUC Minas, 2012.

260 p.

1. Literatura brasileira – História e crítica. 2. Negros na literatura. I. Figueiredo, Maria do Carmo Lanna. II. Fonseca, Maria Nazareth Soares. III. Pontifícia Universidade Católica de Minas Gerais. IV. Título.

CDD: B869.09

Editora PUCMinas
Rua Dom Lúcio Antunes, 180 – Coração Eucarístico
30535-630 Belo Horizonte – MG
Tel.: (31) 3319-9904 • *e-mail:* divulgacao@pucminas.br

Mazza Edições Ltda.
Rua Bragança, 101 – Bairro Pompeia
30280-410 Belo Horizonte – MG
Telefax: (31) 3481-0591 • *e-mail:* edmazza@uai.com.br

Para Lídia Avelar Estanislau,
a nossa homenagem.

Sumário

Introdução

Em artigo para o jornal *Estado de Minas*, do qual é colaborador aos domingos, Affonso Romano de Sant'Anna narra o dilema de um embaixador brasileiro que, ao tentar explicar a um colega americano o paradoxo de nossa democracia racial não contar com embaixadores negros em seus quadros, pondera que o Brasil também não possui embaixadores brancos. Debaixo da fina ironia (machadiana?) tanto do embaixador quanto do colunista, pode-se observar um dos aspectos mais sensíveis da manifestação brasileira relativa aos mestiços e, principalmente, aos afrodescendentes. Difícil de conceituar, esse viés cultural caracteriza-se por enfeitar-se com uma sempre movente capa de camaleão esperto, cuidando de alterar suas cores de acordo com a ocasião.

Na fala do cronista, expõem-se estratégias que disfarçam os conflitos reguladores da visibilidade e invisibilidade do negro numa sociedade que, dizendo-se mestiça, ainda lida mal com a cor que tem. O camaleão esperto camufla o olhar corrente sobre determinadas marcas que valorizam ou desvalorizam o indivíduo, mas retraça o círculo de giz que o aprisiona na cor de sua pele. Embora Sant'Anna deseje afirmar o caráter mestiço do país pelo contraponto estabelecido com a observação de que "o Brasil não possui embaixadores brancos", também explicita o fato de que a cor da pele se faz parâmetro para mensurar os padrões que a cultura legitima. A cor, associada a outros dados como classe social, nível de escolaridade e inclusão ou exclusão do indivíduo em determinados segmentos sociais, produz diferentes imagens que circulam em diferentes espaços da cultura brasileira, mesmo naqueles em que há predominância acentuada de negros e de mestiços. No Brasil, a caracterização do indivíduo como negro ou não negro é tarefa complexa, pelo grande número de tipos existentes. O mestiço que apresenta características negróides leves e posição social elevada é geralmente visto como branco. Se suas características negróides leves acompanham uma posição social baixa, é negro. A dicotomia negro/não negro torna-se insuficiente, pois, para expressar a variedade e a riqueza participantes da constituição sociocultural brasileira.

Estar atento a essa variedade pode ajudar-nos a melhor compreender os modos como a cultura brasileira enfrenta o "espetáculo de cores" característico da diversidade de seu povo. E também como são vistos nesse mosaico os negros e os mestiços. O grau de visibilidade ou de invisibilidade do indivíduo depende de condições que a cultura valoriza ou deprecia e pode produzir uma relação perversa deste consigo mesmo.

Uma história que se constrói a partir da pretensa "inferioridade natural" dos povos africanos e, por extensão, das culturas que se formaram com a presença dos escravos negros, é responsável pela produção de estereótipos negativos e preconceitos que estendem aos afrodescendentes os critérios de valor e hierarquias herdados do sistema simbólico e ideológico da escravidão. Como consequência, a questão de raça/etnia estabelece as estratégias de inclusão e de exclusão de grupos e define as políticas públicas relativas àqueles que, embora brasileiros, continuam a ser (des)valorizados pelos traços que revelam a herança africana. Esse modo complexo de lidar com a cor e com os traços que imprimem no corpo estigmas de hostilidade e vergonha pode ser vislumbrado como um mecanismo que leva os indivíduos a assumir comportamentos condizentes com a "orientação neurótica" do meio em que vivem.[1] Alguns sintomas dessa doença social acham-se na raiz de um processo de autodesvalorização que atinge grande parte da população mais pobre do Brasil e, em maior escala, os indivíduos marcados pela cor da pele. Mas são também essas marcas que, ao longo da história, vêm incentivando atitudes de enfrentamento da ordem social excludente, fortalecendo mecanismos de ajustamento àqueles por ela marginalizados.

Nessa discussão, a literatura tem-se mostrado como um importante lugar de denúncia e resistência dos negros, associando-se a movimentos como o "Renascimento Negro", nos Estados Unidos, no qual se destacam os nomes de Du Bois e Langston Hughes, ou o da "Négritude", em que sobressaem o martiniquense Aimé Césaire, o guianense Leon Damas e o senegalês Léopold Sédar Senghor, incentivadores de uma consciência crítica que sustentou a reação do negro contra o racismo colonial. Apesar do caráter essencialista de tais movimentos, principalmente o da "Négritude", não se pode deixar de reconhecer que, em sua esteira, fortaleceu-se uma produção teórica e literária bastante significativa. No processo de conscientização do negro sobre as questões específicas do lugar em que se coloca no mundo pós-colonial, a literatura que se autodenominou "negra" destaca-se como espaço de eficiente resistência.

À motivação da "palavra transgressora" respondem os versos de antologias estrangeiras e brasileiras que acolhem os modos como os negros se vêem num mundo dividido em vencedores e vencidos, em senhores/patrões e escravos/operários.

---

[1] Sobre essa questão ver Fanon, Frantz. De la violence. In: *Les damnés de la terre* (1991).

Nesse tipo de literatura, com frequência, as imagens de África e de africanidade perpassam os versos dos poemas e aí inserem marcas de um ideal a se conquistar. Resistindo a teorias que, afirmando a superioridade dos brancos e a inferioridade dos negros, comprovaram essa diferença com discursos legalizadores da missão colonialista, a chamada literatura negra valorizou a conquista empreendida pelos movimentos de afirmação dos direitos dos negros a serem reconhecidos como cidadãos nos espaços colonizados. Os mesmos movimentos se fortalecem com a redescoberta das culturas africanas e de traços de uma história que ficou esquecida.

Édouard Glissant, da Martinica, discute os modos como a valorização da herança africana se dá nos espaços do Novo Mundo, interpretando-a através dos conceitos de *retour* e *détour*. O primeiro simboliza uma volta às origens e identifica-se com as descobertas, no campo da Antropologia e da Paleontologia, que fazem da África o berço da humanidade. O segundo, o *détour*, valoriza a presença africana em territórios externos ao continente e os traços dessa presença nas culturas do Novo Mundo, que sobressaem nos processos de metamorfose e hibridação característicos das culturas mestiças. De algum modo, é possível perceber os movimentos aludidos por Glissant imbricados em expressões que, fora da África, procuram nomear a arte – incluindo a literatura – e as religiões que têm relação com as culturas e com os rituais africanos. Em *A poética da relação* (1990), Glissant retoma a questão das identidades afrodescendentes, percebendo-as numa construção em rede, rizomática, que reforça as interrelações culturais típicas das culturas colonizadas. A metáfora do rizoma minimiza a simbologia do enraizamento e insiste nos deslocamentos em direção ao outro, nas ligações e nos contatos intra e interculturais: "É com a imagem do rizoma que se pode descrever a identidade, que não se relaciona com raiz, mas com a relação" (Glissant, 1990, p. 31). Nessas relações, a presença da África está celebrada em importantes momentos da cultura latino-americana, como um traço da nossa "impureza".[2]

Significantes dessa "impureza" mostram-se, por exemplo, nos quadros híbridos do pintor cubano Wifredo Lam, nos quais o entrecruzamento entre as heranças *criollas*, a tradição europeia e o forte apelo à cultura negra convive com elementos do ideário surrealista. Deixando aflorar, em sua pintura, o componente africano, o pintor lhe dá uma dimensão que ultrapassa tanto os estratos populares negro-cubanos, como a ruptura surrealista de que frequentemente se vale. A "impureza", característica da "nossa América mestiça", mostra-se também nas sonoras criações afro-cubanas de Nicolás Guillén, evidentes em poemas de *Motivos de son* (1930) e em outros de *Sóngoro cosongo* (1931), quando reelaboram os elementos do substrato africano, evidentes na cultura de Cuba, e a tradição europeia. Os "versos mulatos" de Guillén moldam-se no uso do espanhol que absorve os cantos e falas da massa de escravos, os pregões de rua, as inúmeras adaptações que se foram incrustando na língua europeia transportada para a ilha.

Os africanos Francisco Tenreiro e Mário Pinto de Andrade, organizadores da *Antologia da poesia negra de expressão portuguesa*, publicada em Lisboa em 1953, consideram a experiência poética de Guillén como "a voz mais alta da negritude de expressão hispano-americana". As misturas visíveis nos versos de Guillén não impedem a intenção de Andrade e Tenreiro de celebrar o canto negro de uma África que se quer livre das correntes do colonialismo português. As imagens de raiz única e o colo generoso da Mãe África se afirmam, paradoxalmente, a partir de uma

---

[2] Estamos tomando o vocábulo com a intenção de valorizar as metamorfoses culturais que se produziram com o legado africano em diferentes espaços da América Latina. Uma análise mais pormenorizada do conceito pode ser encontrada no artigo "Identidades de fronteiras: escrituras híbridas". In: *Revista Itinerários*, revista de literatura. n. 15/16. 2000/2001. p. 109-120.

poética que celebra as misturas, as relações interculturais. A atitude essencialista ameniza-se com o fato de que, na publicação de Andrade e Tenreiro, como na própria "Négritude", os valores do mundo negro-africano se expressam em língua europeia. É, portanto, no âmbito desse paradoxo que expressões como "literatura negra" e "literatura afro" se afirmam. Os conflitos aí contidos mostram-se nos títulos de muitas antologias brasileiras, como na *Antologia contemporânea de poesia negra brasileira* (1982), de Paulo Colina, *Poesia negra no modernismo brasileiro* (1988), de Benedita Gouveia Damasceno, *Antologia negra brasileira* (1992), de Zilá Bernd, mas principalmente nos *Cadernos Negros* que, depois de algum tempo, passaram a se denominar *Cadernos Negros*: contos afro-brasileiros e *Cadernos Negros*: poemas afro-brasileiros. Em muitos textos do volume ora apresentado, a questão da nomeação da produção de negros e mestiços, no Brasil, está presente sem que se tenha a preocupação de fechar a discussão na escolha de um nome. As dúvidas quanto à melhor definição de uma poética que se relaciona com as questões de raça/etnia fazem parte de um processo significativo e importante que tem, na literatura, um terreno fértil de expressão.

No volume *Poesia negra no modernismo brasileiro* (1988), por exemplo, Benedita Gouveia Damasceno destaca a dificuldade de definir "quem é negro no Brasil", país que, por sua miscigenação étnica e cultural, incorporou "crenças, línguas e hábitos" da cultura negra, fator que acentua "a consciência de uma unidade nacional, independente de raças" (p. 63).

Sob determinado aspecto, tal constatação da autora ressalta um sentido positivo, na medida em que permite ao brasileiro reconectar-se com parte da sua história que lhe tem sido sonegada – as "matrizes" culturais africanas às quais todos estão submetidos, mesmo aqueles que as renegam. Nesse sentido, valoriza-se o reconhecimento de que os brasileiros receberam forte influência africana, independentemente de sua origem etnoracial.

Pode-se considerar, no entanto, que essa mesma particularidade, uma vez mais, será vantajoso abrigo para acolher o esperto camaleão que, ao metamorfosear o problema racial, assim escapa da dificuldade de enfrentá-lo, em razão da suposta ideia de ele não existir. A indiferenciação do elemento africano, quando incluído na categoria de brasileiro, aponta também para uma recusa da identidade negra, seja na aceitação da cor, seja no protesto. Tal recusa gera sofrida angústia: não sabendo quem é, o afrodescendente não consegue elaborar uma imagem positiva de si mesmo.

Nesse segundo aspecto, a afirmação da diferença – mesmo que sob a forma de mestiçagem – conduz à possibilidade de compreender e, portanto, ressignificar o ser afro em seu real estar no mundo. E mais, pela diferença, reitera-se a exigência de a cultura nacional abrir um espaço que valorize a identidade afro-brasileira. Identidade construída a partir de uma história de ancestralidade africana que, cultural e fisicamente, reivindique a visibilidade de suas raízes. O posicionamento afirmativo dos indivíduos em torno de valores pessoais e culturais poderá favorecer uma igualdade política, econômica e social e a preservação de sua diferença.

Os pressupostos aqui agrupados explicitam-se nos capítulos que compõem este *Poéticas afro-brasileiras*, que tivemos a feliz oportunidade de organizar. Acreditamos que a reunião das diversas facetas expressas na literatura e na arte de autores brasileiros de ascendência africana pode colaborar para o enriquecimento de uma temática que, embora presente em nossa sociedade desde a sua formação, só contemporaneamente vem assumindo visibilidade e valor. Incluindo estudos de intelectuais negros, brancos e mestiços sobre os diferentes processos artísticos e actanciais que afirmam a diferença em nossa conformação etnoracial, esta publicação visa a articular uma confluência específica da manifestação artística, cujo valor reside na singularidade e excepcionalidade de sua produção, principalmente quando esta se mostra afro-includente.

"Cantopoemas: uma literatura silenciosa no Brasil", de Edimilson de Almeida Pereira, analisa o aspecto literário dos cantos do congado, focalizando a criatividade e a refinada elaboração da linguagem do universo de referência banto-católico de Minas Gerais, pouco lembrado pelos teóricos da literatura.

O Ilê-Aiyê é o tema do trabalho de Florentina Souza, intitulado "Discursos identitários afro-brasileiros: o Ilê-Aiyê". A partir da caracterização do conhecido grupo da cidade de Salvador, a autora discute a importância cultural de manifestações coletivas, na medida em que ampliam a visibilidade de produções discursivas identitárias e de protestos contra as demonstrações de racismo no Brasil.

O texto de Jussara Santos, "Talvez negro (por que não vermelho?): detalhes de um Mário arlequinal", aponta algumas questões em torno da literatura afro-brasileira e do modernismo no Brasil, relacionando-as a momentos da produção poética de Mário de Andrade.

Considerando que *A cor da ternura*, livro autobiográfico de Geni Mariano Guimarães publicado em 1989, realiza a interação entre os mundos exterior e interior, Kátia da Costa Bezerra, em "A cor da ternura: tecendo os fios da memória" , verifica os modos como a obra procura construir novos significados para experiências pessoais e coletivas, numa dinâmica em que a memória se torna o elemento mais significativo.

De Luiz Silva (Cuti), "O leitor na expectativa literária afrobrasileira" discute o surgimento do leitor enquanto expectativa textual conformada pelo direcionamento do discurso para um destinatário concebido ora como negro, ora como branco. Ao detectar traços do processo de constituição da escrita literária dos afrodescendentes em sua ampliação do horizonte de expectativas, o escritor também aponta para uma faceta pouco analisada da exclusão social: o fato de o leitor negro estar ausente da perspectiva íntima da maioria dos escritores brasileiros.

O diálogo com um círculo maior de leitores, a convivência mais democrática entre literatura e sociedade, dar voz a negros, mestiços e brancos pobres e marginalizados, habitantes dos subúrbios, e acatar procedimentos expressivos populares tidos como "defeituosos" e "incorretos" caracterizam "A atualidade da ficção de Lima Barreto", em que Maria do Carmo Lanna Figueiredo analisa alguns romances barretianos segundo a questão do afrodescendente.

Maria José Somerlate Barbosa, em "Dicionário de forquilhas: a poesia de Edimilson de Almeida Pereira", analisa exemplos da produção literária do escritor e examina as estratégias da sua linguagem poética, conectando-as com as pesquisas antropológicas por ele realizadas. Percebe, nos dois gêneros, a expressão da herança africana que se articula com as vozes do passado e do presente em Minas Gerais.

No capítulo "Vozes em discordância na literatura afro-brasileira, na atualidade", Maria Nazareth Soares Fonseca utiliza a reflexão de De Certeau sobre as manifestações de um "alhures" através do corpo/voz das mulheres tidas como possuídas pelo demônio, para refletir sobre as vozes que se expressam em textos da chamada literatura afro-brasileira tanto para denunciar a situação vivida pelos excluídos, quanto para afirmar uma escrita que se quer transgressora.

A escritora Miriam Alves, em "Cadernos Negros número 1: estado de alerta no fogo cruzado", estuda o texto-documento de apresentação do primeiro número de *Cadernos Negros*, traçando paralelos com as reflexões de Zilá Bernd nos livros *Introdução à literatura negra*, de 1988, e *Poesia negra brasileira*, de 1992, para discutir a pertinência da expressão "literatura negra".

"Da máscara à face negra: em torno de imagens", de Vera Casa Nova, considera como poemas visuais e possibilidade para uma antropologia de cultura visual as faces fotografadas por Arthur Omar que guardam o poder da máscara afro.

Maria do Carmo Lanna Figueiredo
Maria Nazareth Soares Fonseca

O leitor e o texto afro-brasileiro

Cuti (Luiz Silva)

Querer-se branco, enquanto categoria social no Brasil, é estar propenso a, praticar ou ser conivente com a discriminação racial do negro e, em outras palavras, proteger ou se dar a privilégios decorrentes dessa prática. Que privilégio tem aquele que, no passado, está livre de referências pejorativas sedimentadas pela escravidão e, no presente, pelo preconceito? A fantasia da superioridade e seus frutos advindos da exclusão do outro no processo social competitivo. Mantidas as desproporções, trata-se de identificar-se com o senhor, patrão, dono do corpo e destino dos que trabalham produzindo a riqueza, ou imaginar-se como aquele, no presente, no passado ou futuramente. Além dessa propensão, tendo em vista o horizonte das expectativas sociais, o dado "branco" simboliza o ideário do país constituído pela histórica opressão racial. Antropólogos e sociólogos, incumbidos de justificar a escravização colonial e, em seguida, a exploração capitalista do trabalho, esforçaram-se por projetar um país de aparências harmoniosas, escondendo cruéis práticas discriminatórias.

O "ser branco" constitui um condicionamento profundo a que a classe dominante submeteu indivíduos e grupos, acenando para o futuro com a hipótese de um país epidérmica e culturalmente branco, através do processo clarificador da mestiçagem[1] e do genocídio do negro e do índio, como também da superposição de valores culturais de matriz europeia.

Há, nesse contexto, silêncio prático e tático. Não se discute nem mais se reivindica, abertamente, a brancura, como se fez no passado. Assume-se uma outra forma: nega-se a necessidade de se discutir a questão racial, partindo-se do pressuposto de que no país tudo vai bem e estamos longe das crises étnicas. O "ser branco" mantém-se incólume, disseminado ideologicamente de cima a baixo da pirâmide social, de lado a lado. E o inconsciente racista reelabora seu projeto de contínuo processo de exclusão, a cada nova circunstância.

A caracterização do indivíduo e dos grupos pela coloração da pele e caracteres físicos é, através do prisma da dominação dos povos, valorativa. Na concepção burguesa, existe não só como manutenção do *status quo* presente, mas também como conservação idealizadora de um passado que o sustenta e uma projeção para o amanhã que o garanta no "paraíso".

No Brasil, a escravização ganhou, no período abolicionista e subsequente, a expressão "mancha negra", que era preciso apagar. Não é mera coincidência que o contingente escravizado fosse denominado pelo mesmo adjetivo "negro". O que estaria embutido nesse ideal de "apagar"? Seria apenas pôr fim ao cativeiro ou já estaria em elaboração a tese do embranquecimento, com a ideia de que o responsável pela opressão é o próprio oprimido ou, como se diz ainda hoje no senso comum preconceituoso, "o responsável pelo racismo é o próprio negro"?

Em nova leitura do passado (o que acaba por engendrar, de forma diferenciada, o presente), tal mancha precisa mudar de

---

[1] "Os defensores do branqueamento progressivo da população brasileira viam na mestiçagem o primeiro degrau nessa escala. Concentraram nela as esperanças de conjurar a 'ameaça racial' representada pelo negro. Viram-no como marco que assinala o início da liquidação da raça negra no Brasil" (Munanga, 1999, p.93).

cor. Hoje precisamos apagar a "mancha branca" da nossa história. E por que esse contraponto? Seria o revanchismo negro, tão temido pelo inconsciente culpado, cuja posição é defensiva há mais de quatro séculos?

Não. Significa desmontar essa defensiva, que se recompõe com muita habilidade, uma de suas formas atuais (apesar de seu desgaste) sendo a tentativa de dissolver a questão do racismo à brasileira na noção da luta de todos os oprimidos ou na rearticulação da mestiçagem enquanto ideologia. Trata-se do mesmo objetivo, não confesso, de apagar a "mancha negra", ou seja, em nova linguagem, alijar o negro, enquanto categoria oprimida, do direito de utilizar essa mesma categoria para desvendar a trama opressiva elaborada conscientemente e enxertada no inconsciente nacional. Em última palavra, tenta-se deixar sem mácula, pairando acima, no céu interior de todos, a representação social "branco".

Em seu múltiplo papel de refletir e participar da cristalização de valores, a literatura age, também, no sentido de aprofundar, superar e contribuir para o engendramento de novas contradições sociais.

O público, tomado aqui como o leitor, em geral, manifesta-se, diante de um texto, de forma tão variada quanto são as especificidades individuais. Entretanto, na relação do público com a obra afro-brasileira surgem questões que dizem respeito ao posicionamento da sociedade brasileira em face da questão racial.

Inicialmente, consideremos um aspecto, dentre outros, que envolve a leitura, como a analisa Fábio Lucas:

> ... a relação entre leitor e texto obedece à lógica da pergunta e resposta: percebo num texto apenas aquilo que me diz respeito, pois ele é a resposta a uma questão. Mas a resposta que dá à minha questão jamais é inteiramente suficiente, de maneira que ele também propõe questões e cabe então ao leitor encontrar respostas. (Lucas, 1982)

É possível, nessa perspectiva, perguntarmos: qual a contribuição de uma literatura de autores negros, que reivindicam essa característica, para leitores negros, mestiços e brancos? Nessas categorias, tentemos considerar os traços psicossociais.

A história, sendo feita menos de fatos do que das interpretações destes, traz-nos o passado presentificado e a intrincada questão de o sujeito aderir ou rejeitar a identificação com os que foram escravizados. Em nosso acervo de memória, os direcionamentos são vários. Mas quem vestirá os farrapos dos escravos? Às vestes da casa-grande não faltam candidatos, todos exacerbados nesse silêncio de ser branco até as últimas consequências.

> O ideal da brancura é uma sobrevivência que embaraça o processo de maturidade psicológica do brasileiro e, além disso, contribui para enfraquecer a integração social dos elementos constitutivos da sociedade nacional. (Ramos, 1957, p.187)

O que constata o sociólogo Guerreiro Ramos, no importante texto *Patologia social do branco brasileiro*, de 1957, parece que será atual por muitos anos ainda. Mais adiante, no mesmo ensaio, Ramos destaca um aspecto importante para o que se pretende aqui apontar:

> Um desses processos de disfarce étnico, que aquela minoria tem utilizado, é a tematização do negro. (idem, p.181)

E o autor faz um paralelo com o povo judeu, transformado em objeto de estudo na Alemanha nazista.

No campo da literatura, foi preciso que os brasilianistas aqui viessem para desvendar como se dava a tematização do negro brasileiro. Os intelectuais brancos do país sempre se mostraram avessos a esse empenho. Os primeiros livros que questionaram e fizeram o levantamento de obras para o estudo da questão racial no âmbito literário foram *A poesia afro-brasileira*, de

Roger Bastide (1943), *O negro na literatura brasileira*, de Raymond S. Sayers (1956-58) e *O negro na ficção brasileira*, de Gregory Rabassa (1965). Na maior parte do material que aí se apura, o negro é tema. Branco é sistema, ou seja, sujeito, foco, onisciência, célula de onde emanam a concepção e organização da linguagem.

A relação leitor/texto/autor, na literatura brasileira, implica quase sempre a invisibilidade do leitor negro. É, como no contexto social o foi por muito tempo, desconsiderado enquanto cidadão. A experiência do leitor negro ante o grande espectro da literatura nacional é a mesma de quem estivesse ouvindo uma conversa entre brancos, atrás da porta, do lado de fora. E só encontra uma saída: abstrair-se de sua concretude e admitir, em si, o branco, enquanto autor, personagem principal e destinatário do discurso. Não se constitui como "leitor ideal" para os escritores brancos nem mesmo para os mestiços ou negros, inclusive a maioria dos modernos. Até que o escritor, sendo negro que escreve sem renegar sua experiência subjetivo-racial, eleja-o em seu ato de criação. Nasce o **interlocutor negro do texto emitido pelo "eu" negro**, num diálogo que põe na estranheza, na condição de ausente, o leitor "branco". Afinal, a literatura é a grande possibilidade de se estar no lugar do outro e aprender-lhe a dimensão humana.

> Desculpa, meu amigo,
> Eu nada te posso dar;
> Na terra que rege o branco
> Nos privam té de pensar!... (Gama, 1954, p.130)

já anunciava Luiz Gama, em 1859. O pensamento bloqueado. O "ser branco", ponto obrigatório de passagem, deixará de o ser, gradativamente, nas obras dos autores negros. A possibilidade do leitor ideal negro libera a criação. O poeta dirige diretamente aos seus a sua "Transmissão", como Oliveira Silveira, poeta do Rio Grande do Sul:

> Querem que **a gente** sempre saiba
> que eles foram senhores

e **nós** fomos escravos.
Por isso **te** repito:
eles foram senhores
e **nós** fomos escravos.
Eu disse **fomos**. (Silveira, 1982, p.33)

e deixa embutido na mensagem que é preciso superar os resquícios da condição de escravo. A identidade autor/leitor fica fortemente estabelecida pela função plural da segunda pessoa do verbo. Ao leitor branco restaria a experiência, a distância ou, ainda, o impacto de ser "o outro", ou seja, "eles" do texto, o que o leitor negro enfrenta, cotidianamente, no universo poético e ficcional brasileiro. A mencionada função plural coloca o branco ausente da referência empática do texto. Identifica-se ou rejeita? Racismo às avessas ou tradução da possibilidade de que todos adiram, no arsenal de memória, à identidade negra? Há o tempo a se recuperar, a personagem de fundo a ganhar o primeiro plano, a libertação da voz silenciada, a revelação de visões de mundo não consideradas... E a palavra vai sendo adequada a novos conteúdos vivenciais. Tudo porque, como realçam os versos de José Alberto:

Quem calou
Não consentiu
teve medo! (Alberto, 1982, p.34)

O tempo cede em suas fronteiras de opressão. O passado se presentifica. E é Éle Semog quem traduz a necessidade de fazer o giro e voltar as costas para o branco, deixá-lo ausente, para que conquiste a sua autocrítica ao ouvir conversa que lhe diz respeito, mas não o tem mais como referencial:

Ontem, hoje, sempre
Senti mais viva ainda
A certeza que é preciso
Falar sobre negros com negros
Acordar, insistir nessa

Força gostosa tanto disfarçada
Em resignação. (Semog, 1980, p.71)

A contraposição eles/nós ultrapassa o discurso classista que dissolve a sua necessidade com o argumento da opressão generalizada dos trabalhadores, das mulheres, dos homossexuais. Afinal, sistema opressor é um conjunto de partes que se articulam num todo harmônico, concatenado, e não perdem a especificidade nem seu potencial de desarticulação do todo.

Se o branco constituiu uma privação do pensar negro, efetivada através das várias formas de censura, até que se tornasse autocensura, aquele mesmo pensar passou a se desvencilhar das amarras e das ataduras, a fazer uso da função exusíaca[2] da linguagem, libertando-se através do monólogo autorreflexivo e do diálogo polarizado com o "outro". São águas textuais contemporâneas com os influxos do passado. Diz o poeta Wilson Jorge de Paula, aqui se dirigindo a um interlocutor branco:

Para sofreres meu sofrer
Nem mil verões ao sol,
Escurecendo a pele,
Nem mil cirurgias.

Para sorrires meu sorrir
Nem mil conchas leitosas
Da cor da luz
De mil dias.

Mas para amares meu amor
Basta odiares o que perdoei;
Basta entenderes o que esqueci
Bem antes de raiar

---

[2] Exu, o orixá que abre os caminhos, que está para além do bem e do mal, instaura a polaridade para operar a síntese. Energia pessoal do dinamismo. Ao funcionar de forma desestabilizadora, dinamizadora das contradições e libertadora, a linguagem estará realizando a sua função exusíaca.

O primeiro verso
Desta negra poesia. (Paula, 1980, p.58)

Esse direcionamento da fala com o hóspede incômodo, que se mantém dentro do outro como se fosse a sua própria casa, tendo em vista o inevitável processo de aculturação, já Cruz e Sousa realizava:

> O que tu podes, só, é agarrar com frenesi ou com ódio a minha obra dolorosa e solitária e lê-la e detestá-la e revirar-lhe as folhas/... / Mas, para chegares a esse movimento apaixonado, dolorido, já eu antes terei por certo – eu o sinto, eu o vejo! – te arremessado profundamente, abismantemente pelos cabelos a minha obra e obrigado a tua atenção comatosa a acordar... (Sousa, 1961, p.660)

Não se pode reduzir tão somente à polarização negro/branco os textos acima citados, pois a literatura acaba se direcionando para a transcendência do factual, rumo ao que se convencionou chamar de "universal". Para esse fenômeno, diverso, concorrem não somente o texto, mas o número de leitores e, sobretudo, a crítica em suas mais variadas formas e procedimentos de consagração de uma obra. Contudo, considerando a plataforma de partida, o texto afro-brasileiro manterá relações de africanidade com outras literaturas da afro-semeadura[3] mundial. As mais diversas formas de aculturação, que os africanos em África e sua descendência na América tiverem de enfrentar, encontram similitudes e diferenças de uma história comum, embora as interinfluências, sobretudo no campo literário, tenham sido limitadas, em face das barreiras entre os idiomas. No desenvolvimento da literatura do

---

[3] A expressão "semeadura" é utilizada aqui nos termos apresentados pelo escritor colombiano Manuel Zapata, no 1º Congresso de Culturas Negras das Américas, realizado em São Paulo, em 1985. Zapata argumentava que seria uma expressão mais adequada, para o caso dos africanos arrancados do continente, do que diáspora.

colonizado africano, em análise apresentada por Frantz Fanon em *Os condenados da terra*, a primeira etapa é a do escândalo e retorno apaixonado às raízes; a segunda, de recomposição da memória; a terceira, a literatura revolucionária. Ainda que Fanon tivesse os olhos voltados para o Movimento da Negritude e as revoluções dos anos 60 do século XX, sua análise oferece oportunidade para uma ligeira reflexão sobre o escritor negro brasileiro, ainda que este não tenha ido à metrópole estrangeira estudar, como os antilhanos e africanos que engendraram aquele movimento, nem tenha tido uma revolução a fazer que coincidisse com a independência política de seu país, como os africanos o realizaram. O Brasil teve sua independência proclamada em 1822 e, como país politicamente emancipado, manteve por 65 anos a escravização legalizada. Tal independência não pode ser símbolo de orgulho pátrio, como se instituiu no país, mas de decepção em face de cruéis injustiças contra as quais de nada serviu. Manteve a maior parte da população sob grilhões. Por essa e outras razões, ao negro a recomposição da memória coletiva tem grande importância sim, através do retorno às matrizes culturais africanas, sufocadas pela superposição europeizante, e da reconstrução de uma identidade nacional crítica. Diante do direcionamento do discurso poético negro, o branco às vezes se escandaliza, por sentir-se instigado a proceder à sua autocrítica. O poeta Carlos Assumpção dirige-se ao interlocutor branco nestes termos:

> Sou eu irmão
> Irmão tu me desconheces
> ....
> Sou eu quem grita sou eu
> **O enganado do passado**
> Preterido no presente
> ....
> Tenho mais necessidade
> De gritar de que respirar
> ....

Mas irmão fica sabendo
Piedade não é o que eu quero
Piedade não me interessa
Os fracos pedem piedade
Eu quero coisa melhor
Eu não quero mais viver
No porão da sociedade. (Assumpção, 1982, p. 44-48)

No Brasil, a perspectiva desse diálogo, por vezes ríspido, compõe o próprio processo de transformação social que exige a troca participativa, presente e futura, de brasileiros de todos os segmentos étnicos. Ninguém poderá expulsar ninguém do país, a não ser os ditadores. E o que ainda sustenta essa possibilidade é o amplo raio de ação das várias formas de oprimir, dentre as quais a racial tem o peso histórico de traduzir a desidentidade da população pobre de hoje. Mas não só. A alienação, em face da deformação do "caráter de nacionalidade", perpassa todas as classes sociais. Sempre na direção do ideal de brancura. Nessa concepção, os heróis possíveis serão sempre os antigos senhores.

A literatura negra brasileira não apenas quer para si a reivindicação de um lugar no panorama literário. Sua realização implica e projeta uma nova subjetividade do país, em cuja tarefa o exercício de **estar no lugar do outro** consiste, para a nacionalidade, um estar em si mesma, através da empatia com o ser negro e o despojamento da hegemonia da brancura ou, ainda, a fase conflitiva para se chegar a isso. Quando o leitor, aderido ao querer-se branco, não encontra lugar no texto enquanto referência (inicial e final) do discurso, alguma coisa aconteceu. Sua pergunta, intimamente formulada, tem como resposta um questionamento que o desafia a despojar-se da brancura para experimentar a subjetividade negra. Exige que esteja mais intimamente na pele de um negro, o que sempre, em si, teve um movimento de recusa.

A literatura negra brasileira traz também o desafio da primeira pessoa do negro. Essa experiência para o leitor, depois de mais de um século e uma década após a Lei Áurea, começa a acontecer, de forma sistemática, através da identidade coletiva do escritor negro. E tal processo inicia-se, com o autor negro, não só pela subjetividade intransferível, mas também pela ausência de ousadia criativa dos escritores brancos ou, quem sabe, em razão de sua recusa da primeira pessoa de uma mulher ou de um homem negro, movidos que estão pelo ideal do embranquecimento,[4] reflexo da íntima convicção da superioridade congênita do branco.

Do ponto de vista científico, a hierarquização de raças e seu determinismo cultural já caíram por terra. Contudo, na vida social, a ideologia racista prossegue operando seus entraves. Livros comprometidos com aquela visão continuam sendo reeditados, bem como as atitudes discriminatórias do dia a dia. A literatura negra brasileira, nesse contexto, é aliada à luta de outros setores do Movimento Negro Nacional, uma forma de participação por uma sociedade nova, de mentalidade aberta. A crítica incipiente, ainda, dessa produção literária tenta, por vezes, delimitá-la no âmbito de imitação de literaturas estrangeiras. A aproximação mais comum é com a Negritude, embora no Brasil tenha tal movimento sido muito mal recebido pela inteligência burra versada nas questões de raça. Gilberto Freyre, o grande ideólogo da "democracia racial" através da dissolução biológica do negro no branco, deu entrevista a um jornal, em 1971, com o título "Negritude, mística sem lugar no Brasil". Na oportu-

---

[4] No romance *Os tambores de São Luís*, por exemplo, em que as personagens negras têm grande presença, inclusive o protagonista, encontramos no final a voz ideológica pronunciando-se acerca do desaparecimento epidérmico do negro: "Damião olhava embevecido aquela pequena massa humana, ainda mole, com uns fios de cabelos úmidos, os olhinhos cerrados, os bracinhos encolhidos na camisinha de linho, e não podia deixar de lembrar-se do Barão, com a sua famosa teoria de que só na cama, com o rolar do tempo, se resolveria o conflito natural de brancos e negros, no Brasil. Tinha ali mais uma vez a prova, na sua própria família. Sua neta mais velha casara com um mulato; sua bisneta, com um branco, e ali estava seu trineto, moreninho claro, bem brasileiro. Apagara-se nele, é certo, a cor negra, de que ele, seu trisavô, tanto se orgulhava. Mas também se viera diluindo, de uma geração para a outra, o ressentimento do cativeiro. Daí a mais algum tempo, ninguém lembraria, com um travo de rancor, que, em sua pátria, durante três séculos, tinham existido senhores e escravos, brancos e pretos" (Montello, 1981, p.479).

nidade, além de tecer acusações contra a Negritude, nega suas possibilidades no Brasil, pois, segundo ele, seria um "imperialismo étnico-cultural africano", e reforça sua argumentação traçando o perfil do intelectual negro brasileiro, segundo sua miopia de herdeiro da casa-grande:

> Por que – perguntava-me certa vez na Europa um intelectual negro africano – poetas brasileiros de origem negro-africana (entre os quais, por sua conta, incluía Jorge de Lima) não se revelam negros e africanos em sua poesia? Respondi-lhe que por um fato muito simples: por serem brasileiros. Como brasileiros teriam até o direito de preferir, nos seus versos, falar de brumas e de névoas – como o brasileiro, preto retinto e poeta admirável Cruz e Sousa – a exaltar ardores de sol e brilhos de luz. A condição de brasileiro dá a um poeta ou a um escritor ou artista todas as liberdades quanto a preferências nesse e noutros particulares. Inclusive a de preferirem casar com francesas louras ou alemãs ruivas. (Freyre, 1971)[5]

Esse liberalismo cultural é de quem falava pelos que não tinham fala, por impedimento da própria opressão racial. Certamente o sociólogo não sabia de Solano Trindade, Carlos Assumpção e Oswaldo de Camargo, e desconhecia a obra principal de Cruz e Sousa no campo do poema em prosa: *Evocações*. Ou, como é comum na atitude racista, relegava-os à condição de invisíveis. Explica a opressão cultural, o silêncio imposto, como um "direito de preferir".

---

[5] O desmentido a esse paternalismo de Gilberto Freyre o tempo se incumbe de produzir. Já foram realizados três "Encontros de Poetas e Ficcionistas Negros Brasileiros" (1985, 1986 e 1987). Do primeiro resultou o livro de ensaios *Criação crioula, nu elefante branco* (Xavier, 1987). Além disso, houve em São Paulo dois eventos intitulados "Perfis de Literatura Negra". Acrescentem-se a isso diversas antologias, inclusive duas delas bilíngues (alemão/português): *Schwarze poesie* e *schwarze prosa* (Augel, 1988; 1993).

A tendência da mentalidade dominante de sempre sair em busca das tais "influências estrangeiras" para explicar vozes discordantes no cenário pátrio, vai assim tentar fixar a expressão literária negra brasileira ao que se considerou no país como Negritude. Em verdade, daquele movimento, foi lido e comentado o "Orfeu negro", ensaio de Jean-Paul Sartre para a *Anthologie de la nouvelle poésie nègre et malgache de langue française*, organizada por Léopold Sédar Senghor. O prefácio foi traduzido e publicado, em várias edições, no livro *Reflexões sobre o racismo*. Da antologia, pouco ou quase nada se comentou no Brasil. Desconhece-se a tradução, se é que houve.

Em que o "Orfeu negro", de Sartre, contemplou a ideologia do embranquecimento, para ter sido tão bem recepcionado como interpretação daquele movimento de forte cunho literário? Por que o prefácio e não a literatura propriamente dita, a fala dos poetas africanos a antilhanos? Talvez trechos como este mostrem a adesão ao prefácio sartriano:

> Mythe douloureux et plein d'espoir, la Négritude, née du Mal et grosse d'un Bien futur, et vivante comme une femme que naît pour mourir et qui sent sa propre mort jusque dans les plus riches instants de sa vie; c'est un repos instable, une fixité explosive, **un orgueil qui se renonce, un absolu qui se sait transitoire**... (Sartre, 1972, p.XLIII)[6] (o grifo é meu)

---

[6] "Mito doloroso e cheio de esperança, a Negritude, nascida do Mal e grávida de um Bem futuro, é viva qual uma mulher que nasce para morrer e sente a própria morte nos instantes mais ricos de sua vida; é repouso instável, fixidez explosiva, **orgulho que renuncia a si próprio, absoluto que se sabe transitório**..." No cinema brasileiro vemos um pálido reflexo da negritude, apesar de o elenco ser negro. O roteiro é resultado de uma peça do poeta Vinícius de Morais. O título: "Orfeu da Conceição". Nessa obra não se discute racismo nem discriminação. Tudo é drama amoroso e carnaval. A realidade social do negro brasileiro é totalmente banalizada quanto a seu conteúdo histórico. E Vinícius de Morais, branco, também compositor de música popular brasileira, sempre reivindicou para si uma parcela de identidade

A ausência de futuro, pela consideração daquele movimento como de "passagem", "transitório", temporário em sua própria gênese, é certamente o grande atrativo do prefácio de Sartre para a mentalidade que, além de colocar o enfoque da realidade do negro brasileiro no passado, projetou-lhe um desaparecimento pelo processo de mestiçagem. Recordemos o que dizia o sociólogo Oliveira Viana, nos idos de 1922, firmando as bases do pensamento racista brasileiro, baseado na pressuposição da dissolução biológica:

> ... o quantum do sangue ariano está aumentando rapidamente em nosso povo. Ora, esse aumento do quantum ariano há de fatalmente reagir sobre o tipo antropológico dos nossos mestiços, no sentido de modelá-los pelo tipo do homem branco. (Viana, 1922)

A literatura negra brasileira contemporânea contraria frontalmente esse consórcio. O texto literário se caracteriza pela ousadia no tempo. E a literatura brasileira torna-se negra exatamente porque até o presente foi, silenciosamente, de forma abusiva, **branca**, em seu propósito de invisibilizar e estereotipar o negro e o mestiço. Esse propósito não mais se sustenta. A sociedade mudou. Como escreveu Guerreiro Ramos: "Não há mais, entre nós, coincidência de raça e classe" (Ramos, 1957, p.175). Está-se forjando uma outra autoestima do povo que, no Brasil, não pode existir sem um gostar-se negro, o que sempre o racismo obliterou. Concorre para esse processo de reencontro da nação consigo mesma a necessidade de se repensar esse SER BRANCO, cuja permanência inquestionável impede que se removam:

---

negra. É dele a frase: "**Se o samba é branco na poesia** (o grifo é meu), ele é negro demais no coração." Talvez, aqui, o poeta reconheça a possibilidade de, através da empatia cultural, o branco atingir certa subjetividade negra (o coração). Mas o "se" é ambíguo. A primeira parte da frase pode ser uma afirmativa, o que, portanto, excluiria a poesia negra do samba. A possibilidade de manipulação da palavra pelo próprio negro, nela incorporando sua negritude, estaria, dessa forma, perdida.

1) A idealização do passado escravista, responsável pelo estereótipo de Pai João e Mãe Preta, muito ao sabor do Romantismo e do Modernismo.

2) A justificativa simplista da escravização veiculada para as crianças no ensino da história: "O Brasil precisava de braços... O índio não aceitou a escravidão..."

3) A noção de que a violência do branco contra o negro justificar-se-ia, encontrando na história a sua normalidade, o que a torna, assim, digna de sublimação, inclusive a sagrada, como se dá na figura folclórica do "Negrinho do pastoreio",[7] elucida bem a componente ideológica que reforça o sadismo do branco, aliás, muito pouco discutido.

4) A culpa do branco, seu medo da "onda negra" e estereótipos ameaçadores como figuras semelhantes ao Saci.[8]

5) A relação da melanina com a sujeira, muito propalada pelos escritores modernistas.[9]

6) O liame estabelecido por comediantes negros entre o cômico desprezível e a cor da pele, sobretudo em programas de televisão, mas também no teatro.

7) O simplismo entre raça e classe. É preciso situar negros e brancos em todas as classes sociais. A realidade é complexa e não se pode traduzir branco como sinônimo de rico quando diante de negro, nem este como sinônimo de pobre em face daquele.

---

[7] Trata-se de uma história do sul do Brasil, na qual um garoto escravo é espancado por seu amo e depois colocado sobre um formigueiro com o corpo untado de mel. É socorrido pela "Virgem, Nossa Senhora". A história tornou-se texto literário, com o mesmo título (Lopes Neto, 1965, p.168-175).

[8] Um garoto negro (supostamente um escravo rebelado) de uma perna só (é possível ver-se aí os sinais da violência) que assusta os viajantes na área rural e rouba objetos (sua atitude é a de um perfeito quilombola), sobrevive no imaginário agrário do brasileiro, como ameaça e, ao mesmo tempo, motivo de zombaria (a expressão "saci" funciona como alcunha, com forte conotação pejorativa).

[9] "Quando o herói saiu do banho estava branco louro e de olhos azuizinhos, água lavara o pretume dele". (Andrade, 1981, p. 30). Também Cassiano Ricardo utiliza expressões como "fuligem" e "fumo", atribuindo-as à melanina (Ricardo, 1936).

8) O flagelo escravo como única forma de abordar o passado. Há outras dimensões: negros livres (libertos, alforriados, aquilombados), o quilombo e suas inúmeras formas de prática intrínseca, tanto no ambiente rural quanto urbano, tanto no passado quanto no presente em sua réplica: as organizações negras em sua grande variedade.

À literatura negra brasileira não cabe a idealização fácil. Pelo contrário, é seu papel fundamental desidealizar o "negro" e o "branco", investindo contra os estereótipos, e demonstrar que nem tudo o que seduz é "branco", captando os movimentos sinuosos da ideologia racista na variada gama de situações sociais.

Paul Ricoeur, ao referir-se à apropriação de obra feita pelo leitor, considera:

> Aquilo de que finalmente me aproprio é uma proposição do mundo. Esta proposição não se encontra atrás do texto, como uma espécie de intenção oculta, mas diante dele, como aquilo que a obra desvenda, descobre, revela. Por conseguinte, compreender é compreender-se diante do texto. [...] Só me encontro, como leitor, perdendo-me. (Ricouer, 1990, p.58-59)

A "proposição" referida incorpora não apenas as ideias, concepções e vivências geradas na dimensão individual, mas também coletiva.

Escritores negros que, produzindo no Brasil, optaram pelo rompimento com o silêncio ideológico do racismo, aportaram ao leitor que se permite "perder-se" no ato da leitura inúmeras respostas acerca da convivência inter-racial. Também formulam questões para uma nova ordem de maior autoestima, tolerância e solidariedade. Isso porque, ao abordarem uma das zonas litigiosas do inconsciente coletivo brasileiro, onde se abrigam medos, fantasias, ódios, incompreensão, rancores, atração, repulsa, inveja etc., trazem a subjetividade do segmento historicamente mais oprimido.

Se o leitor negro passa a ter visibilidade, é através dessa mesma visibilidade, por um efeito de reflexo dialógico, que o leitor não negro (menos fenotípico que ideológico) poderá encontrar resposta ampla à questão: o que é ser negro no Brasil e o que vem significando ser branco diante dessa questão?

Ao leitor, o desafio de estar colocado frente a frente com o estranhamento. Aliás, é disso que a literatura é feita.

Referências bibliográficas

ALBERTO, José. Quem cala não consente. In: Quilombhoje. **Cadernos Negros 5**: poemas. São Paulo: Edição dos Autores, 1982.

ANDRADE, Mário de. **Macunaíma:** o herói sem nenhum caráter. 18. ed. São Paulo: Martins, 1981.

ASSUMPÇÃO, Carlos de. **Protesto.** São Paulo: Edição do Autor, 1982.

AUGEL, Moema Parente (Org.). **Schwarze poesie**. St. Gallen/Koln: Edition Diá, 1988.

AUGEL, Moema Parente (Org.). **Schwarze prosa**. St. Gallen/Koln: Edition Diá, 1993.

FANON, Frantz. **Os condenados da terra**. 2. ed. Rio de Janeiro: Civilização Brasileira, 1979.

FREYRE, Gilberto. A negritude, uma mística que não faz sentido no Brasil. **O Estado de São Paulo,** São Paulo, 30 maio 1971.

GAMA, Luiz Gonzaga Pinto da. **Luiz Gama e suas trovas burlescas**. Org. e pref. J. Romão da Silva. Rio de Janeiro: Casa do Estudante do Brasil, 1954.

LOPES NETO, Simões. **Contos gauchescos e lendas do sul**. 3.ed. Rio de Janeiro: Globo, 1965.

LUCAS, Fábio. Literatura e história: história da literatura. **Revista de Letras**. São Paulo, v.22, p.83-98, 1982.

MONTELLO, Josué. **Os tambores de São Luís**. 4.ed. Rio de Janeiro: José Olympio, 1981.

MORAIS, Vinícius de. **Poesia completa e prosa**. Org. Afrânio Coutinho. Rio de Janeiro: Nova Aguilar, 1986.

MUNANGA, Kabengele. **Rediscutindo a mestiçagem no Brasil**. Petrópolis: Vozes, 1999.

PAULA, Wilson Jorge de. Repoema. In: Quilombhoje. **Cadernos Negros 3**: Poemas. São Paulo: Edição dos Autores, 1980.

RAMOS, Alberto Guerreiro. **Introdução crítica à sociologia brasileira**. Rio de Janeiro: Andes, 1957.

RICARDO, Cassiano. **Martim Cererê**. 5. ed. São Paulo: Nacional, 1936.

RICOEUR, Paul. **Interpretação e ideologias**. 4.ed. Rio de Janeiro: Francisco Alves, 1990.

SARTRE, J. Paul. Orphée noir. In: SENGHOR, L. Sédar (Org.) **Anthologie de la nouvelle poesie nègre et malgache de langue française**. Paris: P.U.F., 1972.

SEMOG, Éle. História e deveres. In: Quilombhoje. **Cadernos Negros 3**: Poemas. São Paulo: Edição dos Autores, 1980.

SILVEIRA, Oliveira Ferreira da. Transmissão. In: COLINA, Paulo (Org.). **Axé:** antologia contemporânea da poesia negra brasileira. São Paulo: Global, 1982.

SOUSA, João da Cruz e. **Obras completas**. Org. pref. Andrade Muricy. Rio de Janeiro: Aguilar, 1961.

VIANA, Oliveira. Os tipos étnicos brasileiros In: **Dicionário histórico e geográfico do Brasil**. Rio de Janeiro, 1922. apud RAMOS, Guerreiro. Cartilha brasileira de aprendiz de sociólogo. In: **Introdução crítica à sociologia brasileira**. Rio de Janeiro: UFRJ, 1995. p. 180-209.

XAVIER, Arnaldo; CUTI; ALVES, Miriam (Org.). **Criação crioula, nu elefante branco**. São Paulo: IMESP, 1987.

Cantopoemas: uma literatura silenciosa no Brasil

Edimilson de Almeida Pereira

Vassaulis na rua, no meio

Em obras anteriores, ocupamo-nos de interpretações que realçaram os aspectos históricos, antropológicos e sociológicos do congado, embora estivéssemos atentos ao chamado da linguagem que constitui suas narrativas e cantos de preceito. Mas, por maior que fosse o nosso interesse, via de regra o comentário sobre esses textos era indireto, na medida em que atendia às abordagens de outros aspectos da vivência religiosa. Assim, a narrativa sobre a retirada de Nossa Senhora do Rosário das águas nos permitia vislumbrar, sob as diferentes camadas do discurso, a trajetória de formação, desenvolvimento e transformação de uma experiência cultural sincrética. Da mesma maneira, um canto sobre os antepassados fornecia informações para compreendermos os processos de preservação, modificação e projeção de heranças do passado no presente. Em vista disso, a linguagem foi considerada como um meio para sustentar a formulação de argumentos históricos, antropológicos e sociológicos em torno da vigência de uma memória africana reconfigurada no contexto brasileiro e da resistência à opressão que negros e mestiços manifestaram através de suas heranças culturais, em particular a religião.

Neste artigo, desejamos frisar que é viável considerar os textos do congado como um *corpus* literário se levarmos em conta a organicidade da literatura oral e a existência de obras escritas que formam uma antologia representativa do tema, muito embora essa bibliografia esteja desenhada fora dos padrões atribuídos às edições dos textos classificados como literários. Referimo-nos às fontes constituídas pelos manuscritos dos devotos e pelos livros publicados por estudiosos das culturas populares. Nesses casos não se verifica o mesmo tratamento editorial aplicado na preparação de um livro de poemas ou de ficção, pois, muitas vezes, no que toca aos estudiosos, a necessidade de publicar um volume maior de informações (depoimentos, entrevistas, tabelas, gráficos, mapas, iconografia) inviabiliza uma diagramação que contemple os cantos e as narrativas de preceito com um espaço favorável à percepção de seus aspectos estéticos. Apesar disso, podemos manusear uma bibliografia significativa, assim distribuída: para as letras dos cantos, deparamos com os manuscritos dos devotos e dos pesquisadores, com os encartes de discos e CDs (classificados como gravações etnográficas ou documentais e, em caso de apelo comercial, como *world music*) e com os livros publicados por folcloristas, etnógrafos e antropólogos.[1] Para os aspectos musicológicos, contamos com os registros de especialistas, cujas notações de caráter musical são completadas com a citação dos poemas de preceito e, em geral, com informações histórico-sociais sobre as comunidades visitadas.[2]

A ênfase sobre o texto revelou uma refinada elaboração da linguagem e dos arranjos sonoros, assim como o perfil criativo de vários indivíduos. Em virtude da importância atribuída à

---

[1] Dentre os CDs documentais citamos *O congado mineiro* (org. Paulo Dias), São Paulo, 2000 e *Drama e fetiche: Vodum, Bumba-meu-boi e Samba no Benim* (de Marcos B. Lacerda), Rio de Janeiro, 1998. Na esteira da *world music* há produções como *Jali Kunda: Griots of West Africa & Beyond*, New York, 1996.

[2] Machado Filho, *O negro e o garimpo em MG* (1985); Lucas, *Os sons do Rosário* (1999).

letra e à melodia, acreditamos ser pertinente chamar de "cantopoemas" uma parte dos discursos que os devotos elaboram para o período específico das celebrações e que, mediante a aceitação do grupo, permeia também as suas vivências cotidianas. A leitura das letras, isto é, dos poemas, permite-nos analisar os aspectos que privilegiam o ponto de vista da escritura do texto, ainda que na maioria das vezes a escritura pareça ocupar um plano secundário em relação ao canto. Os devotos que se apresentam no sagrado como servidores ou vassalos são, na verdade, senhores do discurso e manipulam a dança dos sentidos mediante a apreensão da palavra como elemento de metamorfose. O devoto é o *poietés* que reinaugura o sentido e a forma da palavra, como demonstra Geraldo Arthur Camilo (Contagem), para quem o termo "vassalo" se transforma em "vassauli" a fim de exprimir a especificidade do sujeito-devoto do congado. Com esse procedimento, o *poietés* revela o potencial morfossemântico da palavra, a mudança do estatuto de um indivíduo semialfabetizado para o de sujeito que radicaliza a busca de expressões através da linguagem e, ainda, as múltiplas feições que o mundo pode assumir a partir das diferentes maneiras como são compostos os discursos.

No entanto, o fazer textual dos vassaulis, em que pese sua riqueza de estilos e conteúdos, permanece ignorado pelos manuais e estudos dedicados ao fenômeno literário, o que indica não terem marcado presença em nossos espaços de criação, mesmo quando invocados para atender aos interesses de movimentos como o Romantismo ou o Modernismo.[3] Ainda hoje, a maioria dos enfoques críticos se volta para as textualidades legitimadas como "literatura", apontando uma orientação visceral capaz de manter "intocada, em seus grandes traços, a mecânica ocidental de reconhecimento dos textos como 'literários'".[4] Nesse

---

[3] Cf. Risério, *Texto e tribos* (1993, p. 92). Ver Damasceno, *Poesia negra no Modernismo brasileiro* (1988).

[4] Muniz Sodré, "Apresentação", In: Risério (1993, p. 11).

quadro, a textualidade de procedência iorubá despertou mais atenção do que a de origem banto. As referências ao mundo iorubá, mesmo sofrendo a rejeição imposta pelos modelos literários legitimados, ganharam projeção no ambiente da literatura através de poetas e ficcionistas que criaram suas obras a partir da complexidade ritual do candomblé, prestando atenção às provocações de sua musicalidade, textos sagrados, personagens e enredos.

Por outro lado, os cantopoemas tecidos com os fios dos mundos banto e católico não foram devidamente considerados como fonte de diálogo e inspiração para a formação do repertório poético brasileiro. O dinamismo social dos bantos no Brasil foi registrado mais pelas lentes de historiadores, jornalistas, funcionários (agentes do governo, chefes de polícia) e comerciantes de escravos do que pela escritura dos poetas e ficcionistas. Pelo menos até agora as miradas que identificaram as incisões dos bantos na cultura brasileira estão impressas nos escritos de viajantes, nos jornais do período escravista, nas listagens de bens dos proprietários de escravos, nas partes policiais, nos testamentos e nos ensaios de historiadores. Além do domínio etnográfico, o universo mítico, histórico, linguístico e estético de referência banto ainda não mereceu a atenção dos artistas brasileiros, salvo uma ou outra exceção, como as alusões rítmicas e vocabulares feitas por Raul Bopp em *Urucungo*, as chamadas de autores da música popular (Ari Barroso, Wilson Moreira, Edil Pacheco) e as invocações da ancestralidade realizadas por poetas como Oliveira Silveira, Adão Ventura e Nei Lopes.[5] Frisamos o caráter de exceção dessas iniciativas no contexto brasileiro, mesmo correndo o risco de omitirmos, por desconhecimento, um volume

---

[5] Sobre poetas do Modernismo que trabalharam a temática das culturas negras, ver Roberto Schwartz, *Vanguardas latino-americanas* (1995, p. 583-585). Abordagens interessantes da musicalidade do congado podem ser conferidas nos CDs *África Gerais*, de Maurício Tizumba; *Inseto Raro*, de Titane e *Baile das Pulgas*, de Marina Machado.

maior de obras que dialoguem com a textualidade de origem banto. Mas, pelo que verificamos até o momento, tudo o que se produziu a partir desse diálogo ainda é pouco, tendo em vista a grande presença dos bantos e de suas inter-relações com o catolicismo numa larga faixa do continente americano, na medida em que, desde a Argentina e Uruguai, passando pelo Brasil, Peru, Colômbia até Cuba, é possível ler e ouvir os desdobramentos da textualidade de origem banto. Os cantopoemas deslizam pelas linhas da significação ritual e da criação poética, apontando para sujeitos interessados no diálogo, visto que pertencem às culturas populares, em geral atravessadas pelos embates entre a permanência e a mudança. Essa indicação foi observada por autores como o porto-riquenho Luis Palés Matos, os cubanos Emilio Ballagas e Nicolás Guillén, o peruano Adalberto Ortiz e os brasileiros Estevão Maya-Maya, Oliveira Silveira e Adão Ventura. A concretização desse diálogo mostra que os cantopoemas não são apenas fonte de inspiração para os escritores eruditos, porque, mais além disso, são fruto do trabalho realizado pelo *poietés* dos ritos populares, que se exercita através da palavra e se destaca como individualidade criadora, mesmo inserido nas teias da tradição coletiva.

A textualidade banto-católica nasce do esforço de indivíduos negros e mestiços que transformam o silêncio e o isolamento em matérias do canto e da celebração. Essa elaboração discursiva, expressa com proposições que admitem a metamorfose como sua maneira de ser constante, desafia o sujeito habituado aos caminhos do idioma canônico, ao mesmo tempo que o estimula a entrar num mundo onde cada palavra é, por definição, "uma penca de ideias".[6] A literatura silenciosa diz respeito a um aspecto da textualidade que, mesmo condenada ao exílio, aponta várias janelas para a atribuição de sentido ao mundo. O

[6] Gomes e Pereira (2000, p. 335).

exílio se torna parcial na medida em que a literatura silenciosa estremece os cultores do cânone, que a percebem como algo a ser repelido devido a seu estranhamento, mas, por causa dessa diferença, também como algo a ser buscado para introduzir no "já conhecido" a perspectiva da renovação. Por outro lado, a literatura silenciosa constitui lugar a partir do qual os indivíduos destituídos de voz, por força das desigualdades sociais, estabelecem a sua autorrepresentação. Ao tecerem as estratégias dessa literatura, realizam-se como sujeitos da comunicação, isto é, manejadores de códigos através dos quais respiram e colocam em prática seus projetos de superação da exclusão social.

Em vista desses aspectos, a expressão "literatura silenciosa" adquire um significado paradoxal, pois indica uma textualidade que está ausente dos espaços literários legitimados, mas que, ao mesmo tempo, insinua-se como uma presença em potencial. Trata-se de uma situação que resulta da construção de uma ausência e de uma presença incompletas, ou seja, os discursos que debatem essa textualidade fixam-se numa faixa, sem negar de todo a outra: etnógrafos e antropólogos reconhecem-lhe o valor documental e elogiam seus sinais de função estética; se a observam, teóricos da literatura a veem como possível matriz de inspiração, embora se neguem a aceitá-la como elaboração estética tal como se apresenta.

Na base desse paradoxo reside a noção de que uma textualidade não se pode exprimir simultaneamente como função referencial e função poética, mas, ao contrário, que a manifestação de uma esvazia as possibilidades da outra. Por isso, na maioria das vezes, as narrativas e os cantos de preceito têm despertado interesse apenas como fontes documentais ou como pré-literatura. No entanto, uma leitura que considere essa textualidade com outros olhos perceberá a necessidade de levar em conta o solo onde nasce e as alturas a que aspira, pois se trata de uma elaboração discursiva forjada segundo a lógica específica de certos grupos sociais. Ao considerarmos a textualidade banto-católica, procuramos não perder de vista o fato de que as funções referencial e poética caminham pelas mesmas veredas, o que permite aos devotos tecerem mensagens de conteúdo pragmático através de uma linguagem recortada por aferições poéticas. Do ponto de vista dos criadores da literatura silenciosa, esse tipo de paradoxo não constitui um problema, pois explora justamente a ambiguidade como recurso inerente à linguagem. Enfatizar os aspectos literários dessa textualidade não pressupõe ignorar sua instância documental, nem vice-versa; por isso, torna-se pertinente ler os cantopoemas como realizações estéticas, ressaltando, ao mesmo tempo, o valor histórico-social que os confirma como elementos relevantes para diversos grupos. Pode-se dizer que a literatura silenciosa mantém seu significado político-ideológico porque, em suas origens, refere-se à textualidade de grupos marginalizados, mas exige a compreensão do significado estético que faz da alusão ao silêncio o pretexto para garantir a tessitura de um discurso complexo e criativo.

A expressão "literatura silenciosa" merece ser considerada sob duas perspectivas. Sob a primeira, quando são colocados abaixo da literatura ou da textualidade legitimada e representam a diferença tratada como diferença fechada, isto é, aquela em relação à qual o cânone literário não alimenta expectativas de diálogo. Ao contrário, procura afastá-la, negando-lhe o valor estético ou reinterpretando-a para expurgá-la da diferença e ajustá-la às proposições do cânone. Sob esse aspecto, a literatura silenciosa é percebida como pré-literatura, confinada à esfera dos estudos etnográficos e antropológicos e erroneamente citada como elemento utilitário da comunicação entre os indivíduos que não exercitam o código da literatura legitimada. Isso explica, em parte, a ausência dos cantopoemas e das narrativas de preceito nos cursos de Letras, nos manuais de literatura e na maioria dos ensaios de teoria literária. Mas, observada sob uma outra perspectiva, a literatura silenciosa ultrapassa o maniqueísmo estético (que define a literatura e a não literatura) para assumir a diferença como expressão da autonomia de outras identidades legitimadas a partir de outros paradigmas também significativos. Assim, a literatura silenciosa apresenta-se como diferença aberta, isto é, aquela a partir da qual as identidades interrogam a si mesmas e, na medida em que admitem esse recurso, interagem com outras identidades, interrogando-as. Nesse caso, a literatura silenciosa situa-se frente a frente com a literatura legitimada, desafiando-a e desafiando-se. Isso evidencia que ambas são elaborações sociais relacionadas à atribuição de sentido ao mundo, que a possibilidade do diálogo entre elas se desenha a partir de suas diferenças e que a concretização desse diálogo alarga suas fronteiras de experimentação.

Em nosso enfoque, a literatura silenciosa diz respeito à textualidade elaborada por comunidades negras situadas em áreas rurais e periferias urbanas. Enfatizamos os grupos de Minas Gerais e, sempre que necessário, estendemos o conceito a outros estados brasileiros, na intenção de reconhecer nessas coletividades históricas uma práxis discursiva impregnada de apelos socioculturais e realizações estéticas. Trata-se de textualidades localizadas fora do cânone literário brasileiro, cujo *corpus* veio sendo constituído pelas comunidades marginalizadas como resposta a demandas sociais específicas. Em outros termos, os cantopoemas foram elaborados a partir de uma estética da pluralidade, resultante de cenas sociais caracterizadas pelos conflitos e sincretismos culturais. Os cantopoemas assumiram várias formulações, refletindo as situações de comunidades que reinventaram seus discursos específicos no espaço entre os discursos predominantes. Assim, a partir do contato entre as linguagens do catolicismo e das tradições bantos, e do catolicismo e das tradições nagôs, desenvolveram-se dicções poéticas que permaneceram intocadas. A exceção, como dissemos, faz-se em relação a alguns segmentos da textualidade de procedência nagô.

A título de especulação, estamos considerando duas vertentes de cantopoemas: uma menos sincrética, que acolheu com economia os elementos católicos, e outra majoritariamente híbrida, que dialogou mais intensamente com esses elementos. A primeira, explicitada através dos orikis do candomblé e dos cantos de Xangô do Recife, apresenta uma interferência restrita de elementos católicos. Em alguns casos, pode-se dizer que não ocorreram interferências católicas, havendo nítida diferenciação entre os dois complexos culturais tanto na concepção de mundo quanto nas formas linguísticas. Na segunda vertente incluem-se os cantopoemas banto-católicos (exemplificados pelos cantos do congado, do jongo e dos vissungos) e os cantopoemas nascidos nas fronteiras entre catolicismo, candomblé e kardecismo (representados pelos pontos da umbanda). Nessas vertentes entrecruzam-se as concepções de mundo banto e católica, bem como as formas linguísticas de idiomas bantos e do português.

As fontes privilegiadas dessa outra literatura são as performances dos representantes das comunidades (que se identificam como realizadores e receptores de sua própria textualidade, veiculando-a na maior parte do tempo através da oralidade) e os documentos produzidos a partir das performances (que revelam os agentes intermediários, ou seja, pesquisadores responsáveis pela divulgação dessa literatura em outros contextos e para diferentes públicos: estudiosos, artistas, turistas, outras coletividades de devotos etc.). Os cantopoemas que serviram de base para este ensaio foram recolhidos em pesquisa de campo, diretamente das fontes orais, tal como nas obras que publicamos anteriormente. As informações foram complementadas com as fontes escritas elaboradas por outros pesquisadores. A princípio, essa vasta bibliografia não apresenta os cantopoemas como obras literárias, pois resulta dos enfoques dados por folcloristas, etnógrafos, antropólogos e sociólogos que os analisam como documentos, a fim de desvelar a organização social, os percursos históricos e a estrutura simbólica das comunidades.

Ainda assim se trata de uma bibliografia que reúne e preserva importantes antologias de cantopoemas e narrativas. Nem todas as obras citam esses textos, mas continuam indispensáveis porque apontam as negociações que o *poietés* realiza para situar-se nos domínios da imanência e da transcendência, descrevem as cosmologias de onde emana essa linguagem poética e explicitam as concepções de mundo do sujeito que a elabora. Para inventariar uma antologia de procedência nagô e banto-católica, respectivamente, sugerimos uma breve lista de obras, ressaltando que o *corpus* é extenso.[7] Dentre os documentos produzidos a partir das performances, os LPs, CDs e vídeos merecem destaque. Os encartes apresentados pelos dois primeiros constituem importantes antologias do texto escrito, além de permitirem o acompanhamento sonoro dos cantopoemas em gravações ou regravações de originais. O vídeo amplia o registro e o acesso aos cantopoemas, reatualizando para o espectador a atuação completa do *poietés* que, através da música e da dança, exprime os significados dos gestos rituais e da palavra poética.[8]

---

[7] Para uma antologia nagô: Carneiro, *Candomblés da Bahia*, Rio, 1978 e *Antologia do negro brasileiro*, Rio, s/d. Ramos, *As culturas negras*, Rio, s/d e *As culturas negras no Novo Mundo*, São Paulo, 1979. Elbein dos Santos, *Os nagô e a morte*, Petrópolis, 1976. Verger, *Orixás*, São Paulo, 1981. Bastide, *As religiões africanas no Brasil*, São Paulo, 1985. Augras, *O duplo e a metamorfose*, Petrópolis, 1983. Risério, *Textos e tribos*, Rio, 1993 e *Oriki Orixá*, São Paulo, 1996. Carvalho, *Cantos sagrados do Xangô do Recife*, Brasília, 1993. Moura, *As senhoras do pássaro da noite*, São Paulo, 1994. Siqueira, *Agô Agô Lonã*, Belo Horizonte, 1998. Santos, *História de um terreiro nagô*, São Paulo, 1988. Para uma antologia banto-católica: Girardelli, *Ternos de Congos: Atibaia*, Rio, 1981. Poel, *O rosário dos homens pretos*. Belo Horizonte, 1981. Ribeiro, *O Jongo*, Rio, 1984. Bastide, op. cit., 1985. Machado Filho, *op. cit.*, 1985. Brandão, *A festa do Santo de Preto*, Rio/Goiânia, 1985. Gomes e Pereira, op. cit., 2000 e *Mundo encaixado*, Belo Horizonte, 1992. Giffoni, *Reinado do Rosário de Itapecerica*, São Paulo, 1989. Martins, *Afrografias da memória*, São Paulo/ Belo Horizonte, 1997. Lienhard, op. cit., 1998. Gandra, *O Caxambu no Vale do Paraíba*, Rio, s/d.

[8] Cf. as gravações: *Ternos cantadores*, 1988; *Os negros do Rosário*, 1999 e *Chico Rei*, trilha sonora do filme homônimo, 1985. Ver Claire Leibovitz, *Pontos de Macumba: chants religieux afro-brésiliens*, Paris, 1999. Realizamos análise do vídeo como suporte para as celebrações rituais no ensaio "No balanço do divino: notas sobre uma estética do sagrado", in Pereira e Gomes, *Flor do não esquecimento*, 2002.

A tipologia dos cantopoemas e de suas fontes, como todas as tipologias, está sujeita às alterações decorrentes dos diferentes parâmetros adotados para defini-la. Não queremos estabelecer tipologias definitivas, mas apontar paradigmas além daquele instituído como o cânone literário brasileiro. Compreender a constituição desses outros paradigmas implica uma mudança na maneira de sentir e pensar o objeto estético. Ou seja, não é possível ler-ouvir os cantopoemas com os mesmos instrumentos de leitura da poesia clássica ou romântica, mas é da aproximação a essa diferença que nasce o desejo de ampliar nossas faculdades de apreensão do mundo. Os cantopoemas, tecidos nas fronteiras do vivido e do recriado pelo *poietés*, exercem essa provocação. Por um lado, estendem-se como fios dialógicos em direção ao cânone literário, por outro levam-nos a pensar os pressupostos das ciências sociais, que os analisam como suportes de uma textualidade simultaneamente documental e criativa. A tarefa que se impõe, de imediato, é o reconhecimento do tempo e do espaço em que os cantopoemas afloram, bem como dos sujeitos e dos valores estéticos que os trazem à luz como obra poética.

Arqueologia para cantopoemas

O modo como se deu o trânsito das culturas negras para a América, firmado sobre a corrupção e a violência, contribuiu para alterar a lógica dos contatos que permitem aos grupos se inter-relacionarem a partir das trocas culturais. Não há como negar que a redução dos escravos à condição de objeto impôs aos atores que representaram esse papel o sinal distintivo da ruptura. Se os negros e seus descendentes, por um lado, reagiram à coisificação para afirmar sua dignidade humana, por outro a experiência da ruptura concretizou-se numa herança peculiar, evidenciada pela sensação de deslocamento que frequentemente força os afro-brasileiros a se indagarem sobre a sua identidade. Isso apesar das mudanças sociais e dos debates sobre as questões identitárias que vêm estabelecendo, a bem da verdade histórica, o pertencimento, em sentido amplo, dos negros e de seus descendentes à sociedade brasileira.[9] O deslocamento se inscreveu na memória das populações afro-brasileiras como símbolo negativo, porque exprimiu a viagem que retirou os africanos de uma ordem (a das suas sociedades de origem) para inseri-los no continente americano, onde suas concepções de ordem passaram a representar a desordem diante do modelo vigente. Mas, noutro sentido, positivo, o deslocamento foi retomado como símbolo dialético que permitiu aos africanos e aos seus descendentes estabelecerem reconfigurações das suas culturas e das culturas dos outros, contribuindo decisivamente para a instauração de uma complexa ordem social nas Américas.

Para apreender o deslocamento dialético, que aquece a gestação dos cantopoemas, é necessário percorrer os fios iniciais de sua tessitura. Em novo contexto, diante da negação de sua ordem de mundo, os negros experimentaram cadeias simultâneas de desordem: a linguística (ao se verem fora de sua ambiência idiomática e lançados em outra, desconhecendo a língua do colonizador e de outros escravos, pertencentes a grupos distintos, com quem tomavam contato nos entrepostos do tráfico ou nos locais de trabalho); a estética (ao notarem que seus corpos, gostos e modos de procedimento eram detratados e submetidos a avaliação de acordo com os paradigmas brancos, europeizados); a religiosa (ao constatarem que seus deuses e suas cosmogonias eram transformados em demônios e superstições pela espada de fé do catolicismo); a moral (ao depararem com um sistema jurídico que os desqualificava como seres humanos, identificando-os como transgressores e criminosos em potencial); a cultural (ao se darem conta de que seus valores e compor-

---

[9] Para essas discussões ver Reis e Santos, *Liberdade por um fio: história dos quilombos no Brasil* (1996); Fonseca, *Brasil afro-brasileiro* (2000); Pereira e Gomes, *Ardis da imagem* (2001).

tamentos eram considerados bárbaros por não corresponderem aos padrões da cultura eurocentrista); a afetiva (ao se defrontarem com a perda da liberdade, a fragmentação dos núcleos familiares, a morte e a tortura de companheiros e conhecidos). As análises do sistema escravista que dão relevância aos coeficientes socioeconômicos nem sempre se voltam para a decodificação das sensações afetivas que mobilizaram os escravos, rompendo sua suposta neutralidade de objeto para insuflar-lhes a respiração de sujeito. As experiências de um africano capturado no Benin ou Angola e desembarcado nos portos de Salvador ou Rio de Janeiro, bem como as do escravo crioulo exposto nos mercados municipais para troca, compra e venda constituem exemplos de violência que colocam em risco a capacidade do ser humano para atribuir sentido ao mundo em que vive. Essa desordem, em grau extremado, privou muitos de nós do sentido do mundo, forçando-nos à autodestruição ou à aceitação de outros modelos: ambas as situações, como se sabe, são ilustradas pelos suicídios de escravos e pelo desconforto de muitos negros com sua própria identidade. Por outro lado, aquele que anseia tornar-se sujeito só pode afirmar-se como tal diante de um mundo que se lhe apresenta, simultaneamente, grávido de sentidos e acessível por conta dos sentidos já revelados. Considerando o desenho da sociedade escravista, esses dados indicam a existência de frestas (que chamaremos simbólicas, porque se insinuam mais nos elementos abstratos do que nas bases materiais da cultura) que os africanos e seus descendentes vislumbraram e alargaram como possibilidade para reverter a negatividade do deslocamento, na medida em que, diante da desordem ameaçadora, tornou-se evidente a necessidade de reinventar a ordem.

Para os negros e descendentes, a reinvenção da ordem teve de ser operacionalizada levando-se em conta as heranças da fragmentação, os encontros e desencontros das diferenças e o imperativo de constituir uma síntese que contivesse em si uma lógica de transformações. O *modus vivendi* dos afro-brasileiros, portanto, estava configurado como um jogo de sentidos no qual interferiram elementos dos três continentes e uma diversidade de valores culturais, aspectos, enfim, desafiadores dos antigos modelos de ordem existentes na própria América, África e Europa. A fresta simbólica permitiu que os sujeitos afro-brasileiros articulassem bases de pensamento, teias afetivas e *links* de comunicação que funcionaram como modelo ideal de uma outra ordem; nesse ponto, o imaginário tornou-se o *locus* onde se desdobraram as negociações entre os valores culturais diferentes, consolidando procedimentos decisivos para a configuração de uma outra arquitetura de mundo. Nessa direção, o deslocamento negativo foi sendo transformado em deslocamento dialético, que pode ser demonstrado através das práticas culturais (ritos, danças, gestos) e explicado através das elaborações discursivas (cantos, narrativas, provérbios).

Os tipos de cantopoemas se relacionam às várias arquiteturas de mundo que alimentam a literatura silenciosa. O congado exemplifica uma arquitetura banto-católica e nela o *poietés* busca os temas de sua criação. Diante da complexidade do congado, optamos por caracterizá-lo sob os pontos de vista da performance dramática (através da qual se concretiza num teatro do sagrado) e da concepção ideológica (por meio da qual articula os componentes éticos e religiosos que lhe dão a consistência de um sistema). O teatro do sagrado apoia-se basicamente sobre três eixos: a coroação de reis e rainhas, os cortejos e embaixadas, e danças rituais. A coroação de Reis do Congo, como vimos acima, teve registro já no século XVII, no Nordeste brasileiro. Em Minas Gerais, as primeiras referências à coroação aparecem na obra *Cultura e opulência no Brasil*, que reúne relatos de viagem de Antonil, entre 1705 e 1706. O evento ocorria mediante a autorização concedida pelo Estado português e pela Igreja Católica, que manipularam, até certo ponto, essas manifestações, a fim de estabelecer maior controle sobre a população escrava. Ou seja, ao permitir que os negros celebrassem suas festas religiosas, inibiam o seu desejo de rebelião; ao instituir uma autoridade sagrada (o Rei do Congo), tutelada pelo Estado e pela Igreja, obrigavam os devotos negros à prática da obediência que, nesse caso, referia-se ao divino e também ao poder temporal. Apesar da vigilância, a encenação das coroações ofereceu aos negros a oportunidade de reinterpretarem o próprio evento, atribuindo ao sagrado o papel de mediador entre as origens em África e as realidades brasileiras. Assim como o controle exercido sobre os corpos dos negros foi contestado fisicamente pelas fugas e suicídios, o controle sobre suas almas foi contestado por sua rebelião metafísica. Através dela, os negros articularam os recursos necessários para se adaptarem à catequese cristã, mas também para não perderem totalmente suas heranças religiosas e, segundo as possibilidades, para engendrarem vivências do sagrado capazes de refletir suas expectativas.

Os cortejos e as embaixadas reconstituíram, no enredo sagrado, antigos embates dos grupos que rivalizavam antes mesmo do desembarque no Brasil. No novo contexto, as divergências foram retraduzidas para dar conta dos conflitos entre negros cristianizados e não cristianizados. Isso evidenciou uma estreita relação entre o imaginário cristão dominante e a realidade social. Ou seja, as tensões entre céu e inferno, bons e maus serviram de pontes para desdobrar no imaginário as contendas sociais entre brancos (bons, porque cristãos) e negros (maus, porque não cristãos). Na síntese da relação entre imaginário e realidade estabeleceu-se o código dominante, garantindo aos brancos-bons cristãos o direito ao céu e aos negros-maus não cristãos o exílio no inferno. Como discurso de catequese, essa ideologia apresentou alto rendimento, estendendo-se à convivência dos negros. O combate simbólico ou real encenado durante as embaixadas reduplicou os confrontos sociais entre negros cristãos e negros não cristãos, seguindo a linha de síntese dominante, isto é, para negros-bons cristãos, o céu; para negros-maus não cristãos, o inferno. Nessa sequência, a vitória se decidia em favor dos protegidos de Nossa Senhora do Rosário, São Benedito ou Santa Efigênia – ícones católicos, se se toma o ponto de vista das ações de catequese.

As danças rituais se relacionavam à comemoração da vitória dos devotos e à intervenção das forças divinas, ocasião em que a coreografia e a música apontavam para uma linguagem outra, não totalmente cristã, inserida no conjunto das celebrações. As evoluções do corpo indicam, a partir do modo como se executam os movimentos, certos sentidos e representações, isto é, ainda que todos os homens devotos reverenciem a terra e os ancestrais, a semelhança de seus gestos chamará a atenção para buscarmos neles certas particularidades. A tessitura do congado alerta para as diferentes histórias que os corpos de negros e brancos narram no momento em que fazem, aparentemente, o mesmo gesto ritual.[10] Não há gestos melhores ou piores, mas distintos. Na medida em que essa distinção nasceu associada a um contexto, para se ter maior aproximação a esse contexto é necessário tomar os gestos como diferentes e intercomplementares. As danças rituais de negros, brancos e mestiços apresentam diferenças, mas, ao revelarem uma o que a outra não exibe, contam, por complementação, uma narrativa mais abrangente, que diz respeito aos processos de organização da sociedade brasileira.

Atualmente, o congado apresenta diversas configurações, em vista da perda, transformação ou acréscimo de novos elementos. Em Minas Gerais está articulado a partir de uma fundamentação mítica, reencenada através dos cortejos, embaixadas e danças rituais. O mito narra a ação dos negros que retiraram Nossa Senhora do Rosário das águas (segundo algumas variantes, de uma gruta) e, após uma disputa com os senhores brancos,

---

[10] Sobre as histórias inscritas no corpo, ver Rodrigues, *Bailarino pesquisador intérprete* (1997).

assentam a santa numa capela. Desse episódio em diante, a Senhora do Rosário se torna a protetora dos homens negros. Os cortejos, embaixadas e danças reatualizam esse enredo. Os cortejos se subdividem em Reinado e ternos. O Reinado é formado por Reis e Rainhas, Príncipes e Princesas com várias designações (do Congo, Perpétuos, Festeiros etc.) e guardas-coroas. O Reinado, de acordo com os devotos, representa a coroa de Nossa Senhora do Rosário. Os ternos ou guardas desempenham a função de proteger o Reinado; são constituídos por devotos que rezam, cantam, dançam e cumprem promessas. Cada terno possui histórias, coreografias, músicas, vestes e instrumentos específicos. Dentre os vários ternos, destacam-se os de Congo, Moçambique, Catopê, Marujo, Penacho, Vilão, Caboclinhos e Candombe. Os ternos saem para fora dos limites das comunidades para conduzirem o Reinado, cumprirem promessas e visitarem-se uns aos outros. O Candombe apresenta uma série de particularidades, pois é venerado pelos devotos como a referência mais antiga do congado; além disso, é identificado, simultaneamente, como ritual e como terno.

O teatro do sagrado apoia-se numa concepção ideológica responsável pela projeção do congado como um sistema religioso híbrido e dialético, que se configurou no contexto colonial e pós-colonial a partir de representações simbólicas e práticas culturais ligadas aos negros de origem banto e aos devotos do catolicismo português. O relacionamento entre esses aspectos ocorreu, e ainda se desdobra, de maneira tensa e contraditória, convertendo o congado em espelho dos vários processos de interação e conflito que marcam a sociedade brasileira. Do ponto de vista social, revela-se como uma experiência de comunidades menos favorecidas, situadas em áreas rurais e periferias de centros urbanos. Como afirmam os devotos, trata-se de uma vivência religiosa de pobres, num ou noutro momento alterada pela participação de pessoas de classe média. Fato a se considerar é a presença de intelectuais que, durante ou depois da realização dos trabalhos de pesquisa, incorporam-se às comunidades por períodos contínuos ou intermitentes. Mas, relativizada a presença dos devotos flutuantes, confirma-se o predomínio de pessoas humildes, que fazem do sagrado um lugar múltiplo para construir sua identidade, dialogar com o divino e estabelecer a crítica das desigualdades sociais.

Do ponto de vista étnico, o congado é constituído por negros, mulatos e brancos, embora o consenso afirme a dominância dos primeiros: Nossa Senhora do Rosário é consagrada como protetora dos negros e, nos discursos de autorreferência, os devotos se definem (dentre as muitas autodenominações) como "pretinhos do rosário". Mas é pertinente observar a formação particular das comunidades, já que é possível encontrar aquelas majoritariamente negras e outras com percentuais mais visíveis de mulatos e brancos. Pertencer à mesma faixa socioeconômica mobiliza laços de solidariedade no sagrado, ou seja, todos (negros, mulatos e brancos) são simbolicamente "pretinhos do rosário", na medida em que são também representantes das classes menos favorecidas. Além disso, o intercâmbio entre os grupos e a abertura para os casamentos fora das comunidades são fatos que merecem ser considerados, pois, a longo prazo, podem implicar mudanças no quadro de composição étnica do congado. A ausência de dados censitários dificulta a análise das representações que incidem sobre os devotos e dão margem a observações que se apoiam na opinião consensual, como: o congado é religião dos pobres, mas sem que tenham sido estabelecidos os sentidos de ser pobre nas áreas rurais e nas cidades; e o congado é religião dos negros, embora não tenham sido discutidos os conflitos interétnicos que, por vezes, afetam as relações entre negros e mulatos.

Do ponto de vista da ortodoxia, o congado se articula a partir de matrizes que podem ser identificadas pelos símbolos da ingoma (o tambor ou o grupo de devotos) e do rosário. O primeiro designa as presenças de Zambi e Calunga (divindades do panteão banto) e a prestação de culto aos ancestrais, conhecidos também como "os antigos", que são identificados através de nomeações como "papai", "mamãe", "vovô", "vovó", "nego véio de Angola", "Mãe Maria" etc. O segundo indica os vínculos com o catolicismo através da devoção aos santos (Nossa Senhora do Rosário, São Benedito, Santa Efigênia e outros) e da observância dos preceitos eclesiásticos (adesão aos sacramentos, respeito à autoridade papal etc.). O congado se desenha no entrelugar gerado pelas interações e conflitos dos diferentes aspectos étnicos, sociais e de ortodoxia que lhe dão vitalidade. Os devotos se consideram católicos, inserindo-se na área de influência da instituição eclesiástica; todos são "filhos do rosário" ou "vassalos", qualificativos tomados em função do culto prestado a Nossa Senhora do Rosário. Essa autodefinição pode ser atribuída, por um lado, à necessidade de delinear uma identidade social aceita pelos grupos dominantes (lembrem-se as atitudes que demonizaram as religiões afro-brasileiras e agrediram os seus seguidores) e, por outro, à reivindicação do direito a uma história de negros cristianizados que os devotos atuais entendem como parte de sua herança (nas comunidades, depara-se muitas vezes com o discurso de valorização das práticas cristãs adotadas por "um dos antigos").

Simultaneamente ao modo de ser católico, os devotos cultivam o modo de ser apreendido das vivências religiosas africanas, como formas rituais, culto aos antepassados e processos específicos de iniciação. Nesse caso, autodefinem-se como "pretinhos do rosário" (isto é, são afeitos ao catolicismo, mas não abrem mão dos laços étnicos e culturais que os ligam às perspectivas religiosas ancestrais) ou "filhos de Zambi", numa evidente alusão ao universo cultural negro-africano. De modo geral, os devotos são reservados quanto a essa autodefinição, preferindo manifestá-la no decorrer dos cantopoemas e narrativas ou, então, no interior das próprias comunidades. Mais do que o receio pela reprovação de suas tradições no contexto exterior, essa atitude parece refletir o interesse em resguardar conhecimentos rituais significativos. A não divulgação de certa forma de saber representa sua restrição ao círculo de iniciados, no intuito de garantir a sobrevivência de valores considerados relevantes para a organização material e simbólica do grupo.

Recentemente, os contatos com militantes políticos dos movimentos negros, com pesquisadores e com a mídia, têm interferido nessa concepção de mundo, indicando possibilidades de mudança no comportamento dos devotos. Para muitos deles, torna-se interessante evidenciar suas identidades, a partir do momento em que as matrizes antigas que as compõem são admiradas. Os agentes externos, quando atuam no sentido de reconhecer e respeitar a vida das comunidades, contribuem para dar visibilidade a essas identidades: as lutas pela cidadania empreendidas pelos movimentos negros, a valorização das culturas tradicionais pelos pesquisadores e a difusão de imagens através da mídia estimulam os devotos a se mostrarem como portadores de um acervo cultural significativo. Assim, a herança de uma língua africana ou de uma vivência religiosa enigmática converte-se em elemento através do qual os devotos se afirmam como cidadãos, defendendo as suas especificidades culturais.

Esses aspectos ilustram o caráter dialético do congado, sistema capaz de se relacionar com as tradições bantos e com o catolicismo, seguindo uma lógica que é, simultaneamente, de aproximação e distanciamento. Sua formulação é múltipla, híbrida, pois deriva da reelaboração das fontes banto e católica num contexto brasileiro, delineando o processo que Leda Martins chamou apropriadamente de "cruzamentos transnacionais e multiétnicos".[11] O resultado consiste numa alquimia de verbos e gestos, valores e sentimentos, normas e liberdades cuja permanência implica também a aceitação das mudanças. Daí a pers-

---

[11] Para uma análise aguda da estrutura do congado, ver as abordagens de Leda Martins (1977, p. 36-37); Fonseca (2000, p. 64).

pectiva da unidade na pluralidade que nutre o congado e permite aos devotos transformarem o cotidiano em lugar de negociações, na medida em que uma ordem moral demarca os comportamentos dos devotos e uma orientação ética lhes propicia os argumentos para analisarem o seu modo-de-estar-no-mundo. Sob esse aspecto, as loas do Moçambique, os apelos ancestrais do Candombe, os cantos de levantamento de mastro, as danças, as ladainhas, as promessas, as confissões, as rezas de terços são elaborações discursivas de um sistema que não é puramente banto, nem puramente católico. Possui algo de ambos, mas os ultrapassa para ser o congado, sistema dotado de uma amplitude moral, ética e estética capaz de fundamentar a organização social de várias comunidades e de suas literaturas.

Trata-se de literaturas que remetem a histórias fragmentadas, que recriam esteticamente as rupturas geradas pelo tráfico e os esforços dos negros para se reorganizarem em novo contexto. A leitura dos cantopoemas precisa levar em conta essas situações de fragmentação e vigilância, diante das quais o *poietés* era pressionado a dissimular seus discursos. O fim do escravismo não trouxe soluções definitivas para os problemas que afetavam os negros e seus descendentes. Ao contrário, reconfigurou as antigas formas de opressão. Por isso, as noções de deslocamento, fragmentação e vigilância continuaram adubando o solo onde frutificavam os cantopoemas, de tal modo que a estratégia da dissimulação através do discurso não só foi mantida como aperfeiçoada pelo *poietés*. Em termos objetivos, isso significou que o *poietés* assumiu os fragmentos, as lacunas e os deslizamentos como materiais de sua elaboração discursiva; e buscou no sagrado os recursos para tecer sua linguagem enigmática, plena de poeticidade e alusões à realidade. Subjacente a essas atitudes está a eleição da memória e do sagrado como pilares das narrativas de preceito e dos cantopoemas banto-católicos, evidenciando o *poietés* como um sujeito do tempo (passado, presente, futuro), da viagem (real ou imaginária) e da celebração (testemunha e praticante de ritos sagrados).

O acesso a essa literatura torna-se inviável se não considerarmos os detalhes evocados pela memória através da linguagem do sagrado. Tal associação faz com que o sentido revelado pela leitura seja uma face, entre outras, de um sentido irrevelável em sua totalidade. Essa lógica nos induz a mergulhar constantemente no texto, mas cientes de que a interpretação nos oferece nuances da totalidade. A interpretação escava o texto, descobrindo nele as partes de uma urna sagrada, veículo de todo o conhecimento que, mesmo depois de restaurada, já não exibe sua inteireza primordial. Nesse caso, a leitura e a interpretação se convertem em atividade arqueológica (que permite apreender os níveis de fragmentação e simbolismo dos textos) e lúdica (que nos leva a desenvolver uma sensibilidade aberta à percepção da inércia como movimento e da unidade como diversidade).

Para visitar o interior das narrativas e cantopoemas, recorremos à prática da arqueologia, que nos ajuda a analisar a constituição do universo banto-católico a partir dos fragmentos resgatados pelos mergulhos da interpretação.[12] Os fragmentos assinalam o acesso ao sentido ou objeto que representam "o possível" de algo que supomos ter existido num sentido e numa forma maiores e mais plenos. O sentido e o objeto dispostos no presente não se resolvem como realidades prontas ou definitivas, pois sua condição de fragmento os qualifica para nos oferecer uma visão relativa da completude. Mas a vitalidade atual das narrativas e cantopoemas nos leva a minimizar o sentimento nostálgico diante da totalidade perdida, pois nos provoca com a possibilidade de perceber que os fragmentos foram reorganizados (à luz de novas experiências individuais e coletivas), adquirindo sentido e forma como outro sistema, tão dialógico quanto aquele primordial, que se tornou inalcançável.

---

[12] Lienhard (1998, p. 19).

Essa dinâmica relativiza a ruptura entre passado e presente, tempo mítico e tempo histórico, na medida em que o sistema primordial respira, transformado, nas reconfigurações geradas pelo sistema dos fragmentos. A lógica desse último reside no princípio das metamorfoses e deslocamentos, indicando que o prenúncio do novo e do diferente dialoga com as marcas do modelo tradicional. Sob esse aspecto, revigora-se a imagem do sistema primordial (rasurando-se a falsa ideia de seu simbolismo e ressaltando-se o caráter dialético das tradições), já que sua fragmentação não resultou no vazio cognitivo, mas, ao contrário, estimulou novas negociações. Isso pode ser dito a respeito dos cantopoemas, que buscam nos fragmentos resultantes do tráfico e das relações entre negros, índios e brancos os fios indispensáveis para sua tessitura. Essa poética se anuncia no entrelugar constituído pela permanência e mudança de referenciais bantos e católicos, que lhe fornecem signos linguísticos como o quimbundo e o português; e míticos como as devoções a Zambi e Cristo, Calunga e Nossa Senhora do Rosário. Os aportes indígenas explicitam-se, em alguns casos, pelas referências míticas ao lugar sagrado das matas; pelas citações visuais através das plumagens, pinturas corporais e danças rituais; e pela reatualização de fatos históricos através do uso das armas (arco e flecha) em situações de conflito.

A concretização dessa poética pode ser observada na performance dos Caboclos do Serro, constituída numa primeira etapa por um diálogo entre dois devotos e, numa segunda parte, pelo cantopoema dedicado a Nossa Senhora do Rosário. Os interlocutores emergiram da história colonial e pós-colonial, marcada pelas diversas modalidades de interação e conflito. Por isso, exprimem o que ela gerou como cultura mestiça, forjada através de fusões que, no entanto, não puseram fim às formas de violência e discriminação verificáveis mesmo nas sociedades multiculturais. O cantopoema sugere a negociação como recurso para fundar um entrelugar onde dialogam as etnias (os caboclos representam os índios, mas os atores do enredo são negros trajados como indígenas), as religiões (o enredo ressalta o domínio da catequese cristã, mas os caboclos, através do discurso dos negros, rememoram suas divindades) e os espaços civilizatórios (o discurso revela a distinção entre os habitantes da cidade e do interior).

Os cantopoemas refletem a orientação do teatro do sagrado e da concepção ideológica que fundamentaram o congado, indicando aos devotos a impossibilidade de vivenciar a inteireza dos mundos banto ou católico, mas frisando a possibilidade de participarem de um outro sistema, cuja síntese dialética se exprime no universo banto-católico. Nas regiões onde as culturas indígenas ingressaram no processo de negociação, esse universo se amplia, como demonstra o cantopoema em que negros e índios interagiram, de maneira especular, com o catolicismo; ou seja, assim como negros e índios se ajoelharam no altar do catolicismo, este (através do mito de Nossa Senhora do Rosário que se assentou nos tambores dos negros) também se inclinou ante os discursos e as representações culturais dos oprimidos. No entanto, esse quadro não se fixou em cores tão definidas. O cantopoema insinua a configuração de um entrelugar protéico, onde as interações e os conflitos geram significados provocadores, a saber: o batismo presidido por Tupã, São Pedro e São Paulo inscreve o devoto noutra ordem de transcendência, que supõe uma linguagem indígena-cristã para apreendê-la; o fato de os negros-índios passarem para "dentro" da igreja indica uma experiência cultural que se afirma em sua condição de movimento e de vir a ser; o mirar-se face a face dos interlocutores, interrogando-se, revela as tensões das sociedades multiculturais, em que os sujeitos negociam cotidianamente sua identidade e sua alteridade; a síntese (todos unidos em nome da liberdade) não se sustenta como relação definitiva, pois sua estrutura dialética mostra que está grávida dos conflitos latentes no discurso dos interlocutores: estes se sentem distintos, antes de firmarem a aliança para aderirem à mesma devoção (1°: "o que faz com esses anais todos de arcos e frecha na mão?/ 2°: Sou um dos fiéis caboco permanente que vim visitá a Virgem Santa Maria").

A incidência de diferentes elementos na formação dos cantopoemas dificulta a determinação de seus aspectos temáticos e formais; além disso, a condição de textualidade rejeitada e o pouco interesse dos estudiosos em abordá-los como literatura aumentam ainda mais as sombras em torno de sua significação estética. Para viabilizar o acesso a essa literatura, é necessário remover as camadas de silêncio que a exilaram e, ao mesmo tempo, propor caminhos para interpretar sua configuração. Trata-se de um trabalho para remover as camadas visíveis no presente, com o intuito de atingir certas estruturas do passado e, a partir daí, estimular canais de diálogo, insinuar e reconhecer correlações entre as diferentes épocas, culturas e discursos. Para essa finalidade, valemo-nos dos recursos oferecidos pela "arqueologia da memória escrava"[13] e de outra linha de escavações, que identificamos como arqueologia do sagrado.

A primeira, segundo Lienhard, deriva de grupos inseridos nas "coletividades proteiformes" da América colonial e pós-colonial, que se encontram em "constante processo de redefinição e recomposição". O mapa identitário desses grupos, em geral de ascendências negras e indígenas, é desenhado a partir de suas etnias (entenda-se aqui essa categoria como "produto da história, mais do que manifestação de alguma "essência" cultural), que se revelam como fatores de sua exclusão ou inclusão na

---

[13] Lienhard (1998, p. 16).

sociedade contemporânea. Vistas pela ótica dominante, essas etnias representam o atraso que impede os países latino-americanos de ingressarem definitivamente na modernidade; por isso, ou são excluídas dos avanços sociais ou são utilizadas como culturas exóticas e objetos de consumo para a indústria do turismo e da cultura de massas. Mas, do ponto de vista dos marginalizados, a defesa da especificidade étnica representa um modo de reivindicar sua inclusão na sociedade. Isto é, a "etnicidade, baseada numa tradição ainda viva ou reinventada, vem a ser antes de tudo a resposta" desses grupos "à sua discriminação no seio de uma sociedade global". Em linhas gerais, a ênfase na etnicidade aproxima os grupos que sofreram com as imposições da sociedade colonial e pós-colonial, explicitando o fato de negros e indígenas se terem tornado personagens da outra história, por não se encaixarem na história oficial dos segmentos hegemônicos.

A arqueologia da memória escrava nos ajuda a reconstituir cenas da experiência que os negros e seus descendentes protagonizaram durante a diáspora e o cativeiro. O texto dos cantopoemas funciona como roteiro para uma leitura da outra história costurada a partir de fragmentos e instauradora de um contradiscurso (o do oprimido) que reduplica e também rejeita o discurso dominante. Ao mergulhar nesse roteiro, o olhar arqueológico reencontra a sequência que se pode considerar como a versão da diáspora elaborada na perspectiva da poética banto-católica. O filme visualizado através dos cantopoemas é feito de lacunas e reconstruções; em sua primeira parte, abrange desde a viagem da diáspora até a Abolição. São três séculos de história envolvendo África, América e Europa, gerando uma rede de experiências afetivas que se mesclam ao pragmatismo dos projetos econômicos e à instabilidade das tramas políticas. Nessa primeira fase os negros protagonizam os seguintes episódios:

1 – Prólogo: Tráfico e angústia da viagem para a América

Ô marinhero
Lá no mar balanciô
Ô marinhero
Lá no mar balanciô

Ô sereia, ô cai n'água
Ô sereia, ô langô
Ô Pai Xangô

2 – Intermezzo: Ambiente do cativeiro no Brasil

a) Cenário do sofrimento

Papai num gosta
De casca de coco no terrero
Sá Rainha
Eu alembrei do cativero

b) Opressão religiosa

Quando branco ia à missa
Era nego que levava
Sinhô branco entrava pra dentro
Nego cá fora ficava

c) Castigos e torturas

Nego num podia falá nada
Que de chiquirá inda apanhava

d) Resistência religiosa

Ei, Calunga me leva
pra minha terra

e) Resistência dos quilombos

Ô, candombero bom
É do quilombo

3 – Epílogo: A abolição da escravatura

Tava dormino	No dia 13 de maio
Sá Rainha me chamô	Fazendero todo chorô
– Acorda, nego	Chorô, chorô
O cativeiro já acabô	Cativero de nego acabô[14]

A segunda parte do filme sinaliza do período pós-abolicionista à contemporaneidade. O contradiscurso, nesse caso, utiliza a memória escrava como metáfora para se referir às questões atuais: recorre à violência aplicada contra os ancestrais para denunciar a opressão e a dureza do trabalho; retoma a ação dos quilombolas e a sabedoria dos que dominavam o sagrado para ressaltar o orgulho e as habilidades dos negros e seus descendentes. Nessa segunda fase, os cantopoemas se referem menos aos acontecimentos e destacam mais a simbologia das atitudes, ainda que no passado. O filme adquire aspecto conceitual, as sequências apelam para o olhar analítico dos protagonistas e espectadores, a fim de apreenderem as funções do *poietés*, a leitura do passado, os confrontos ideológicos e o reconhecimento das especificidades dos afro-brasileiros, traços, enfim, que ressaltam o caráter metalinguístico do filme histórico. Ou seja, o contradiscurso que contesta o discurso dominante acerca das populações afro-brasileiras coloca-se à prova durante as celebrações do congado, sendo comentado pelos devotos que o rejeitam (se não corresponde às expectativas) ou o aceitam e ampliam (se traduz as suas ansiedades e lhes abre as portas para a interpretação dos fatos históricos). O roteiro metadiscursivo assinala os embates ideológicos que presidem a construção da história, já que o *poietés* tem de analisar a versão gerada pelos autores do discurso dominante e ultrapassá-la, oferecendo outra

---

[14] Gomes e Pereira (2000, p. 374, 493, 259, 289, 291, 258, 506). Esses roteiros aparecem em outros grupos (ver Ribeiro (1984); Machado Filho (1985); Giffoni (1989); Martins (1997). Centramos a seleção de exemplos na comunidade dos Arturos para agilizar a visualização das sequências.

versão significativa para os contemporâneos. Nessa fase, os cantopoemas sugerem um filme em aberto, no qual os afro-brasileiros e a sociedade brasileira se deparam com questões em processo de negociação. O roteiro, baseado em temas do passado, abre-se ao presente com um leque de provocações, a saber:

1 – Afirmação da legitimidade do narrador

É divera, povo bão
Agora eu vô falá
Eu sô fio dessa ingoma
Eu nasci nesse congá

2 – Revigoramento dos laços com os ancestrais

Ih, essa gunga num é minha, ai, ai
Essa gunga num é minha
Num é minha, num é minha
Essa gunga é de vovó meus irmão
Pra nós conservá
Chora ingomá

3 – Os conflitos ideológicos

O sô Padro abre a porta
Ô! que o nego qué entrá
Qué ouvi a santa missa
Que o Padro Eterno vai celebrá

Quando eu saí de casa
Minha mãe me encomendô
Oi, meu fio, cê num apanha
Que seu pai nunca panhô

4 – Valorização da etnicidade

Seo moçambiquero
Segura a toada
Que o povo de Angola
Não é de caçoada

Nego de coroa
É nego batizado
Nego de coroa
Nego iluminado[15]

---

[15] Idem, p. 511, 515, 260, 505, 370, 371.

O convívio com o sagrado consiste numa experiência universal, embora suas práticas, ritos e linguagens adquiram características locais, refletindo percursos histórico-sociais específicos. Em diferentes contextos, o ser humano, individualmente ou em grupo, tratou de decifrar e coordenar suas ligações com o sagrado; para isso, estabeleceu códigos, organizou instituições, produziu discursos, ergueu templos ou tomou a própria natureza para essa finalidade. As traduções do universal (a busca do mistério) se concretizaram em vivências histórica, social e esteticamente marcadas, resultando no cultivo e na exposição das diferenças, a fim de particularizar os modos como os grupos se exprimem em relação ao divino. Isso demonstra a existência de vínculos entre as vivências do sagrado e as identidades étnicas, justificando, por um lado, a investigação das particularidades que dão sentido às experiências de grupos localizados e, por outro, dos traços comuns às várias religiões.

O primeiro enfoque nos permite acessar a memória de afro-brasileiros centrada no percurso da diáspora, que pode ser assinalada como memória escrava; ou a memória de indígenas brasileiros, rasurada pela colonização e que se torna legível também a partir da memória escrava. A etnicidade, nesses casos, sobressai como traço distintivo e evidencia as leituras específicas que esses grupos realizaram do sagrado. O segundo enfoque aponta o sentido universalizante, que confere ao sagrado a propriedade de abarcar as especificidades étnicas. Isso ocorre quando as feições históricas da memória escrava (de negros e índios) são filtradas através da linguagem do sagrado, fazendo com que as experiências religiosas interfiram nos processos sociais. A memória do sagrado, portanto, é mais abrangente que a memória escrava, mas essa abrangência se sustenta porque ambas desenvolvem uma relação intercomplementar. Ou seja, o universal do sagrado oferece recursos (força de coesão e visão da imanência e da transcendência) para que as particularidades étnicas (busca da identidade, defesa do território, afirmação da autoridade) possam ser pleiteadas no cenário cotidiano da história. Por outro lado, o reconhecimento das especificidades étnicas no plano da história reafirma a visibilidade do sagrado, seja para debater temas referentes à imanência ou para sinalizar outros sentidos para a vida na transcendência.

Os cantopoemas exemplificam a interseção entre memória escrava e memória do sagrado, traçando um roteiro em que os fatos e a interpretação dos fatos se mesclam para gerar uma concepção de mundo, simultaneamente universal (porque ressalta as relações entre o visível e o invisível, o concreto e o abstrato) e particular (porque destaca o negro, livre ou escravo, como protagonista dessas relações). Por isso, recordar os eventos do cativeiro implica recordar o sagrado no qual os negros e seus descendentes encontraram meios para superar a desordem que os atingiu. A resistência à escravidão está inscrita na memória do sagrado, como indicam os elementos de outro filme conceitual sugerido pelos cantopoemas. Neste, os apelos simbólicos da linguagem são ampliados e o não dito se converte no texto principal, embora a superfície do discurso e das imagens pareça confirmar o discurso dominante. Através do sagrado, os negros e seus descendentes rezavam a seus deuses, apesar de rechaçados pela religião oficial; confrontavam a opressão ao apropriar-se do imaginário católico; reelaboravam seus valores culturais a partir da religiosidade e do convívio com os antepassados. Vejamos o roteiro:

1 – Oração aos deuses sem templo

Nego num podia falá nada
Que de chiquirá inda apanhava
Nego só ia rezá
Quando na sanzala chegava

2 – Terra e céu para os oprimidos

Sinhô Rei me chamô
Com chicote na mão
Ele qué me batê
Eu num quero apanhá
Eu num sô nego dele

Oi vivá, oi vivá
Viva Nossa Senhora
Oi vivá

Chegô na porta do céu,
Estava trancado
Com cadeado de bronze.
O cadeado arrebentô,
Caiu no chão,
O chão tremeu,
A terra gemeu,
Nossa Senhora disse:
– Entra meu filho
Vem vê o Rosaro de Maria.
Hoje chegô o nosso dia
Com prazê e alegria.

3 – Guerreiros dos enigmas

Oi, a roda do mundo é grande
A de Zambi inda é maió

Me lembrei dos tronco véio
Canarim beija-fulô
Eu lembrei foi do passado
Do tempo do meu avô

Nego véio de Lugamba
É na língua de um nego
É na língua de Angola
Olha ninguém me entende
Olha a língua de Angola
Olha ninguém compreende[16]

As arqueologias da memória escrava e da memória do sagrado são procedimentos de investigação que restabelecem os vínculos entre passado e presente mediante a percepção do dinamismo que os envolve. O sentido dessas referências espaço-temporais não está determinado de maneira irrevogável, embora por implicações ideológicas seja possível circunscrevê-las a um parâmetro restrito, tomando o passado como tempo-espaço das situações resolvidas e o presente como o das situações em

[16] Idem, p. 259, 262, 348, 223, 367, 371.

curso. No entanto, as escavações sugeridas pelos cantopoemas evidenciam que o *poietés* os apreende como espaços e tempos em movimento e funcionando, via de regra, como possibilidades para expandir a sensação de presença do ser humano. Quer dizer, na medida em que os cantopoemas vitalizam o passado, ressuscitam também tudo que o constitui, em particular os indivíduos: assim, um antepassado se mantém vivo e aquilo que parece ausência (o seu afastamento do presente) é convertido em reapresentação ou nova presença.

O *poietés* interpreta o presente, simultaneamente, como o futuro dos antepassados e o passado dinâmico de si mesmo. As noções espaço-temporais se alargam e se aprofundam, abarcando as antíteses que movem a existência humana, isto é, vida e morte, princípio e fim são tomados pelo *poietés* como sínteses que se abrem continuamente a novas sínteses: viver é morrer, morrer é nascer, iniciar é terminar, concluir é recomeçar – operações que exigem um contexto próprio para sustentá-las. O congado vem a ser um desses contextos, onde é possível sintetizar eventos históricos e experiências transcendentes, atualizar os ancestrais e levar os contemporâneos numa viagem ao passado. O *poietés* se associa ao congado, como devoto, pois aí tem acesso às informações e vivências afetivas que lhe permitem transitar entre os espaços-tempos, acumulando percepções que serão traduzidas e socializadas através da linguagem.

Ao abrir essas janelas, as arqueologias da memória se tornam instrumento para realizar investigações objetivas que reconstituem as formas de vida e pensamento dos grupos sociais, funcionando também como fontes para a criação artística. A memória escrava, por exemplo, permite que o historiador das culturas recomponha cenas em que os negros atuaram e que nem sempre foram narradas nos capítulos da historiografia oficial. Ao escavar a linguagem dos cantopoemas, pode-se chegar às camadas encobertas da vida social, que revelam outra formulação para as relações entre negros, brancos e mestiços no contexto da escravidão. Além disso, o aspecto fragmentário e não linear da memória reforça a elaboração de outras versões da história que circulam simultaneamente à versão oficial, gerando um jogo de contrapontos discursivos.

Não é nosso objetivo analisar os desdobramentos da memória escrava, mas, ao apontar o estímulo que fornecem à investigação da criação artística, desejamos realçar a importância dos procedimentos apresentados pela arqueologia da memória. Eles nos ajudam a reconstituir a vida cultural, social e política em planos gerais, ao mesmo tempo em que podemos iluminar aspectos particulares nesses planos. Assim, sob as camadas de linguagem e sentido dos cantopoemas, redescobrimos as experiências dos negros escravos que, embora ignoradas pela história oficial, confirmaram-se como fatos e nos oferecem uma visão mais ampla da sociedade brasileira. Além disso, a arqueologia da memória nos incita a reconstituir certos detalhes decisivos para a compreensão da sociedade, apesar de mesclados aos acontecimentos considerados maiores. Referimo-nos, por exemplo, à passagem da textualidade banto-católica da oralidade para a escrita e, em etapa posterior, para a instalação da convivência entre os dois suportes.

O mergulho arqueológico reata os vínculos espaço-temporais, possibilitando a análise das vias históricas que relacionam passado e presente. No que concerne às tradições orais, esse exercício se torna possível quando emendamos as linhas visíveis das fontes documentais escritas, desenhos e pinturas, com as linhas invisíveis das elaborações discursivas disponibilizadas através da memória coletiva. Esse método, evidentemente, não reproduz *ipsis literis* o processo histórico, mas permite criar uma representação ou modelo para pensá-lo. Por se tratar de um modelo, é justo considerar que sua elaboração tem o objetivo de responder a certas indagações e de sugerir um certo modo de atribuir sentido à realidade. Um esboço desse modelo está implícito na análise que Chamoiseau e Confiant estabelecem para explicar o surgimento do *conteur créole* das Antilhas. Os autores costuram a relação entre o grito (cantos de trabalho e rebeldia dos escravos nas plantações) e a palavra que nutre as narrativas do *conteur.* Apesar de se situarem em espaços e tempos distintos, o grito e a palavra estão interligados, correspondendo, em cada espaço-tempo, à ação discursiva de diferentes atores. Ou, como afirmam os autores, o herdeiro do grito será o *nègre marron* (o escravo fugitivo, equivalente do quilombola brasileiro, que nega o escravismo e se refugia nas matas), enquanto o "artista do grito, o receptáculo de sua poética" será o *paroleur* ou *conteur créole* (situado numa faixa que o vincula às grandes plantações e a alguma possibilidade de incursionar pelos espaços da casa).[17] Para os cantopoemas, esse modelo pode ser reconfigurado a partir das indagações: em que espaço ecoavam? Quem foram, inicialmente, os seus enunciadores? Como se costurou a relação entre oralidade e escritura nos cantopoemas? Essa relação provocou mudanças no perfil de seus enunciadores? O que essa relação implica em termos estéticos?

Apesar do paradoxo, é válido dizer que os cantopoemas ocuparam o espaço da margem, mas no sistema social vigente. Isso se deve à sua origem, pois, tecidos como discurso pertencente ao congado, reduplicaram as ambivalências e a dialética desse sistema religioso. Ou seja, desenvolveram-se no espaço da sociedade colonial e pós-colonial, simultaneamente às outras formas literárias e de discurso religioso, embora não tenham sido considerados nem como literatura nem como discurso religioso privilegiado. Isso se vincula aos seus enunciadores, isto é, negros e seus descendentes, identificados com a imagem dos escravos e depois homens livres. Nas duas condições, todavia, o estatuto dos enunciadores correspondeu àquele dos indivíduos socialmente menos favorecidos: pobres, negros e mestiços, habitantes de áreas rurais e periferias urbanas.

---

[17] Chamoiseau e Confiant (1999, p.43).

A relação da oralidade com a escritura nos cantopoemas revela a hierarquia que situou as culturas afro-brasileiras num plano inferior da ordem social, na medida em que os enunciadores da versão oral tiveram pouco ou nenhum acesso ao suporte da escrita. Os enunciadores iniciais dos cantopoemas foram os negros e seus descendentes, escravos ou libertos, devotos do catolicismo e das heranças religiosas africanas. Entoavam os cantopoemas durante as celebrações (procissões, coroações de Reis Congos) e nos locais de trabalho (minas, plantações, terreiros de fazendas), relacionando essa modalidade discursiva ao grupo étnico formado por negros e mestiços que pertenciam à camada socioeconômica menos favorecida. Por isso, a evocação e a análise dos aspectos étnicos e sociais se tornaram traços distintivos dessa poética, na medida em que delineiam as trajetórias pessoal e coletiva de uma parte da população afro-brasileira. De modo geral, foram os viajantes, sobretudo no decorrer do século XIX, e os pesquisadores contemporâneos que efetivaram o registro escrito dos cantopoemas e narrativas, bem como dos ritos e condições sociais em que eram realizados. Prevaleceu, portanto, o ponto de vista "desde fora", responsável pela elaboração de interpretações que não lograram alcançar a realidade estética incrustada nos cantopoemas.

Apesar de limitado, o quadro acima esboça uma costura entre oralidade e escritura que pode se desenrolar num espectro mais complexo. O primeiro sinal é a problematização que se impõe para delinearmos o perfil dos enunciadores dos cantopoemas. Enquanto criação estritamente oral, os cantopoemas estiveram restritos ao *poietés* na área de sua comunidade, mas a escritura feita pelos devotos ou por viajantes e pesquisadores está criando novos meios de difusão e novos espaços de recepção dessa literatura. Além da performance do *poietés* com alcance local, essa escritura ganha circulação através da mídia impressa (livros, *folders*, cartazes, panfletos, encartes de discos e CDs) e audiovisual (documentários em vídeo, filmes etnográficos, coberturas jornalísticas durante as festas), culminando com sua entrada na rede mundial de computadores através de *homepages* (idealizadas por pesquisadores ou instituições culturais), onde é tratada como hipertexto. Sob esse aspecto, as produções da oralidade, ao contrário de sucumbirem ao surgimento das novas tecnologias, têm-se adaptado a elas, gerando novas redes de significação e ampliando nosso acesso a diferentes tipos de textualidade.

Ao divisarmos a gênese e a transformação dos cantopoemas, acompanhamos a configuração do *poietés*, cujo perfil mescla os procedimentos dos antepassados com os apelos do mundo contemporâneo. São inerentes ao *poietés* as experiências com os embates, os diálogos e as sínteses a partir dos quais desenvolve seus exercícios de preservação e mudança das tradições. Sua imagem é fixada segundo pinceladas alternativas, pois é possível apreendê-lo tanto na pessoa de um Rei ou Rainha paramentados, quanto na de um devoto em trajes de seus afazeres cotidianos. Nos cenários do congado, não são os adornos rituais que necessariamente identificam o *poietés*, embora possa haver situações em que os capitães (usando bastões, rosários e a vestimenta ritual) e os reis (portando as coroas e os cetros) desempenhem as funções do *poietés*, gerenciando os cantopoemas e as narrativas de preceito. Os múltiplos termos que os devotos utilizam para estabelecer sua autodefinição acentuam a imagem deslizante do *poietés*, incluindo-o entre os capitães, pretinhos do rosário, marujos, brejeiros, filhos do rosário, filhos de papai e mamãe, filhos de Zambi, vassalos, macurandambas, angangas muquiches, devotos. As autodefinições refletem as *personae* que constituem a unidade em diversidade do *poietés*, bem como os diferentes pontos de vista que assume para observar o mundo. Assim, a humildade do vassalo contrasta com a sabedoria do macurandamba; o contentamento do brejeiro com a austeridade do anganga muquiche. Esses atributos não são rígidos ou incompatíveis entre si; são, de fato, perspectivas psicológicas em movimento, que ampliam as possibilidades do sujeito para analisar a realidade e nela interferir com sua capacidade criadora.

Ao finalizarmos este ensaio, mais que uma conclusão, desejamos frisar nosso desejo de delinear "um relato da estrutura imaginativa" das comunidades do congado.[18] Nesse percurso, destaca-se o fato de que a palavra – matéria-prima com que os devotos tecem os cantopoemas e as narrativas – é a porta de entrada e de saída para evidenciar as representações sociais do congado, uma vez que ele se organiza a partir da textualidade relacionada a um mito fundador e aos trajetos históricos dos devotos. Isso faz com que os cantopoemas e as narrativas sejam constituídos como tradução e interpretação das vivências míticas e históricas dos devotos e de seus ancestrais. O exercício da interpretação, por sua vez, abre aos devotos a possibilidade de criarem novas representações que inserem o congado na sociedade contemporânea. O funcionamento dessa lógica está ligado à dinâmica da palavra, célula que – associada ao canto e à dança – alimenta a tessitura das narrativas e cantopoemas. A palavra do congado é articulada como recipiente conceitual e mediador ontológico, além de ser uma estrutura linguística. Conforme o primeiro aspecto, aquilo que o devoto enuncia através da palavra se refere à organização social da comunidade, identificando seus valores morais e éticos, cadeias hierárquicas e tendências estéticas. O segundo aspecto mostra a palavra como ponte, que permite a circulação de mensagens entre o mundo sobrenatural e o cotidiano. Simultaneamente, é na estrutura linguística – reveladora dos níveis fônico, sintático, semântico e gráfico da palavra – que se abrigam os conceitos e a ontologia do congado, de modo a transformar as narrativas e os cantopoemas em tex-

---

[18] Geertz, *O saber local* (2000, p. 13).

tos de informação/formação (traço conceitual) ligados diretamente a uma concepção de mundo (traço ontológico). Essa densidade foi ressaltada por Leda Martins, ao observar que nos "circuitos de linguagem dos congados, a palavra adquire uma ressonância singular, investindo e inscrevendo o sujeito que a manifesta ou a quem se dirige em um ciclo de expressão e de poder". Além disso, a palavra atualiza-se para o sujeito como experiência concreta, pois é "sopro, hálito, dicção, acontecimento e performance, índice de sabedoria".[19]

Diante disso, não há garantias de que os devotos estejam argumentando exatamente como indicamos, mas a articulação que fazem do discurso, encenando de modo ambivalente os fatos sociais, funciona como um convite à interpretação desse *corpus* literário. A estrutura imaginativa das comunidades do congado perpassa as tramas dos cantopoemas e narrativas, ora como uma imagem objetiva, ora como uma sucessão de reflexos que encenam, em ambos os casos, alguns dos mecanismos de negociação e de conflito que caracterizam a sociedade brasileira. As encenações se constituem como contrapontos umas das outras, negando-se e afirmando-se, justificando as evidências e insinuando as possíveis significações do mundo. Isso faz com que os devotos e sua literatura se configurem como contrapontos de um diálogo social restrito (quando direcionados à interlocução entre si) e abrangente (quando impulsionados à interlocução com outros grupos religiosos, com os políticos, com a mídia e, mais recentemente, com as atividades de turismo). As interações e os conflitos decorrentes desses diálogos apontam a complexidade das encenações feitas através dos cantopoemas e das narrativas, bem como do universo cultural apresentado e representado através deles.

---

[19] Martins (1997, p. 146).

Referências bibliográficas

AUGRAS, Monique. **O duplo e a metamorfose**: a identidade mítica em comunidades nagô. Petrópolis: Vozes, 1983.

BASTIDE, Roger. **As religiões africanas no Brasil**: contribuição a uma sociologia das interpenetrações de civilizações. Trad. Maria Capellato e Olívia Krähenbühl. São Paulo: Pioneira, 1985.

BRANDÃO, Carlos Rodrigues. **A festa do Santo de Preto**. Rio de Janeiro: Funarte/ UFG, 1985.

CARNEIRO, Edison. **Candomblés da Bahia**. Rio de Janeiro: Civilização Brasileira, 1978.

CARNEIRO, Edison. **Antologia do negro brasileiro**. Rio de Janeiro: Ediouro, 1964.

CARVALHO, José Jorge de. **Cantos sagrados do Xangô do Recife**. Brasília: Fundação Cultural Palmares, 1993.

CHAMOISEAU, Patrick; CONFIANT, Raphaël. **Lettres créoles**: tracées antillaises et continentales de la littérature. Paris: Gallimard, 1999.

DAMASCENO, Benedita Gouveia. **Poesia negra no modernismo brasileiro**. Campinas: Pontes, 1988.

ELBEIN DOS SANTOS, Juana. **Os nagô e a morte:** Pade, Asèsè e o culto Egun na Bahia. Petrópolis: Vozes, 1976.

FONSECA, Maria Nazareth Soares (Org.). **Brasil afro-brasileiro**. Belo Horizonte: Autêntica, 2000.

GANDRA, Edir Evangelista. **O Caxambu no Vale do Paraíba**. Rio de Janeiro: INEPAC, Divisão de Folclore, 1973. Mimeografado.

GEERTZ, Clifford. **O saber local**: novos ensaios em antropologia interpretativa. Trad. Vera Mello Joscelyne. Petrópolis: Vozes, 2000.

GIFFONI, Maria Amália Corrêa. **Reinado do Rosário de Itapecerica**. São Paulo: Associação Palas Athena do Brasil/ Massao Ohno Estúdio, 1989.

GIRARDELLI, Élsie da Costa. **Ternos de Congos**: Atibaia. Rio de Janeiro: FUNARTE,1981.

GOMES, Núbia Pereira de M..; PEREIRA, Edimilson de Almeida. **Negras raízes mineiras**: os Arturos. 2. ed.. Belo Horizonte: Mazza Edições, 2000.

GOMES, Núbia Pereira de M..; PEREIRA, Edimilson de Almeida. **Mundo encaixado**: significação da cultura popular. Belo Horizonte: Mazza Edições, 1992.

LIENHARD, Martin. **O mar e o mato: histórias da escravidão:** Congo-Angola, Brasil, Caribe. Salvador: Ed. UFBA/ CEAO, 1998.

LUCAS, Glaura. **Os sons do Rosário**: um estudo etnomusicológico do congado mineiro: Arturos e Jatobá. 1999. Dissertação (Mestrado) – Universidade de São Paulo, São Paulo.

MACHADO FILHO, Aires da Mata. **O negro e o garimpo em Minas Gerais**. Belo Horizonte: Itatiaia, 1985.

MARTINS, Leda Maria. **Afrografias da memória**: o Reinado do Rosário no Jatobá. São Paulo: Perspectiva, 1997.

MOURA, Carlos Eugênio Marcondes de (Org.). **As senhoras do pássaro da noite**: escritos sobre a religião dos orixás. São Paulo: EdUSP/ Axis Mundi, 1994.

PEREIRA, Edimilson de A.; GOMES, Núbia P.M.. **Ardis da imagem**: exclusão étnica e violência nos discursos da cultura brasileira. Belo Horizonte: Mazza Edições, 2001.

PEREIRA, Edimilson de A.; GOMES, Núbia P.M.. **Flor do não esquecimento**: o cotidiano na cultura popular. Belo Horizonte: Autêntica, 2002.

POEL, Francisco van der. **O rosário dos homens pretos**. Belo Horizonte: Imprensa Oficial, 1981.

RAMOS, Arthur. **As culturas negras**: introdução à antropologia brasileira. Rio de Janeiro: Livraria da Casa do Estudante do Brasil, s/d.

RAMOS, Arthur. **As culturas negras no Novo Mundo**. São Paulo: Editora Nacional, 1979.

RIBEIRO, Maria de Lourdes Borges. **O jongo**. Rio de Janeiro: FUNARTE, 1984.

REIS, João José; SANTOS, Flávio dos (Org.). **Liberdade por um fio**: história dos quilombos no Brasil. São Paulo: Companhia das Letras, 1996.

RISÉRIO, Antonio. **Textos e tribos**: poéticas extraocidentais nos trópicos brasileiros. Rio de Janeiro: Imago, 1993.

RISÉRIO, Antonio. **Oriki Orixá**. São Paulo: Perspectiva, 1996.

RODRIGUES, Graziela Fonseca. **Bailarino pesquisador intérprete**: processo de formação. Rio de Janeiro: FUNARTE, 1997.

SANTOS, Deoscóredes Maximiliano. **História de um terreiro nagô**. São Paulo: Max Limonad, 1988.

SCHWARTZ, Roberto. **As vanguardas latino-americanas**: polêmicas, manifestos e textos críticos. São Paulo: Ed. USP/ Iluminuras/ Fapesp, 1995.

SIQUEIRA, Maria de Lourdes. **Agô Agô Lonã**: mitos, ritos e organização em terreiros de candomblé da Bahia. Trad. Sibyla M. Mulert. Belo Horizonte: Mazza Edições, 1998.

VERGER, Pierre. **Orixás**. São Paulo: Corrupio, 1981.

Musicografia

DIAS, Paulo. **Congado Mineiro.** São Paulo: Itaú Cultural, 2000. 1 CD.

JALI KUNDA. **Griots of West Africa & Beyond**. New York: Ellipsis Arts,1996. 1 CD e 1 LIVRO

LACERDA, Marcos Branda. **Drama e fetiche**: Vodum, Bumba-meu-boi e Samba no Benim. Rio de Janeiro: FUNARTE/ Centro Nacional de Folclore e Cultura Popular, 1998. 1 CD.

LEIBOVITZ, Claire. **Pontos de macumba**: chants religieux afro-brésiliens. Paris: Iris Musique, 1999. 1 CD.

MACHADO, Marina. **Baile das pulgas.** Belo Horizonte: Lamil, abril de 1999. 1 CD.

NASCIMENTO, Milton *et al.* **Chico Rei.** Rio de Janeiro: Som Livre, 1985. 1 disco LP.

TERNOS-CANTADORES. Belo Horizonte: SESC/ Serviço Social do Comércio, 1988. 1 disco LP.

TITANE (Org.). **Os negros do Rosário** (CD). Belo Horizonte: Lapa Discos, 1999. 1 CD.

TITANE (Org.). **Inseto raro.** Belo Horizonte: Atração Fonográfica, 1996. 1 CD.

TIZUMBA, Maurício. **África Gerais.** Belo Horizonte: Partners Com. & Marketing, [19-]. 1 CD.

Discursos identitários afro-brasileiros: o Ilê-Aiyê

Florentina Souza

Os discursos de representação étnica identitária são, em geral, construídos como consequência das carências e necessidades de reunião que determinado grupo tem para dar resposta coletiva às injunções de seus contatos sociais. Escritores contemporâneos têm enfatizado que a construção de perfis identitários decorre dessa necessidade de arregimentação de forças e interesses, o que torna esses perfis estratégicos, relacionais e impossíveis de serem pensados fora dos contextos e injunções da economia do poder. O Brasil das décadas finais do século XX presenciou um intenso fluxo de produção de discursos identitários de autoria dos chamados grupos minoritários. Poemas, letras de música, reportagens, contos, depoimentos, entre outros, ilustram a crescente preocupação com o tema.

A tradição intelectual brasileira, desde meados do século XIX, mostra-se inquieta diante da configuração da população do país. São vários os textos produzidos com o objetivo de "explicar" as impossibilidades ou possibilidades de progresso do país, tendo como ponto de partida as "desvantagens" da sua composição populacional – essa inquietude acentua-se com as impressões dos viajantes estrangeiros que destacam, principalmente na

Bahia e no Rio de Janeiro, a presença de um enorme contingente de negros e mestiços. Os fins do século XIX e todo o século XX foram marcados pelos debates e reflexões dos intelectuais brasileiros a respeito das raízes/marcas da população e da cultura do país. Uma das notas dominantes é o reconhecimento da existência de uma população mestiça que, segundo alguns, aponta para o branqueamento futuro.

A tese da mestiçagem harmônica e, posteriormente, a da democracia racial tiveram largo êxito no âmbito dos estudos da Sociologia e da História no país, êxito responsável pelo fato de o Brasil ser citado como exemplo de cordialidade e tolerância no trato dos grupos étnicos; de tal modo que a Unesco, no programa de combate ao racismo, convoca um grupo de intelectuais para estudar, pesquisar e analisar a exemplaridade dessa "relação democrática". Entre eles, Thales de Azevedo, escolhido para falar sobre as relações observadas na cidade do Salvador, fornece um quadro um tanto contraditório das relações étnico-raciais na Bahia, uma vez que, seguindo a tese em voga, aponta o caráter amistoso e harmônico dessas relações na cidade, enquanto a leitura de depoimentos de muitos dos informantes da pesquisa pode sugerir algumas das sérias dificuldades de se constatar, no cotidiano e nos projetos de integração/ascensão social dos afro-brasileiros, a festejada democracia racial.

O autor apresenta a cidade da Bahia:

> Por causa do seu tipo arquitetônico e urbanístico, do seu ar de antiguidade, do ritmo moderado de existência de sua população, a Bahia é hoje considerada a cidade mais europeia do Brasil. O que, além disso, a torna particularmente interessante é o fato de que foi sempre um crisol de raças, certamente o mais representativo e simbólico das relações raciais no país. (Azevedo, 1996, p.34)

É verdade que as relações entre o grupo étnico hegemônico e os demais têm, no Brasil, e especialmente na Bahia, feições específicas e contornos diferenciados daqueles de outras regiões de população pluriétnica, fato que não torna o país nem o Estado exemplos de igualdade ou respeito étnico, como pode sugerir uma leitura mais apressada das tessituras de suas relações étnico-raciais.

A Bahia, em pesquisa de Thales de Azevedo, realizada na década de 50, é considerada o melhor exemplo de harmonia racial no Brasil. Por mais de uma vez, o autor refere-se à intensidade e manutenção dos hábitos tipicamente portugueses de sua população e à cidade como a mais europeia do Brasil. Tais observações servem de contraponto àquelas feitas por viajantes que, desde o século XIX, surpreendiam-se com a grande quantidade de negros na cidade de Salvador. Para o autor, no entanto,

> Por efeito da mestiçagem e de outros fatores sociobiológicos, o grupo mais escuro, de fenótipo preto, vem sendo absorvido gradativamente no caldeamento étnico; os brancos aumentam em ritmo um pouco mais rápido, enquanto cresce o número de mestiços registrados nas estatísticas como pardos, para afinal virem a submergir, pela mistura, no grupo de ascendência predominantemente europeia. (Azevedo, 1996, p. 56)

Historicamente, pois, a cidade do Salvador conviveu com a atuação de grande contingente negro na sua vida urbana, nos movimentos políticos pela independência e contra a escravidão (vide a revolta dos Búzios e dos Malês, e várias revoltas escravas que tiveram lugar na cidade); por outro lado, também historicamente, os cultos e as tradições de origem africana colaram-se aos cultos e tradições de origem ocidental, gerando estrategicamente uma prática cultural híbrida, indicativa simultaneamente da capacidade de resistência e da habilidade de negociação identitárias, das quais o discurso institucional, de modo ambivalente, apropriou-se e posteriormente fez uso, ao mesmo tempo em que procurava diluir suas marcas ligadas às tradições africanas.

Familiarizada com o discurso de harmonia das relações interétnicas, Salvador foi, por muitas vezes, em séculos passados, chamada de Mulata Velha, Roma Negra e outros epítetos que apontavam a perda do prestígio político e cultural depois da mudança da capital e principalmente realçavam, de modo pejorativo, as indesejáveis ligações de seus habitantes com os grupos étnicos e as culturas de origem africana. Não obstante, a cidade tem-se caracterizado pela manutenção de uma estrutura social em que os grupos não brancos encontram-se em marcada posição de desvantagem e desprestígio social, enquanto as elites brancas ou "quase brancas" procuram apagar ou diminuir as marcas externas de vínculos com as culturas afrodescendentes, quando não as acentuam para torná-las mercadoria lucrativa no mercado da indústria cultural. Os afro-brasileiros na Bahia viveram/vivem a ambivalência de representarem o contingente populacional responsabilizado pela "inferioridade" do país e, ao mesmo tempo, presenciarem a apropriação de aspectos variados de sua cultura por discursos institucionais interessados em obter ganhos com seu capital simbólico.

Herdeiros de uma tradição que sobreviveu à imposição de uma língua e religião estranhas, mantiveram temas, motivos, imagens, divindades, práticas religiosas e narrativas oriundas da tradição africana; recriaram lendas, contos, provérbios e canções que foram reelaborados nos percursos realizados entre a África, Europa e Américas, entre "o terreiro e a cidade", o eito, a senzala, a casa-grande e os quilombos, e mais, nas práticas cotidianas com a língua portuguesa e com outras línguas e tradições africanas.

Como civilizações em que predomina a oralidade, as africanas têm nos cânticos e no estabelecimento de circuitos de produção e de trânsito das expressões de sentimento, emoções e anseios, importante veículo de comunicação e informação. A expressão musical configura-se como elemento essencial de transmissão e preservação cultural. Os ritmos, sons e tons misturaram-se com aqueles impostos pela tradição ocidental e, por toda a diáspora, são refeitas combinações rítmicas provenientes das mais diferentes misturas e mesclagens, como o blues, o jazz, o samba, o reggae, o soul, os chamados ritmos caribenhos, o ijexá, o rap, entre outros. As músicas, letras e melodias configuram-se também como textos de resistência, protesto, rebeldia e afirmação. Aí são registradas as histórias, evocadas e forjadas as ligações passadas e narrado o presente – alegrias e tristezas, anseios e revoltas, tradição e história constituem a temática básica de um discurso de afirmação identitária e de protesto que caracteriza as produções poéticas e musicais negras na África e na diáspora.

No plano das tradições religiosas, o trabalho de recriação das culturas afrodescendentes torna-se mais evidente: formas de organização dos locais de culto, plantas, alimentos utilizados nos rituais, na culinária e no cotidiano, estrutura familiar, organização das casas e do espaço e práticas medicinais são indicadores explícitos da resistência ao apagamento e da possibilidade manifesta de a cultura afro-brasileira atualizar-se e firmar-se como expressão identitária que tenta combater/resistir à estereotipização depreciativa perpetrada pelos discursos acadêmicos institucionais que insistem em afirmações etnocêntricas simplificadoras e redutoras. Ao lado da música, os terreiros de candomblé foram, na história da cultura afro-brasileira, os baluartes da resistência cultural e constituíram espaço de negociação que propiciou a manutenção de laços étnicos preexistentes à situação diaspórica. Forjaram outros vínculos responsáveis pela preservação de rituais e valores religiosos e culturais e pela criação de laços de solidariedade no perfil cultural da Bahia. Os estudos de Edison Carneiro e Arthur Ramos, na área das ciências sociais, procuram descrever, resgatar e enfatizar a importância dos cultos religiosos e das atividades culturais para a sedimentação do perfil cultural da Bahia. Livros como *A raça africana* de Manuel Querino, *Candomblés da Bahia, ladinos e crioulos* de Edison Carneiro, estudos e propostas de Guerreiro Ramos para a sociologia brasileira,[1] articulando questão nacional e questão racial, entre outros, muito contribuíram para que as tradições de origem africana passassem a ser relidas e reavaliadas por várias áreas do conhecimento.

No interior das pressões sociais da década de 70 no Brasil e do convívio com as citadas tradições, quando os terreiros de candomblé já desfrutavam de certa estabilidade sociocultural e reconhecimento público como espaço sagrado, ao tempo em que o discurso da democracia racial procurava encobrir as demonstrações de racismo contra os afrodescendentes, como a intensa repressão policial aos chamados blocos de índios e a recusa de participantes negros nos chamados blocos tradicionais, é criado o bloco afro Ilê-Aiyê como espaço de lazer e alternativa de produção discursiva identitária e de protesto contra as manifestações de racismo no Brasil. Formado como entidade de resistência cultural, ligado ao terreiro Ilê Axé Jitolu, o bloco sai pela primeira vez no carnaval de 1975. Os diretores e compositores incentivam a revisitação dos arquivos históricos, tomam depoimentos de estudiosos e recorrem à cultura popular para fundamentar seus discursos identitários. Não é essa a primeira vez que o carnaval é apontado como espaço estrategicamente utilizado pelos afro-brasileiros para a preservação de seus valores e tradições. No início do século XX, Nina Rodrigues, em *Os africanos no Brasil* (1977, p.172-177), destaca em algumas manifestações da cultura popular no Brasil a intenção de manter e exibir os laços com as culturas africanas, como o rancho dos reis com seus lundus e a referência à organização totêmica, as lavagens

[1] Refiro-me à sua *Introdução crítica à sociologia brasileira* e à sua *Cartilha brasileira do aprendiz de sociólogo.*

ou, ainda, os clubes africanos do carnaval. No livro *O negro na Bahia*, Luís Viana, falando do período anterior à Abolição, assim se pronuncia quanto à participação dos grupos negros no carnaval:

> A Bahia enchera-se de pretos e forros, que, de mistura com os escravos, assustavam a cidade com os seus cânticos e as suas festas. Fizeram mesmo os seus "reinados", que preocupavam Lisboa e sobre os quais já fora chamada a atenção do Conde de Sabugosa.
> (...)
> Na vida da cidade o negro mais facilmente se integrava no ambiente novo em que teria de viver. Bastava a maior aglomeração de negros para facilitar-lhe a integração social, ensinando-lhe costumes a que teria de se adaptar. (...) Sambas, batucadas, cacumbis, reis congos, festas totêmicas, de tudo se encontrava nas vielas da Bahia. (Viana Filho, 1988, p. 175-176)

Inserido nessa tradição, o bloco afro-brasileiro Ilê-Aiyê produz músicas que são entoadas pelos cantores e participantes e configuram-se como importante elemento de fixação e difusão das ideias e projetos do grupo. Forjando laços entre afirmação identitária e protesto, as letras das músicas inscrevem-se em uma linha criativa da diáspora que evidencia o desejo de promover a reconfiguração da autoestima e a elaboração de outro sistema de representação dos afrodescendentes; propõe, ainda, o redesenho afirmativo de laços culturais com a África gestados nos intensos trânsitos e nas sofridas, dolorosas e criativas trocas no "Atlântico Negro", além da reconstrução da atuação histórica e da memória do afro-brasileiro. Daí episódios como Palmares, Revolta dos Búzios, dos Malês, críticas ao *apartheid*, informações sobre países e culturas africanas circularem pelas letras das canções e em outros discursos criados por membros do bloco. As letras de música assumem o papel significativo de criação de redes de pertencimento e de identidades. Circulam entre os afrodescendentes baianos, tanto no período do festival para a escolha das músicas-tema do ano, quando os compositores as distribuem para que a plateia possa cantá-las, como durante os ensaios e o carnaval. Entretanto, algumas são cantadas também nos shows e festas de blocos da classe média (não afrodescendente) e outras gravadas por cantores populares de grande projeção.[2]

O projeto de reconfiguração de perfis identitários e da autoestima delineia-se primeiramente com a inserção do corpo negro nos textos e nas perfomances como diferença, revestindo-o de positividade tanto no campo estético quanto no comportamental. O corpo negro foi, em séculos passados, desenhado como apropriado apenas para o trabalho, convencionalmente representado como depositário de qualidades e sentidos negativos e desprestigiados. Agora, autores/atores afrodescendentes reinscrevem a diferença com altivez e apresentam seus corpos como signo estético da individualidade e do grupo.

Segundo estudiosos como José Gil (1997) e Jurandir Freire Costa (1986), o corpo constitui importante espaço de permutações simbólicas, palco para a organização da subjetividade e das relações de afetividade e de contato social. Traça e organiza significados, constrói textos e apresenta-se como voz e escrita. Com o objetivo de tornar o corpo esse lugar privilegiado de afirmação, os compositores, cantores e dançarinos tecem os fios dos vínculos identitários dos afrodescendentes e buscam reestruturar no imaginário da sociedade (afrodescendente e não) outras imagens e sentidos para o seu corpo físico e cultural.

Nas convenções discursivas ocidentais, o corpo negro foi por muito tempo descrito como ícone de uma sexualidade pecaminosa, excessivo erotismo, lascívia. Sander Gilman, em "Black

---

[2] Destaco o âmbito de circulação das músicas do Ilê para enfatizar que o trânsito desses discursos extrapola os limites dos universos restritos aos afrodescendentes.

bodies, white bodies" (1992, p.171-197) alude a vários momentos de descrição do corpo negro em que a tradição ocidental procurou fixá-lo, especificamente o corpo da mulher negra, na moldura do excesso, da doença e da falta de controle. Essa ideia, por força da repetição, torna-se "verdade absoluta" dispensável de ser provada, como já destacou Bhabha em ensaio no qual discute a força do estereótipo (Bhabha,1998, p.105-128).

Os depoimentos do outro, a imagem que ele forja e seu parecer crítico são fundamentais para a constituição do modo como os indivíduos se veem e acreditam serem vistos. É nos processos de convivência e relação social que os valores atribuídos ao corpo são assimilados pelos indivíduos. Assim, o corpo representado como aterrorizante e inferior, discriminado e recusado pelo outro, pesa ao indivíduo, que se vê impossibilitado de criar uma rede de identificações, positividades e prazer necessária para a organização de sua subjetividade. Fanon (1983) e outros escritores que se debruçaram sobre a questão chamaram a atenção para o transtorno que a desvalorização ou rejeição do corpo trazem para a vida dos que não veem lugar para si e para seu corpo negados pelo racismo. Para Jurandir Freire Costa,

> A identidade do sujeito depende, em grande medida, da relação que ele cria com o corpo. A imagem ou enunciado identificatório que o sujeito tem de si estão baseados na experiência de dor, prazer ou desprazer que o corpo obriga-lhe a sentir e a pensar. (Costa, 1986, p. 107)

Os compositores e os organizadores do Ilê Aiyê parecem estar conscientes da importância de controlar o sistema e os modelos de representação. Produzem e divulgam textos que revertem sentidos convencionais. Nas letras das músicas, nos textos dos *Cadernos de Educação*, nas entrevistas, depoimentos e performances, o corpo negro aparece como matéria de poesia, com ênfase tanto na cor quanto nas formas e habilidades corporais, uma ênfase que será de grande importância para a liberação do corpo do afro-brasileiro das prisões do estereótipo depreciativo.

A música-tema do primeiro ano de participação no carnaval de Salvador, intitulada "Que bloco é esse?", de autoria de Paulinho Camafeu, em diálogo com os movimentos afro-americanos que sempre ecoaram no Brasil, introduz a ressignificação de expressões utilizadas para caracterizar os afro-brasileiros. Os discursos identitários apresentam os cabelos, a cor e o corpo negro como parte de um outro sistema de representação, de uma comunidade identitária que os valoriza e define o grupo como integrante da "Nação africana chamada Bahia". A letra da música, estruturada em forma de diálogo, propõe-se a definir os objetivos do bloco:

> Que bloco é esse?
> Eu quero saber
> É o mundo negro
> que viemos mostrar pra você
> Somos crioulo doido
> somos bem legal
> somos cabelo duro/ somos black pau

A tônica na beleza da pele, do cabelo e do corpo negros aparece em expressões como *deusa do ébano*, *crioula linda*, que transitam por uma série de letras de músicas cantadas pelo bloco. Será reiterada insistentemente como parte da estratégia político-cultural de promover a reversão de significados, os quais são, agora, produzidos e consumidos com explícitos fins de criar uma pedagogia de autoafirmação, como se pode observar na letra de outra música, "O mais belo dos belos", dos compositores Guiguio, Valter Farias e Adailton Poesia:

> Quem é que sobe a ladeira do Curuzu
> E a coisa mais linda de se ver?

É o Ilê-Aiyê
O mais belo dos belos, sou eu, sou eu
Bata no peito mais forte e diga/Eu sou Ilê

A configuração de uma estética negra calca-se na indumentária colorida que evoca tecidos e modelos de origem africana, nos toques de tambores, no ritmo ijexá, nos penteados criados com a utilização de conchas, búzios, tranças e turbantes que, juntos, forjam e compõem um quadro evocativo de uma ligação mítica e simbólica com as tradições dos países africanos, que deslizam e ecoam como canto de afirmação identitária nas madrugadas do carnaval de Salvador.

O compositor de "Ilê de Luz", canção gravada em 1987, entendendo a expressão musical como ritualização das experiências vividas, sintetiza uma análise crítica do processo de estereotipização. A letra da música, de autoria do compositor Suka, demonstra uma aguda percepção e sensibilidade diante dos mecanismos psíquico-sociais que envolvem o processo de estereotipização. Ao criticar o discurso da democracia racial e descrever o processo de exclusão a que é submetido o afrodescendente, o texto enfatiza a ambivalência que caracteriza a fixação do seu grupo étnico em uma modelagem comportamental depreciativa.

Me diz que sou ridículo
Nos teus olhos sou malvisto
Diz até que tenho má índole
Mas no fundo
Tu me achas bonito, lindo

A letra aponta a coexistência do amor e do ódio, da atração e da repulsa pelo diferente já abordados por Freud em "O estranho" e retomados por Bhabha no seu ensaio "A outra questão: o estereótipo, a discriminação e o discurso do colonialismo", no qual destaca que a produtividade do estereótipo está no fato de produzir "aquele efeito de verdade probabilística e predictabilidade que deve sempre estar mais em excesso do que pode ser provado empiricamente ou explicado logicamente" (Bhabha, 1988, p.116).

O abraçar de duas crenças contraditórias – atração (bonito) e repulsa (ridículo) – caracteriza, segundo Bhabha, a eficaz ambivalência da representação estereotípica, em que o amor e o ódio ao estranho juntam-se para formar o estereótipo depreciativo; o compositor denuncia ainda, no refrão, a fixação do grupo étnico em um molde representacional redutor que nega qualquer possibilidade de atuação e circulação de comportamentos e significados. Ao tempo em que traz à cena festiva do carnaval, de modo crítico, uma das facetas do racismo à brasileira: "Negro é sempre vilão/Até, meu bem, provar que não./ É racismo meu? Não".

O bloco é visto simultaneamente como espaço de resistência e de alegria, sintetizado na letra da música "Estação Azeviche":

> É no Ilê que eu renovo a minha guerra
> E lembro da minha terra
> Doce terra, grande amor
> É no Ilê que eu encontro meus amigos
> E desarmo os inimigos
> Do meu bem viver, sem sofrer dor.

Por outro lado, com vistas ao fortalecimento da autoestima, na urgência de reconfiguração de um discurso identitário altivo para os africanos e os afrodescendentes, são escolhidos marcos simbólicos entre aqueles ligados à história e à cultura africanas, bem como à participação do negro na construção do Brasil. Nomes e histórias de afro-brasileiros do passado e da contemporaneidade que se empenharam/empenham em atividades de valorização da cultura e da autoestima dos afro-brasileiros são para isso buscados e recriados.

Trechos como "revolta dos Búzios,/ História passada/ deixaram mágoa em Salvador/ e o povo bahiense leu o boletim dos revolucionários (...). João de Deus, bravo guerreiro/ morreu enforcado, foi esquartejado/ por ser líder negro" ou, ainda, da "Décima quinta sinfonia", ilustram bem esse objetivo:

> Nesta décima quinta
> Sinfonia de Zumbi
> Vamos clamar você
> Negros unidos no bloco Ilê Ayiê
> (...)
> Grande Guerreiro Zumbi
> Eterno senhor de Palmares
> Aqui está como você deixou.

A canção "Pérola negra do saber" insiste na temática da resistência e construção como elementos mobilizadores do discurso afro-baiano do Ilê:

> Pérola negra do saber
> Matriz afro-baiana
> Gerada de sua própria maré
> É resistência, ciência, tecnologia, cultura e fé
> Seus trilhos guias
> Sua verdadeira etnia é
> Útero maior, sabedoria na oralidade
> No pensar, no olhar e no candomblé
> África mãe, menina mulher.

As comemorações dos 500 anos e a história dos quilombos são inter-relacionadas em "Asa Negra", de Marcus Gonçalves:

> Sei que são outros 500
> Minha história, meus momentos
> Mocambos, quilombos, maroons
> Estrela do céu que conduz

Nossa liberdade Bahia – Ayabá
Oh Yalodê
Terra de quilombos Bahia

Sei que a serra é uma barriga
Que nos leva ao Curuzu
Calbar, Frecha, Cabula
Rio das Rãs, outros caminhos

Ligações com a África e suas culturas são recriadas num plano histórico e mítico, propiciando a releitura dos trânsitos e intercâmbios ocorridos na diáspora: Jamaica, a civilização bantu, Guiné, Mali e outras cidades. Algumas letras das canções forjam uma história que traz Gana, Guiné, Angola, Mali, Zaire, Jamaica, a cultura bantu, Zumbi, Ganga Zumba, Luíza Manhin, a cultura religiosa, a revolta dos Búzios e a revolta da Chibata para a agenda e o repertório músico-cultural da cidade. As raízes religiosas são também recriadas em uma genealogia mítico-histórica para a invenção de discursos identitários híbridos que percorrem os vários caminhos propiciados pelo *Black Atlantic*, definido por Paul Gilroy (1993) como uma rica formação intercultural e transnacional resultante dos intercâmbios e trocas efetivados entre a cultura ocidental, as culturas africanas e as produzidas na diáspora. São desenhos identitários que desafiam barreiras essencialistas ou nacionalistas, como sugerem os versos da canção "América Brasil" no trânsito proposto entre África, Brasil e Estados Unidos:

> Sou Ilê-Aiyê/ Da América Africana/ Senzala Barro Preto/ Curuzu/ Sou negão Zulu/ Garvey Liberdade/ E Brooklin Curuzu Aiyê/ Johnson com seu pulso/ Encantou a todo mundo/ Jimmy Hendrix com seu toque universal/ Oh é James Brown/ Reverendo Luther King/ A liberdade e a palavra de fé/ Fannie Lou Mississipi/ Luta e resistência da mulher.

Inicialmente combatido pela imprensa e por setores institucionais que viam na proposta uma ameaça à estabilização do discurso de democracia racial, o Ilê acaba por se firmar como voz de resistência que faz da cultura e do corpo negros objeto estético, tela de representação construída pela seleção dos elementos que devem compor o perfil reconfigurado.

Em linguagem acessível e disponibilizada a um público amplo, com intuito explícito de consolidar uma memória histórica para o grupo, as letras das músicas trazem informações históricas e sobre as culturas de origem africana e ressaltam a participação dos negros na produção de riquezas e no crescimento do país. A letra de Paulo Vaz e Cissa, "Heranças bantos", assegura: "Cada pedaço de chão, cada pedra fincada um pedaço de mim./ O povo banto ajudou a construir o Brasil". Já em "Axé em Olorum" (de Wellinghton Epiderme Negra, Tica e Nego do Barbalho) encontramos:

> Quando falar de Azânia não vai hesitar/ África do Sul, África Austral/ Somos Negros de cá/ Shaka um lendário jovem militar/ Do povo Ngoni da história de lá.
> (...)
> Khoikhois somente podiam sobreviver/ Trabalhando para os brancos para não morrer/ E desde os tempos passados que os negros sofrem/ Mas reivindicam os direitos até a morte/ Ilê Mandela/ A felicidade lhe espera.

Um discurso de identidade afrodiaspórica que transita pelo "lá" e pelo "cá", já utilizados pela tradição textual brasileira, enfatiza, entretanto, outro espaço e outra cultura. Lá e cá, África e diáspora, como espaços de construção simbólica e cultural, tecem linhas de matizes variados que forjam imagens e histórias a serem lembradas e celebradas como marcos de similaridades e diferenças culturais que não impedem a constituição de identidades negras múltiplas, transnacionais, estrategicamente negociadas, de modo a viabilizar intervenções significativas do grupo étnico na estruturação das relações de poder.

Acreditando na possibilidade de desenvolver um projeto emancipador marcado pela atuação em áreas culturais diversificadas, o Ilê-Aiyê fixa-se como autor de uma produção autoexpressiva e autorreguladora das práticas simbólicas, gerando e multiplicando seus discursos. Após a fundação do Ilê, outros blocos afro e entidades negras são criados com propósitos semelhantes e nuances variadas de discursos identitários, que têm atuado nos vários campos da vida social em Salvador.

Tal atuação vai além do apossar-se dos sistemas de configuração dos sentidos e da história, além da introdução do corpo negro como motivo de apreciação e poesia. De 1993 em diante, o programa político-cultural da entidade procura, durante outros meses do ano, investir no capital simbólico para que possa operar de modo produtivo política e culturalmente. Dessa forma, são publicados os *Cadernos de Educação*, resultantes de seminários temáticos realizados a cada ano, antes do festival de música, com o propósito de propiciar aos compositores e músicos a oportunidade de ouvir e perguntar sobre a história da África e dos afrodescendentes, mais especificamente sobre o tema do carnaval.

Os *Cadernos* apresentam os resultados dos seminários juntamente com as letras das músicas. Tanto os textos dos *Cadernos* quanto as letras das músicas mesclam diferentes níveis de experiência: a experiência cotidiana de enfrentamento da discriminação racial e a experiência de imaginar e construir uma versão da história, utilizando os diversos elementos culturais, arranjando-os de modo a estabelecer elos de pertencimento gerados a partir da crença na possibilidade de se traçar uma ascendência/origem comum a africanos e afrodescendentes. Tais experiências podem mostrar-se produtivas como políticas culturais de intervenção social que viabilizam a formação de redes transnacionais de conexão cultural.

Os *Cadernos de Educação,* ligados ao projeto de extensão pedagógica, sistematizam as citadas informações sobre história de países e culturas africanas ou sobre a história do negro no Brasil, disponibilizadas para o público em geral e utilizadas nas escolas ligadas ao projeto. Já foram publicados oito cadernos com os seguintes temas: "Organizações de resistência", "Civilizações Bantu", "Zumbi 300 anos", "A força das raízes", "Pérolas negras do saber", "Guiné Conakry", "Revolta dos Búzios" e "Terra de Quilombos". Essas publicações têm como título os temas escolhidos pelo bloco para o carnaval e, além dos textos histórico-informativos, as letras das músicas são acompanhadas de ilustrações alusivas ao conteúdo, produzidas pela aguda sensibilidade de J. Cunha, que recria símbolos e figuras relativas às tradições culturais. Os textos trazem informações que, em geral, não circulam em publicações institucionais e que, agora, são disponibilizadas em linguagem acessível a um público amplo.

Entretanto, a autonomia do mercado de bens simbólicos favoreceu ainda a apropriação de parte do discurso de identidade étnica pela indústria cultural, que investiu na produção de toda uma moda e comportamento denominados afro-baianos e difundidos pelo país de modo ambivalente. As consequências negativas e/ou positivas dessa apropriação estão ainda por ser investigadas e, no meu entender, não podem prescindir de uma análise dos ganhos/perdas nos campos da economia de poder social e político dos afro-brasileiros.

Referências bibliográficas

AZEVEDO, Thales de. **As elites de cor numa cidade brasileira**: um estudo de ascensão social & classes sociais e grupos de prestígio. 2. ed. Salvador, EDUGBA- EGBA, 1996.

BHABHA, Homi. **O local da cultura**. Belo Horizonte: UFMG, 1998.

CADERNOS DE EDUCAÇÃO. Salvador: Ilê-Aiyê, v.1/8, 1995-2000.

COSTA, Jurandir Freire. **Violência e psicanálise**. 2. ed. Rio de Janeiro: 1986.

FANON, Frantz. **Peles negras, máscaras brancas**. Salvador: Fator, 1983.

GIL, José. **Metamorfoses do corpo**. Lisboa: Relógio D'Água, 1997.

GILMAN, Sander. Black bodies, white bodies. In: DONALD, J.; RATTANSI, A. **'Race', culture and difference.** London: Sage/Open University, 1992. p. 175-176.

GILROY, Paul. **The black Atlantic**: modernity and double consciousness. London/New York: Verso, 1993.

RODRIGUES, Nina. **Os africanos no Brasil**. 5. ed. São Paulo: Nacional, 1977.

SOUZA, Florentina. **Contra correntes**: afrodescendência em Cadernos Negros e Jornal do MNU. 2000. Tese (Doutorado) – Universidade Federal de Minas Gerais, Belo Horizonte.

VIANA FILHO, Luis. **O negro na Bahia**. Rio de Janeiro: Nova Fronteira, 1988.

Talvez negro (por que não vermelho?): detalhes de um Mário arlequinal

Jussara Santos

XV
Abro tua porta inda todo humido do orvalho da manhã
Estávamos tão bonitos hoje...
Os filhos dos fazendeiros
Os filhos dos italianos...
Tinha também alguns com a pele morena por demais
Como deve ser ridículo um negro passeando em Versalhes!
Detestável Paris!
Porém nós fazíamos a mesma raça,
Grande gente nova sem ódios,
Povo de trabalho e de aventura...
Novo-continente, novo centro do Mundo!...
(Mário de Andrade, 1974)

De certa feita, lá pelos idos de 1800, o poeta abolicionista Luiz Gama, ao ser chamado de "bode" por um desafeto, respondera ao insulto com um poema satírico popularmente intitulado "Bodarrada", que dizia, entre outras máximas, mais ou menos assim:

(...)
se negro sou, ou sou bode,
pouco importa, o que isso pode?
Bode há de toda a casta,
Pois que a espécie é muito vasta...
Há cinzentos, há rajados,
Baios, pampas e malhados,
Bodes negros, bodes brancos,
E, sejamos todos francos
Uns plebeus, e outros nobres,
(...)
Aqui nesta boa terra,
Marram todos, tudo berra (...) (Santos, 1944, p.55-60)

Este poema, que tem como título original a interrogação "Quem sou eu?", já apontava em epígrafe a preocupação do poeta com a sua própria constituição:

Quem sou eu? Que importa quem?
Sou um trovador proscripto,
Que trago na fronte escripto
Esta palavra – Ninguém! (Santos, 1944, p. 55)

Quem seria, então, Luiz Gama? Quem sou eu, quem é você, quem somos nós? Essas interrogações parecem nos perseguir. Mas no Brasil que proclama e derrama a sua condição multirracial, até com certo orgulho, onde se situariam questões como essas? Para muitos, somos um povo fruto de harmoniosa mistura de "raças", mistura essa que acrescentaria um tom especial ao país.

Mas, em reportagem de capa, a revista *IstoÉ*, ao interrogar o Brasil sobre uma possível condição racista e discriminatória frente aos afro-brasileiros, destaca o fato de que, mesmo depois de anos sem chibatas e sem grilhões, é possível perceber que muitos negros e descendentes vivem ainda uma realidade comparável à das senzalas.

> A sociedade brasileira empurra os negros e seus descendentes – ou seja, 45% da população – para uma realidade muito parecida com a das senzalas. Para camuflar a responsabilidade por ter mantido por três séculos a escravidão e submetido os afro-brasileiros ao trabalho forçado ao cativeiro, criou-se, respaldada na miscigenação, o mito da democracia racial. (*IstoÉ*, 2001, p.78)

Desse modo, faz-se necessário pensar quem é e quem foi esse negro brasileiro. Considerando que, desde o início de nossa história econômica, o trabalho do negro foi essencial à manutenção do bem-estar das classes dominantes, provavelmente isso teria dado a ele um "papel central na gestação e perpetuação de uma ética conservadora e desigualitária" (Santos, 2000, p. 15).

Para o geógrafo Milton Santos, vive-se no Brasil uma hipocrisia constante, na medida em que a sociedade branca dominante reage de forma ambivalente, sempre que se discute a existência de um "problema negro" no país (Santos, 2000, p. 15).

> Ser negro no Brasil é frequentemente ser objeto de um olhar vesgo e ambíguo. Essa ambiguidade marca a convivência cotidiana, influi sobre o debate acadêmico e o discurso individualmente repetido é, também, utilizado por governos, partidos e instituições. (Santos, 2000, p.15)

Portanto, talvez do ponto de vista jurídico sejamos formal e forçosamente iguais, mas as práticas e as relações cotidianas, em sua maioria, constroem-se a partir desse olhar "vesgo" e "ambíguo" de que nos fala Santos.

Nesse contexto da conturbada formação brasileira é que desejo pensar momentos da poética de Mário de Andrade, esse que acredito ser um arlequim em nossa "geleia geral".

De acordo com Gilberto Mendonça Teles, a primeira década do modernismo brasileiro caracterizou-se por uma "verdadeira agitação intelectual". Terminou por sistematizar-se em quatro grupos que ora se opunham por convicções políticas, ora por uma radicalização maior ou menor em relação à linguagem ou às temáticas brasileiras adotadas.

> (...) o grupo de Mário de Andrade, mais ou menos eclético; o de Oswald de Andrade (*Pau-Brasil* e *Antropofagia*), o mais radical e revolucionário; o grupo de Cassiano Ricardo (*Nhengaçu Verde-amarelo*), nacionalista e neorromântico; e o grupo de Tasso da Silveira, em torno da *Festa*, de tendências universalizantes e mais ou menos neossimbolistas. (Teles, 1992, p. 33)

Teles ressalta também que a grande revolução do movimento, de fato, efetivou-se em 1924, quando do rompimento de Graça Aranha com a Academia Brasileira de Letras. Nesse momento, não só o *Manifesto Pau-Brasil*, de Oswald de Andrade, fazia-se conhecer, mas também Mário de Andrade publicava dois textos que se tornariam muito importantes para o universo literário. São eles: *A escrava que não é Isaura* e o *Losango cáqui*, publicado em 1926 e considerado pelo crítico o seu livro mais ousado.

Toda a agitação intelectual vivida naquela época movimentou em muito a nossa literatura. Influenciados pelos movimentos irradiados na Europa, os escritores brasileiros buscavam reformular as normas culturais que pautavam as criações artísticas daquele período.

Essa primeira fase modernista no país propunha a "revalorização das culturas primitivas" brasileiras. Porém, quais e o que seriam culturas primitivas? O termo "primitivo" pode significar aquilo que não deriva de outrem, ou seja, original, primevo, primordial, mas pode também dizer-se daquele que, aos olhos do "que está de fora", ainda se encontra em estado natural, um selvagem que recusa qualquer contato com esse "estrangeiro" que se crê civilizado.

Quanto ao termo "cultura", é sempre bom lembrar que é uma palavra derivada do verbo latino "*colo*, matriz de colônia enquanto espaço que se está ocupando, terra ou povo que se pode trabalhar e sujeitar" (Bosi, 1993, p. 11).

Assim, muitas vezes, mesmo acreditando que estamos executando a reabilitação de uma determinada cultura, nosso olhar "vesgo" e "ambíguo" fala mais alto e podemos terminar aprisionando aquele ou aquilo que cremos reabilitar.

Interessa-nos, portanto, pensar a condição do escritor Mário de Andrade diante da formação multirracial, pluriétnica brasileira, a partir dessa revalorização de culturas proposta pelo movimento modernista na década de 20 – qual teria sido o seu olhar?

Ainda que alguns estudiosos apontem o modernismo como o espaço de afloramento da hoje chamada poesia afro-brasileira ou afrodescendente, houve correntes que não cogitaram a possibilidade de eleger o negro como o símbolo nacional tão buscado pelos escritores modernistas.

A corrente do Verde-amarelismo, por exemplo, proclamava que "tomava o índio como símbolo nacional, justamente porque ele significava a ausência de preconceitos", enquanto a escola da *Anta* dizia: "Não há entre nós preconceitos de raça. Quando foi o 13 de maio, havia negros ocupando já altas posições no país" (Damasceno, 1988, p. 54).

O índio tornou-se, desse modo, a figura que reafirmava o nacionalismo, sendo que algumas correntes lhe atribuíam papel importante na mestiçagem brasileira. Mesmo assim, é inegável que o desejo de redescobrir o Brasil e todas as suas características, acentuado no modernismo, possibilitou aos chamados setores "marginais", inclusive o que dizia respeito ao negro, uma maior visibilidade.

> O Modernismo trouxe uma maior liberdade para o autor de basear-se em seus próprios sentimentos e experiências como fontes de inspiração em vez de usar moldes e temas estabelecidos a priori. Isto leva a uma nova visão do mundo por parte do artista, a uma liberdade de linguagem na maioria das vezes pouco preocupada com o significado lógico do poema. E acrescenta novas chances à introdução da temática negra, cuja lógica, porque de uma outra cultura, pode não estar de acordo com os padrões habituais. (Damasceno, 1988, p. 55)

Movimentos anteriores ao modernismo, muitas vezes, tentaram contribuir para o surgimento de uma linguagem literária mais brasileira. Porém, no que diz respeito ao negro, havia que se seguir ainda, ou melhor, obedecer convenções estéticas às quais esse sujeito parecia não pertencer.

A impossibilidade encontrada pelo negro brasileiro de se converter em sujeito no terreno da representação relaciona-se, sem dúvida, com as restrições que ele enfrenta ao tentar situar-se no processo político e social brasileiro (Sussekind, 1982, p.15). Ainda assim, alguns escritores buscaram, de alguma forma, a inserção do negro no panorama literário não apenas como objeto, mas também como ser pensante e questionador.

O poeta Luiz Gonzaga Pinto da Gama (Luiz Gama), citado no início deste texto, nasceu em Salvador, Bahia, em 1830, filho de uma escrava, Luiza Mahin, e de um português que pertencia a uma família tradicional baiana. Vendido como escravo pelo próprio pai, tornou-se mais tarde incansável defensor da causa abolicionista, não só advogando em favor dos escravos, mas também através de seus poemas. É considerado por Zilá Bernd o fundador do que a autora define como "poesia negra".

Cruz e Souza também não pode deixar de ser lembrado, uma vez que, filho de pais negros e escravos que pertenciam a um certo Marechal Guilherme Xavier de Souza, vivenciou todas as angústias de um ser "emparedado", ora pela cor, pois tinha consciência das situações de preconceito e discriminação a que era exposto, ora pelos infortúnios, como a doença mental de sua esposa e a morte dos filhos, todos atingidos pela tuberculose. A doença também o minou, mas, como ele mesmo dizia:

> Eu trazia, como cadáveres que me andassem funambulescamente amarrados às costas, num inquietante e interminável apodrecimento, todos os empirismos preconceituosos e não sei quanta camada morta, quanta raça de África curiosa e desolada que a Fisiologia nulificara para sempre com riso haeckeliano e papal! (...) Era mister que me deixassem ao menos ser livre no Silêncio e na Solidão. (Bernd, 1992, p. 32)

Afonso Henriques de Lima Barreto (Lima Barreto) foi outro escritor que, através da força de suas palavras, assumia a sua condição de negro em um país que buscava escamotear essa sua face. Nascido no Rio de Janeiro (1881-1922), Lima Barreto é considerado, por alguns críticos, um precursor do movimento modernista no Brasil. Reconhecendo a existência de um desajuste entre escritor e sociedade, faz da literatura não um instrumento de comunicação, mas uma comunicação militante, à qual se engaja verdadeiramente (Lins, 1976, p. 18).

O autor combate o preconceito racial e a discriminação social do negro e do mulato e, talvez por sua forte percepção das características da sociedade na qual vivia, sofria crises agudas de depressão, vivenciando ainda o drama causado pelo alcoolismo.

Com o advento do modernismo, quais teriam sido os percursos ou percalços vivenciados por Mário de Andrade, em plena década de 20, quando da eclosão das ideias futuristas trazidas da Europa por Oswald e outros, o que fez de 1922 o ano-limite do movimento no Brasil?

Leda Maria Martins, num texto em que discute a chamada cultura negra e identidades, salienta que

> a afirmação de toda e qualquer identidade, nos níveis mais pessoais ou nas articulações coletivas, sejam elas vinculadas a noções de "raça", etnias, gêneros, sexualidade, credos liga-se intimamente a reflexões sobre os percursos e tangencialmente afetivos, históricos, sociais e culturais que constituem e formam o sujeito. (Martins,1975, p. 6)

Assim, quando da discussão sobre o termo "cultura", salientei o quanto esse conceito pode ser complicado, creio que também em relação à identidade. O movimento modernista tinha como pauta a questão da nacionalidade. A busca por uma língua brasileira, uma língua mais popular e coloquial demonstra o desejo de cortar amarras com aspectos considerados colonizadores. Pensar num caráter nacional é também pensar em uma identidade com características e valores próprios.

Mas, como já ressaltei, muitas vezes aprisionamos, com nosso modo de olhar, os elementos que acreditamos estar reabilitando. Além disso, nunca nos interrogamos quanto ao anseio do possível reabilitado por isso ou não. Portanto, o desejo de uma nacionalidade, vista idilicamente como forma de resgatar nossa origem, o ponto zero, onde tudo deveria ter começado, também pode nos aprisionar e nos criar armadilhas.

A cidade de Belo Horizonte, por exemplo, foi palco para o surgimento de um suplemento literário denominado *Leite Criôlo*. De acordo com Antônio Sérgio Bueno, esse suplemento fora publicado no jornal *Estado de Minas*, em dezesseis números, no período de 2 de junho a 29 de setembro de 1929. Seus diretores foram João Dornas Filho, Guilhermino César e Aquiles Viváqua.

Ainda que ressalte a importância dessa publicação para o panorama da literatura brasileira, Bueno também aponta uma série de equívocos em que a revista incorrera, principalmente em seu projeto ideológico.

> No *Leite Criôlo*, a velha Retórica agoniza em um ou outro texto isolado e a retórica modernista vive seu momento de desorientada liberdade. Esta exalta um Brasil primitivo, procura valorizar as "raízes mineiras", mas busca extipar delas o "mata-pasto" crioulo. **No tocante ao negro, não consegue superar um substrato ideológico ainda neo-naturalista.** (Bueno,1982, p.184) (grifo meu)

A revista parece, então, ter confirmado estereótipos contra os quais pretendia lutar. Tinha como ideologia a "regeneração" do mulato (e negros), despertando-lhes os brios para reagirem contra os estereótipos que a sociedade lhes impunha. Porém, Bueno chama a atenção para o fato de o termo "regenerar" significar "gerar de novo, salvando". Isso faz do "objeto da regeneração" um "de-generado" que precisava ser salvo (Bueno, 1982, p.109).

Ainda que tenha quebrado o silêncio em relação ao negro, uma vez que o índio era o grande símbolo nacional, possibilitando às gerações futuras refletir e ressaltar a presença dele na vida cultural brasileira, *Leite Criôlo* pode ter terminado aprisionando a si mesma, escorregando em suas próprias armadilhas.

Mas, a meu ver, cometendo equívocos ou não, não deveria ter passado tão desapercebida pela crítica literária da época. Mesmo apresentando problemas estéticos ou dificuldades quanto a seus objetivos básicos, era uma proposta literária inovadora, uma vez que trazia à cena o negro brasileiro. Cabe-nos perguntar, então, se não teria sido esse um dos elementos contribuintes da sua recusa no panorama literário mineiro.

No tocante a Mário de Andrade, devemos começar por São Paulo. Críticos salientam o quanto ele amava essa cidade e o quanto a retratou em várias de suas obras. Tendo estudado música no Conservatório Musical de São Paulo, não só tornou-se um pesquisador musical como também compôs algumas vezes.

Mário de Andrade iniciou cedo a sua carreira como crítico de arte e escritor. Escreveu artigos para jornais e revistas, tendo papel decisivo na implementação do modernismo no país. O mais interessante de sua carreira talvez tenha sido a sua lucidez em rever o passado, mas nunca negá-lo de forma radical: "O passado é lição para se meditar e não para se reproduzir".

Com esse olhar sobre o novo, sem nunca esquecer o vivenciado anteriormente, pois é sempre possível extrair dele algum elemento, Andrade construiu sua carreira literária. Tendo viajado por vários pontos do país, tornou-se um conhecedor das "coisas" brasileiras. Ao que parece, nunca saiu do Brasil, mas isso não impediu que pesquisadores estrangeiros se interessassem por sua obra e fizessem algumas reflexões.

David Brookshaw é um desses pesquisadores. Ao estudar os estereótipos na literatura brasileira, analisa a postura de "escritores brancos e negros" frente ao texto ficcional.

Mário Andrade é abordado quando o autor reflete sobre o negro e o modernismo. Em sua opinião, esse movimento criara um novo estereótipo em relação ao negro.

É importante lembrar duas de suas colocações relativas ao próprio termo "estereótipo". Primeiro ele salienta que estereótipos não se relacionam apenas a caracteres étnicos. O estereótipo, na verdade, "seria uma camisa de força, uma forma de controle social". Além disso, haveria um jogo de estereótipos, em que as oposições fariam as regras, uma vez que, na mente de quem estereotipa, residiria o estereótipo que ele faz de si mesmo e de sua categoria (Brookshaw, 1983, p. 10).

David Brookshaw destaca ainda algumas características de nossas primeiras décadas, que teriam associado o negro à chamada "desgraça nacional": a escravidão. Nossas primeiras décadas teriam sido marcadas pela "aspiração de retorno à cor branca", daí o "encorajamento à imigração europeia, à seleção sexual e ao abandono das massas escuras da população aos perigos de doenças, alcoolismo e desnutrição" (Brookshaw, 1983, p. 77).

A ideia de purificação de uma "raça" ou nação estava presente nessa busca de um povo, por que não, mais apurado. Frente a posturas como essas é que surgem expoentes que se marcam por uma posição antieuropeia, visando a manter o chamado caráter nacional.

Mas é fato que os modernistas beberam das/nas fontes europeias e o exotismo foi uma das marcas muito presentes nos movimentos de vanguarda ocorridos na Europa. Como bem enfatiza Brookshaw (1983, p. 77):

> o interesse pelo exótico, especialmente culturas africanas, estimulou os primeiros expoentes da vanguarda a romper com as rígidas tradições clássicas e cristãs na arte.

Relembrando o termo "primitivo", já questionado neste texto, o estudioso destaca, ainda, o culto do "primitivismo" que, segundo ele, "alcançou proporções sem precedentes nos anos posteriores à 1ª Grande Guerra". Tendo-se espalhado da Europa para a América do Norte, o "primitivismo" estimulara, segundo ele, o fascínio, entre os intelectuais brancos, pela vida do negro.

Brookshaw, citando R. A. Bone, salienta que aqueles que usaram o homem negro como instrumento de sua revolta contra as restrições artificiais da moral puritana, mais uma vez terminaram também por aprisionar aquele homem em um outro estereótipo.

> Um tanto para surpresa sua e não inteiramente por seu gesto, o negro viu-se de repente solicitado a apoiar um novo estereótipo: tornou-se um símbolo daquela liberação de restrições à qual os intelectuais brancos almejavam de modo tão ardente. Não era interesse pelas reivindicações do negro, mas um questionamento da moral branca cristã e uma fascinação pelas "forças negras" do subconsciente que levaram ao novo uso do que era fundamental-

mente um velho estereótipo. O negro tornou-se um tipo de corporificação de nossos desejos subconscientes. (Brookshaw, 1983, p. 78)

Considerando o fato de a "mestiçagem" fazer parte da constituição do homem Mário de Andrade, a pluralidade étnica do brasileiro não lhe passou desapercebida. É necessário reconhecer também que a nossa sociedade tem como base de sua organização os genocídios do índio e do negro e isso, sem dúvida, deixou marcas profundas no rosto deste país.

Com uma cultura presa a padrões culturais europeus, no período pós-abolição, percebe-se que as representações estereotipadas associadas ao negro, que serviram de base para a escravidão, persistiram. Mas, além disso, o Brasil passou também por uma grande miscigenação, que se deveu, primeiramente, à exploração do senhor sobre escravas e escravos e, mais tarde, ao ideal de branqueamento almejado por algumas vertentes brasileiras.

Se, para o negro e para o branco, a questão da identidade apresentava-se de forma complexa, para o mulato essa identidade tornava-se, creio, mais conflituosa. Visto como ser ambivalente, ora como o "mesmo", ora como o "outro", o mulato foi considerado por muitos como "uma raça bastarda oriunda de um negro e uma branca ou de um branco e uma negra" (Munanga, 1999, p. 23).

Muitas vezes, ele próprio, levado por imposições de um sistema preconceituoso, negava sua parte negra, tentando alcançar sua parte branca, vista como possibilidade de ascensão e aceitação, terminando por não alcançar nem uma, nem outra.

Há que se pensar ainda no próprio termo "mulato", advindo do latim *mula* com acréscimo do sufixo *ato/ata*. *Mula* ou *mulo* eram os nomes dados ao animal que resultava do cruzamento do jumento com a égua ou do cavalo com a jumenta. Foram todos esses significantes, acompanhados de todos os seus significados (animal, cruzamento etc) que passaram a conferir "existência" aos filhos de homens brancos e mulheres negras e vice-versa: eram eles, os mulatos.

Imaginemo-nos, agora, entre as décadas de 20 e 30 na cidade de São Paulo. Pólo urbano e industrial do país, tudo e todos aconteciam por lá. Com uma cultura europeia ainda fortemente presente, daí as reivindicações do movimento modernista, uma série de preconceitos continuava prevalecendo. Mário de Andrade urbano, industrial e mestiço, consciente da diversidade formadora deste país e dele próprio, compõe *Improviso do mal da América*:

> Mas eu não posso não me sentir negro nem vermelho!
> De certo que essas cores também tecem minha roupa arlequinal,
> Mas eu não me sinto negro, mas eu não me sinto vermelho,
> Me sinto só branco, relumeando caridade e acolhimento,
> Purificado na revolta contra os brancos, as pátrias, as guerras,
> As posses, as preguiças e ignorâncias!
> Me sinto só branco agora, sem ar neste ar-livre das Américas!
> **Me sinto só branco, só branco em minha alma crivada de raças!** (Andrade, 1980, p. 204). (Grifo meu)

É visível, nesse poema, a preocupação do eu lírico com a brancura que, ainda que ele se constitua de outras cores como o preto e o vermelho, fala mais alto, torna-se mais forte frente às suas várias "raças". Esse poema pode apontar o conflito de formação de identidade ou de identidades, tão presente em nós.

O eu lírico parece perguntar-se sobre a sua mestiçagem numa sociedade urbana que, ainda que se diga contra "brancos, pátrias, guerras, posses, preguiças e ignorâncias", parece querê-lo branco, a ponto de deixá-lo sem ar.

Em outro poema, essa falta de ar, esse sufocamento que ele parece sentir faz com que deseje uma outra terra, um outro lugar para viver. Mas esse lugar torna-se um espaço idealizado, na medida em que o eu lírico parece acreditar que não irá encontrar nenhum tipo de conflito. Nesse espaço idealizado tudo é perfeito, os homens são bons, o lugar encontra-se imaculado, uma vez que o branco nunca passou por lá, portanto não pode ainda ter deixado nenhuma marca de negatividade.

> Contam que lá nos fundos do Grão-Chaco
> Mora o morubixaba Chiriguano Caiwari,
> Nas terras dele nenhum branco não entrou
> São planos férteis que passam a noite dormindo
> Na beira dum lagoão, calmo de garças.
> Enorme gado pasta ali, o milho plumiga nos cerros,
> E os homens são todos bons lá onde o branco não entrou. (Andrade, 1980, p. 210)

A leitura desse poema lembrou-me "Vou-me embora pra Pasárgada", de Manuel Bandeira. Ainda que tenha aderido às técnicas modernistas de forma gradativa, uma vez que, morando no Rio de Janeiro, mantinha uma certa distância do grupo paulista, o poeta terminou por ver na renovação a alternativa para sua poesia que ansiava por outras formas de expressar-se.

A aproximação possível entre o poema de Mário de Andrade e o de Manuel Bandeira se dá na medida em que, em ambos, o eu lírico parece gritar contra tudo que lhe perturba em dado momento da vida.

Manuel Bandeira, por exemplo, salienta que, depois de haver lido esse nome "Pasárgada" em um autor grego e haver descoberto que significava "campo dos persas", imaginou então uma fabulosa paisagem, um "país das delícias".

Desse modo, quando se viu perturbado pela doença, em profundo desânimo, o grito "Vou-me embora pra Pasárgada!" saltou-lhe imperioso da garganta, tanto quanto o grito de Mário em relação à brancura que parecia sufocar-lhe, mesmo sendo ele "crivado" (perfurado, atravessado) de muitas cores e de muitas "raças".

Vou-me embora pra Pasárgada
Lá sou amigo do rei
Lá tenho a mulher que eu quero
Na cama que escolherei
Vou-me embora pra Pasárgada

Vou-me embora pra Pasárgada
Aqui eu não sou feliz
Lá a existência é uma aventura
De tal modo inconsequente
Que Joana a Louca de Espanha
Rainha e falsa demente
Vem a ser contraparente
Da nora que nunca tive

E como farei ginástica
Andarei de bicicleta
Montarei em burro brabo
Subirei no pau de sebo
Tomarei banhos de mar!
E quando estiver cansado
Deito na beira do rio
Mando chamar a mãe-d'água
Pra me contar as histórias
Que no tempo de eu menino
Rosa vinha me contar
Vou-me embora pra Pasárgada

Em Pasárgada tem tudo
É outra civilização
Tem um processo seguro
De impedir a concepção
Tem telefone automático
Tem alcaloide à vontade

Tem prostitutas bonitas

Para a gente namorar

> E quando eu estiver mais triste
> Mais triste de não ter jeito
> Quando de noite me der
> Vontade de me matar
> \- Lá sou amigo do rei –
> Terei a mulher que eu quero
> Na cama que escolherei
> Vou-me embora pra Pasárgada. (Bandeira, 2001, p. 85-86)

A questão da mestiçagem ou da mistura de "raças" aparece em outros momentos na obra de Mário. Penso que, depois de percorrer tanto o país e tomar contato com a diversidade brasileira, provavelmente a sua própria também se tenha evidenciado.

Assim, ao criar e nos apresentar um herói sem nenhum caráter, *Macunaíma*, Mário de Andrade nos revelava, ao mesmo tempo, um herói constituído não da negação de caráter, mas de vários caracteres que o tornavam plural e não singular, o que pode confirmar a certeza, por parte de Mário, de sua própria pluralidade.

Recorro mais uma vez a Brookshaw, quando este afirma que

> O interesse de Andrade pelo "mesticismo" cultural foi sem dúvida influenciado pelo fato de que ele mesmo era um mestiço, embora devido à sua posição social e sua quase brancura fosse praticamente considerado branco. Contudo, seu senso de identidade e seu interesse pela cultura popular foram inflamados talvez por ser ele afro-brasileiro de maneira inconfundível em uma cidade que naquela época era etnicamente europeia. (Brookshaw, 1983, p. 87)

Creio que o escritor Mário de Andrade buscou constantemente pensar sua identidade. Quem é Mário, quem sou eu, quem somos nós? Interrogações que nos perseguem, que nos acompanham sempre. Esse era também o espírito modernista, penso.

Ainda hoje, nossa constituição identitária se encontra em conflito e encontrar-se-á sempre em formação. Mário de Andrade procurou por ela. Talvez, como Luiz Gama, em epígrafe de seu poema "Bodarrada", também se tenha visto como um "trovador proscripto" e, no fim de tudo, "ninguém".

Referências bibliográficas

ANDRADE, Mário Raul de Morais. **Poesias completas**. 6. ed. São Paulo: Martins, Belo Horizonte: Itatiaia, 1980.

BANDEIRA, Manuel. **Antologia poética**. 7. ed. Rio de Janeiro: Nova Fronteira, 2001.

BERND, Zilá. **Poesia negra brasileira**: antologia. Porto Alegre: AGE/IEL/IGEL,1992.

BOSI, Alfredo. **Dialética da colonização**. São Paulo: Companhia das Letras, 1992.

BROOKSHAW, David. **Raça e cor na literatura brasileira**. Trad. Marta Kirst. Porto Alegre: Mercado Aberto, 1983.

BUENO, Antônio Sérgio. **O modernismo em Belo Horizonte**: década de vinte. Belo Horizonte: UFMG, 1982.

CARVALHO, Ana; FILHO, Azis. O preconceito oculto. *Isto É,* São Paulo, n.1657, p.78-84, 4 jul. 2001.

CEREJA, William Roberto et al. **Português**: linguagens, literatura, produção de texto e gramática. 3. ed. São Paulo: Atual, 1999. v.3.

COUTINHO, Afrânio. A revolução modernista. In: COUTINHO, Afrânio. **A literatura no Brasil**. Rio de Janeiro: Sul Americana. [19-]. v.5.

DAMASCENO, Benedita Gouveia. **Poesia negra no modernismo brasileiro**. Campinas: Pontes Editores, 1988.

LINS, Osman. **Lima Barreto e o espaço romanesco**. São Paulo: Ática, 1976.

MARTINS, Leda Maria. Cultura negra e identidades. In: MARTINS, Leda Maria. **Áfricas gerais.** Belo Horizonte: Secretaria Municipal de Cultura, 1995. p.6-7.

MUNANGA, Kabengele. **Rediscutindo a mestiçagem no Brasil:** identidade nacional versus identidade negra. Petrópolis: Vozes, 1999.

NUNES, Cassiano. **Breves estudos de literatura brasileira**. São Paulo: Saraiva, 1969.

NUNES, Cassiano. Poesia negra no modernismo brasileiro. **Cultura,** São Paulo, Ano 2, n. 5, p.118-123, 1972.

SANTOS, Arlindo Veiga dos. **A lírica de Luiz Gama:** estabelecimento gráfico atlântico. São Paulo: Atlântico, 1944.

SUSSEKIND, Flora. **O negro como Arlequim**: teatro e discriminação. Rio de Janeiro: Achiamé, 1982.

TELES, Gilberto Mendonça. **Vanguarda européia e modernismo brasileiro**. 11. ed. Petrópolis: Vozes, 1992.

A cor da ternura: tecendo os fios da memória

Kátia da Costa Bezerra

O lento processo de abertura política que se inicia nos meados dos anos setenta no Brasil possibilita a emergência de novos atores sociais que, principalmente a partir dos anos oitenta, passam a lutar por mais espaços de atuação, reivindicando, entre outras coisas, o direito de formular e legitimar outros sistemas de representação. No caso, seus posicionamentos vêm-se constituindo a partir de uma sistemática que, ao propor formas alternativas de cultura e de instituições, visa a rever valores, conceitos e padrões de comportamento que não só têm ditado o modo como se percebe o indivíduo, mas também têm procurado regular sua forma de inserção na sociedade. Um cenário, por conseguinte, que propicia a presença cada vez mais efetiva de uma escrita que se debruça sobre questões como gênero, sexualidade, classe social e raça, que passam a ser percebidas como ingredientes cruciais no processo de construção de paradigmas. Da mesma forma, muitos desses textos constituem-se a partir de uma dinâmica que se esforça por (re)significar histórias, signos e vivências pessoais, num movimento marcado pelo desejo de construir identidades alternativas que ganham sentido a partir de sua vinculação a experiências compartilhadas com certos grupos de referência.

Isso implica dizer que, a partir dos anos oitenta, depara-se com a circulação de vozes que, comprometidas com uma estratégia de reconstrução de trajetórias individuais e coletivas, procuram reagir contra uma dinâmica de esquecimento imposta por um discurso hegemônico que persiste em silenciar o Outro, ao mesmo tempo em que tenta falar pelo Outro, a partir de seus posicionamentos ideológicos. Uma postura política que resulta na crescente presença de textos em que a necessidade de construir formas alternativas de autorrepresentação importa, em muitos momentos, no afloramento de escritos autobiográficos que se estruturam a partir do desejo de elaborar outras possibilidades de memória coletiva que façam frente à identidade unívoca e preconceituosa que a história oficial lhes atribui (Bosi, 1979).

Em meio a essas vozes, defronta-se com a efervescente presença de poetas e escritoras negras que, oriundas de diferentes classes sociais, tentam colocar em questionamento paradigmas que têm ajudado a perpetuar diversas formas de discriminação e opressão. Geni Mariano Guimarães é uma dessas vozes. O presente estudo pretende concentrar-se na análise de seu livro *A cor da ternura*, publicado em 1989. O objetivo é verificar a maneira como sua escrita procura elaborar novas formas de identidade através de um recordar que se configura num processo de autoinvenção. Para tanto, tenciona-se observar a forma como seu texto explicita a interação entre os mundos exterior e interior e como procura elaborar vínculos com e entre determinados grupos de referência. Em suma, o trabalho pretende verificar como sua obra tenta construir novos significados para experiências pessoais e coletivas, numa dinâmica em que a memória torna-se o elemento-chave.

Geni Mariano Guimarães nasceu numa fazenda, no município de São Manoel, interior de São Paulo, em 1947. Professora, publicou seu primeiro livro de poesia, *Terceiro filho,* em 1979. Em 1981, publicou *Da flor o afeto* e *da pedra o protesto.* Autora premiada, recebeu um prêmio da Academia Brasileira de Letras, além do Prêmio Jabuti e de Autor Revelação em 1990 por seu livro autobiográfico *A cor da ternura*. De mais a mais, tem participado de antologias e revistas como *Cadernos Negros*, onde tem publicado contos, crônicas e poesias.

A cor da ternura narra a estória de Geni, a penúltima filha de uma família de oito irmãos. De origem negra e pobre, vivendo em uma área rural, Geni percebe, desde cedo, o peso de sua cor e classe social, principalmente no espaço da escola, onde se defronta mais diretamente com o preconceito. A estória se desenrola com base nas diversas situações vivenciadas pela menina no seu processo de crescimento, revelando as constantes tensões resultantes de seu contato com o mundo adulto. O relato permite que se perceba como ela vai aprendendo, pouco a pouco, a lidar com seus conflitos interiores. A princípio, quando ainda criança, refugia-se em um mundo interior, imaginário, que lhe possibilita refletir sobre seus sentimentos e o mundo que a cerca. Mais tarde, quando se forma professora, um incidente com uma aluna que se recusa a entrar em sua sala de aula por ter medo de professoras negras faz com que compreenda os ensinamentos de seu pai e perceba a importância de enfrentar as situações conflitantes com seu "cordel de palavras".

Esse breve resumo, por certo, já deixa patente o caráter subversivo de sua obra, uma vez que a personagem principal, uma menina simples do interior brasileiro, foge aos modelos de excepcionalidade comumente presentes nas autobiografias tradicionais. Além disso, a estória não se concentra nos grandes feitos da personagem principal, mas se volta especificamente para seu cotidiano, semelhante ao de tantas outras crianças. O fato é que o texto se constitui a partir de uma diretriz que privilegia uma fala/perspectiva marginal, ao mesmo tempo em que se insurge contra modelos literários institucionalizados, o que implica percebê-lo como parte integrante do amplo e complexo cenário da chamada pós-modernidade. Ou seja, *A cor da ternura* registra a fala de setores que, cansados de um ventriloquismo que lhes nega sua especificidade, percebem a literatura como um espaço em que podem assumir o seu papel de agentes históricos.

Com efeito, a importância do processo de autoinvenção que se delineia ao longo de escritas autobiográficas como a de Geni Guimarães reside no fato de as identidades serem posicionamentos a partir dos quais os indivíduos interpretam suas vivências e o mundo ao seu redor, aprendendo a definir e a reformular seus valores e alianças (Mohanty, 1993, p. 55). Assim, quando indivíduos até então marginalizados posicionam-se como sujeitos, tomando a si o direito de expressar desejos e vivências próprias e de delimitar o que deve ser lembrado do que deve ser esquecido, desencadeia-se um processo que implica a recusa dos termos que os têm tornado "reconhecíveis", propiciando, consequentemente, a construção de outros que fogem aos paradigmas impostos pelos códigos sociais.

Mais ainda, o processo de construção de formas alternativas de identidades pessoais e coletivas passa pela construção de uma memória coletiva que se articula através da (re)significação de aspectos estigmatizados ou, ainda, pela articulação de outros usualmente silenciados. Por esse motivo, a constituição de um novo imaginário, assim como a configuração de outras formas de identidade têm como uma de suas molas propulsoras o resgate de elementos de um repositório religioso, folclórico, lendário e histórico, bem como de aspectos do cotidiano que possibilitam a formação de elos entre indivíduos pertencentes a certos grupos de referência. Essa sistemática permite o afloramento de um sentimento de pertença, contribuindo para a criação da noção de comunidade (Hall, 1996).

Em *A cor da ternura*, o que se verifica é que a narrativa se estrutura a partir da tensa articulação estabelecida entre a experiência pessoal e coletiva, o ficcional e o real, num jogo que permite a desconstrução de uma ordem simbólica opressiva, propondo, em seu lugar, novas formas de saber, de pensar. Para tanto, repito, o texto promove a expressão da experiência pessoal e coletiva como uma maneira de propiciar a construção de novos referentes que possibilitem articular novas formas de ser.

Assim, em *A cor da ternura*, a família torna-se uma das peças-chave do processo de reflexão, autoconhecimento e inserção social empreendido pela personagem principal. Na realidade, o convívio familiar desempenha um duplo papel. Por um lado, a família surge como um espaço que, ao gerar conflitos, promove sua iniciação nos rituais de passagem. Ou seja, seu processo de crescimento passa pelo contato com regras de comportamento, assim como pela vivência de sentimentos que a levam a refletir e procurar formas de se ajustar à realidade que a circunda, como acontece, por exemplo, quando seu irmão caçula nasce e Geni deixa de ser o centro das atenções da família. Fato que a leva a se sentir triste, deixando de se alimentar. Nesse momento, ela experimenta pela primeira vez os sentimentos de ciúme e solidão:

> ...Além do mais, era o banho do Zezinho, chás do Zezinho, fraldas do Zezinho, choros do Zezinho, Zezinho, Zezinho, todo minuto, toda hora, todo dia, sempre. (23)
> Lombriga coisa nenhuma. Eu tinha era saudade. Saudade dos meus detalhes perdidos. Do meu colo, da minha comida servida na boca. Do meu espaço para perguntar besteiras, como diziam eles. Dos olhares carinhosos. (p. 24)

Por outro lado, a família funciona como uma fonte de conhecimento e ponto de apoio nos momentos de dúvida, dor, angústia e alegria. Pode-se citar o papel da mãe e das irmãs, que a ajudam a compreender as transformações por que passa o seu corpo de menina ou, ainda, a forma como seus familiares, mais especificamente o pai, comportam-se na sua formatura. Esse último exemplo serve como indício da importância desse convívio no seu processo de crescimento e afirmação pessoal:

> Minha mãe me bebia através dos ares do meu pai, que, embevecido, ajeitava a gola da camisa, propositalmente, me segredando que estava feliz.
> Fui chamada para receber o certificado. Eles, meus pais, não se puderam conter só com as palmas. Levantaram e me aplaudiram de pé. Mãos abertas, barulhentas, livres.
> Meus irmãos, contagiados, perderam a timidez e também se puseram em pé, me aplaudindo e apontando, como se só eu existisse ali, como se no momento eu estivesse me apossando da chave do céu. (p. 83)

Uma outra estratégia empregada evidencia-se pela forma como o texto procura contrapor-se a visões estereotipadas presentes no imaginário brasileiro, dando visibilidade aos momentos de carinho e brincadeira tão comuns na relação entre familiares, mas habitualmente ausentes quando se trata da percepção de famílias negras:

> Quando me pegava no flagra, bebendo seus gestos, esboçava um riso calmo, curto. Meu coração saltava feliz dentro do peito.
> Eu baixava a cabeça e fechava os olhos. Revivia o riso dela mil vezes e à noite deitava-me mais cedo para pensar no doce cheiro de terra e mãe. (p. 13)
> Minha mãe entregou a roupa para a Arminda e sentou-se numa cadeira feita de palhas trançadas. Estendeu os braços e eu fui como se caminhasse para o seu céu. Fiquei torta, escorregava e não conseguia pousar a cabeça no seio tão e sempre amigo. (p. 17)
> Todos riram alto, porque o tempo era de riso. Ri também e, aproveitando o momento de desprendimento, pousei a cabeça no colo da minha mãe. (p. 27)

Aqui, a escolha por dar visibilidade aos momentos de riso e de carinho entre seus familiares contribui para a construção de uma visão mais humana de um segmento comumente retratado de forma estereotipada. Da mesma forma, a opção por se reportar a reminiscências próprias do convívio familiar, compartilhando-as com seus leitores, concorre para o estabelecimento de vínculos que se constituem a partir de uma dinâmica marcada pelo movimento de reconhecimento e identificação presentes no ato da leitura. Dinâmica que só se torna possível, no entanto, no momento em que a experiência assume o significado de uma

> *mediating relation between authorship, textual properties, contemporary social reality and historically formed readers; in other words, as a process of self-representation which engenders the subject in language through relations with others.* (Lury, 1991, p. 103)

Todavia, seu processo de autoinvenção vai lançar mão de outros ingredientes. No caso, o mundo da fantasia, do faz de conta, tão presente no universo infantil, é outro elemento que vem se agregar. Um exemplo é a forma como Geni conversa com os animais. Momentos que apontam para a descoberta de um mundo interior ao qual se recolhe nos instantes de tristeza e reflexão, inaugurando os espaços de entrecruzamento entre sua vivência interior e exterior, como ocorre no diálogo com a aranha, quando Geni aprende que há diferentes formas de gostar:

> — É. Você não repara no jeito dos outros gostarem. Ou melhor, repara, mas quer que gostar seja do seu modo, cada um...
> — Entendeu agora? Você é que nunca procurou saber direito dos olhos dos outros. Não é destes olhos que falo. É dos olhos de dentro.
> — Entendi. Mas eu sempre pensei que as outras pessoas e bichos nem soubessem desses olhos de que você fala. Eu, não é querendo ser sabida como os animais, sabia. Não falava porque... Ah, não dá pra contar agora. É uma

> história muito comprida. Bem, agora vou ligar pra você e pra ele. Mas ele não sabe brincar. E você, sabe? Brinca do quê? (p. 29-30)

Um outro exemplo seria quando a menina descobre a possibilidade de viajar através da imaginação para lugares desconhecidos, no curto espaço de algumas balançadas na sua "estação-árvore". Da mesma forma, a presença do universo das brincadeiras infantis contribui para o resgate de dimensões normalmente silenciadas da vida de crianças como Geni.

> Outras vezes, no meio da mamada eu parava e começava:
> — Cadê o toicinho daqui?
> — Gato comeu.
> — Cadê o gato?
> — Foi caçar rato.
> — Cadê o rato?
> — Foi no mato.
> (...) (p. 9-10)

Exemplos como os acima arrolados evidenciam a forma como a narrativa esforça-se por tecer fios que possibilitem construir vínculos com e entre membros de uma comunidade, na tentativa de articular novos sistemas de representação. Uma dinâmica que se constitui a partir da resignificação de experiências, histórias, valores e costumes vivenciados, mesmo que de maneira diversa, por esses indivíduos, na tentativa de (re)validar identidades pessoais e sociais. Logo, o que se percebe nos exemplos aqui arrolados é que a tentativa de intervir no domínio do simbólico ocorre através de um mecanismo que procura retirar a carga de estigmatização de certas palavras/imagens, ao mesmo tempo em que se esforça por lançar luz sobre aspectos normalmente ausentes da forma como o segmento negro é caracterizado. Trata-se, na verdade, de uma estratégia que obriga o sistema de representação a se recompor e reorganizar.

Mas não é só isso. Seu rememorar também vai se voltar para outros momentos de sua vida num processo de autorreflexão que propicia a construção de novas leituras que a ajudam a melhor compreender a forma como discursos racistas e patriarcalistas impregnam o dia a dia das pessoas. A descoberta do significado de seu corpo negro, por exemplo, vem aos poucos. Primeiro, numa brincadeira com a mãe, quando ela percebe algo que ainda não consegue entender bem:

> — Mãe, se chover água de Deus, será que sai a minha tinta?
> — Credo-em-cruz! Tinta de gente não sai. Se saísse, mas se saísse mesmo, sabe o que ia acontecer? – Pegou-me e, fazendo cócegas na barriga, foi dizendo: – Você ficava branca e eu preta, você ficava branca e eu preta, você branca e eu preta...
> Repentinamente paramos o riso e a brincadeira. Pairou entre nós um silêncio esquisito.
> Achei que ela estava triste, então falei:
> — Mentira, boba. Vou ficar com esta tinta mesmo. Acha que eu ia deixar você sozinha? Eu não. Nunca, nunquinha mesmo, tá? (p. 10)

Todavia, a consciência de sua "diferença" acentuar-se-á quando ela começa a frequentar a escola. Primeiro, pelas recomendações da mãe; mais tarde, pela forma como a professora se refere aos escravos em uma de suas aulas. Nesse dia, pela primeira vez, Geni percebe ser a única menina negra em sua classe, sentindo-se dominada por um sentimento de dor e revolta por pertencer a um povo fraco:

> Vi que sua narrativa não batia com a que nos fizera a Vó Rosária. Aqueles eram bons, simples, humanos, religiosos. Eram bobos, covardes, imbecis, estes me apresentados então. Não reagiam aos castigos, não se defendiam, ao menos.

> Quando dei por mim, a classe inteira me olhava com pena ou sarcasmo. Eu era a única pessoa da classe representando uma raça digna de compaixão, desprezo! (p. 65)

Aqui, a contraposição entre a história contada pela professora na escola e a da Vó Rosária explicita a luta pelo poder inerente ao processo de construção e legitimação da memória coletiva, ou seja, o embate que se trava pelo direito de determinar os fatos que devem ser lembrados e os que devem ser esquecidos. Teóricos como Homi Bhabha (1990) advertem que o processo de questionamento e reescrita da metáfora da nação tem-se desencadeado a partir da circulação de discursos de suplementaridade. A presença cada vez mais efetiva de vozes que articulam novas versões da história oficial tem propiciado a problematização de discursos hegemônicos que se elaboram a partir da delimitação de zonas de sombra – uma sintaxe de esquecimento.

Ora, no caso específico do Brasil, tem preponderado uma sistemática que procura retratar o país como possuidor da tradição de resolver os conflitos pela conciliação. Nesse sentido, a presença de textos como o de Geni Guimarães, que se preocupa em promover o desnudamento do caráter violento presente na relação senhor *versus* escravo e a maior visibilidade das diversas estratégias de luta, dos momentos de revolta organizada e da especificidade dos diferentes grupos de escravos que vieram para o Brasil, obriga a uma reconstrução histórica do passado e, consequentemente, a uma revisão da simbologia da nação.

De mais a mais, a narrativa não se restringe a contrapor as duas versões sobre o período de escravidão no Brasil. Como não poderia deixar de ser, o enfoque se volta mais para a forma como a estória da professora atua sobre a menina. O modo como Geni reage, tanto na escola quanto em casa, demonstra o caráter pernicioso desses discursos, uma vez que a estória da professora provoca na menina uma reação que vai da vergonha à tentativa de embranquecer:

> Até então, as mulheres da zona rural não conheciam "as mil e uma utilidades do bom-bril" e, para fazer brilharem os alumínios, elas trituravam tijolos e com o resultante faziam a limpeza dos utensílios.
> (...)
> Assim que terminou a arrumação ela (a mãe) voltou para casa, e eu juntei o pó restante e com ele esfreguei a barriga da perna. Esfreguei, esfreguei e vi que diante de tanta dor era impossível tirar todo o negro da pele. (p. 68-69)

Também aqui a família e os amigos serão os suportes que possibilitam a lenta cicatrização de sua "ferida aberta". Primeiro, pela solidariedade das crianças que "iam todos a minha volta, preocupados porque eu não conseguia andar depressa. Sentia-me sem peso e quando mudava o passo achava que o chão à frente estava em desnível, longe, mole" (p. 68). Depois, pela forma carinhosa como a mãe a repreende:

> — Deus me livre! Eu canso de falar: não sobe nos muros, não brinca de correr, e que nada! Entra por um ouvido e sai pelo outro. Parece moleque. Mentira! Nem moleque faz isto. Vê se o Zezinho ...
> Eu ouvia sua voz distante, bravadoce. Bálsamo.
> Dentro de uma semana, na perna só uns riscos denunciavam a violência contra mim, de mim para mim mesma. Só ficaram as chagas da alma esperando o remédio do tempo e a justiça dos homens. (p. 69)

Todavia, somente mais tarde, quando consegue convencer uma aluna a entrar em sua sala de aula, é que finalmente aprende a maneira de lidar com suas chagas:

> Foi quando com nitidez nunca sentida, entendi tudo o que o meu pai me ensinava nas suas palavras curtas, nas suas parábolas decifradas na cartilha da existência.

> (...)
> E sentimentos placentários escaparam do útero, meu útero das minhas raízes, grafaram as leis regentes de todos os meus dias. (p. 92-93)

Dessa forma, como o próprio texto adverte, seu "cordel de palavras", ou seja, a linguagem torna-se o veículo que lhe permite implementar o processo recriativo, reinterpretativo e de autorreflexão que lhe possibilita a constituição de um novo imaginário e a configuração de novas formas de identidade. Por causa disso, seu processo de afirmação vai-se tornando cada vez mais complexo, enveredando pelas mais diversas esferas. Assim, por um lado, surge a consciência da forma de atuação de discursos normatizadores que delimitam os diferentes espaços circunscritos aos homens e às mulheres:

> O Zezinho se misturou nas besteiras dos homens e estes, do tamanho natural, não me davam espaço para alcançá-los, nem faziam nada para que eu, no mínimo, pudesse ter passadas mais longas. (p. 35)
> Pai, o que mulher pode estudar? (p. 72)

Por outro lado, o texto está repleto de alusões a aspectos próprios da cultura de sua comunidade. As crendices e os chás, a figura das rezadeiras, parideiras e da contadora de histórias surgem não só como parte integrante do seu universo familiar, mas também como parte essencial do imaginário da comunidade em que vive. Por esse motivo, esses elementos devem ser vislumbrados como pontos de referência na constituição de um senso de comunidade, propiciando a medição entre indivíduo e coletividade, como se pode perceber nos exemplos abaixo:

> No dia seguinte minha mãe começou a receber visitas. O pessoal da redondeza vinha conhecer a criança trazendo presentes. Aproveitavam a ocasião para agradecer minha

> mãe por ter, com benzimentos e remédios caseiros, curado seus filhos de lombriga, bucho-virado ou mesmo quebranto... (p. 20-22)
>
> Nhá Rosária era uma velha senhora negra, que morava noutra fazenda com uma família de fazendeiros. Nunca ninguém soube por que morava com aquela família, nem qual sua idade certa.
>
> (...)
>
> A verdade é que, quando a Vó Rosária – assim a chamávamos – chegava, já vinha acompanhada de toda a criançada. Todos queriam ouvi-la contar tão lindas e tristes estórias. (p. 49)

Mais uma vez, verifica-se que o desejo de construir identidades alternativas obriga a narrativa a se estruturar a partir de um contínuo e tenso jogo de desterritorialização e reterritorialização de conceitos, valores e verdades que tradicionalmente compõem a leitura da nação brasileira (Deleuze e Guattari, 1996). Nesse contexto, repito, poder determinar os fatos que podem ser lembrados e aqueles que devem ser esquecidos assume uma premência inusitada, pois permite que se rompa com a capa de invisibilidade e a sensação de inferioridade que têm impedido certas comunidades de elaborarem sua própria memória e, dessa maneira, construirem sua identidade como um grupo social.

Mais ainda. George Yúdice (1991, p. 17), ao se voltar para o estudo da literatura de testemunho, adverte que o narrador deve ser divisado como uma voz que, "enfatizando o discurso popular, oral, (funciona como) a testemunha (que) registra sua própria experiência como um agente (mais do que como um representante) de uma memória e identidade coletiva". Ora, embora Yúdice se reporte aqui especificamente à literatura de testemunho, essa colocação mostra-se igualmente pertinente para autobiografias advindas de setores marginalizados como a de Geni Guimarães, uma vez que o processo de construção identitária é também marcado por uma forte tensão entre o pessoal e o coletivo.

Para ser mais clara, a forma como são trançados os fios que compõem a narrativa aponta para o desejo de resgatar um "nós" que funcionará como um recipiente da experiência e sabedoria de uma comunidade. Ou seja, seu tecido ficcional vai sendo urdido com fios que interligam a vivência pessoal à coletiva, num entrelaçamento construído a partir de um recordar que se reporta a experiências que, de alguma maneira, ainda ressoam no tempo presente e encontram eco em outros indivíduos.

Como tão bem alerta Bosi (1987, p. 17), "na maior parte das vezes, lembrar não é reviver, mas refazer, reconstruir, repensar com imagens e ideias de hoje, as experiências do passado". O ato de revisitar e redimensionar histórias pessoais e coletivas, falar de medos e sonhos, contar momentos de força e fraqueza dessa forma de escrita visa a encontrar um lugar no tempo e no espaço em que o lembrado e o narrado possibilitem a articulação de significados diferenciados daqueles propagados por uma história oficial. Na realidade, o que se verifica na leitura do livro é que a narrativa se constrói a partir de uma dinâmica em que prepondera o desejo de refletir sobre o processo de elaboração de identidades individuais e coletivas, com o firme propósito de traçar caminhos alternativos que possibilitem a formação de novos grupos sociais e políticos.

Pode-se afirmar que *A cor da ternura* transmuda-se num espaço de reflexão, reelaboração e valorização de uma memória que, oscilando entre sua experiência pessoal e a de um grupo, procura dar consistência a uma biografia que se empenha por atribuir um novo significado à vida, às histórias, às ações, às crenças e aos costumes de indivíduos até então silenciados. Em outras palavras, o que se verifica é que sua escrita transforma-se num espaço mediatizador, uma vez que propicia a tensa inter-relação entre sujeito e sociedade, entre sujeito e cultura, entre o sujeito e o Outro, num diálogo guiado pelo desejo de elaborar e legitimar outras formas de ser. Para tanto, a narrativa acompanha as diferentes fases da vida de Geni, seus sonhos, seus momentos de solidão e dor, o amor da família, a descoberta do estigma da cor e das limitações impostas à mulher, num jogo em que a expressão do pessoal está intimamente interligada à presença de referentes próprios de sua comunidade, numa dinâmica que lhe possibilita a construção de uma memória pessoal e coletiva alternativas. Seu rememorar procura não só promover um momento de reflexão e conscientização, mas igualmente explicitar um movimento que se empenha em resgatar, (re)significar e legitimar outras possibilidades de saber.

Referências bibliográficas

BHABHA, Homi. DissemiNation: time, narrative, and the margins of the modern nation. In: ORGANIZADOR. **Nation and narration**. New York: Routledge, 1990. p.291-322.

BOSI, Ecléa. **Memória e sociedade**: lembrança de velhos. São Paulo: T. A. Queiroz, 1979.

DELEUZE, Gilles; GUATTARI, Félix. **Anti-Oedipus**: capitalism and schizophrenia. Trad. Robert Hurley, Mark Seem e Helen R. Lane. Pref. Michel Foucault. 8.ed. Minneapolis: Univ. of Minnesota Press, 1996.

GUIMARÃES, Geni Mariano. **A cor da ternura**. 12.ed. São Paulo: FTD, 1998.

HALL, Stuart. The question of cultural identity. In: HALL, Stuart et al. **Modernity:** an introduction to modern societies. Massachusetts: Blackwell Publishers, 1996. p.596-634.

LURY, Celia. Reading the self: autobiography, gender and the institution of the literary. In: FRANKLIN, Sarah; LURY, Celia; STACEY, Jackie (Ed.).**Off-centre:** feminism and cultural studies. London: HarperCollins Academic, 1991. p.97-108.

MOHANTY, Satya P. The epistemic of cultural identity: on Beloved and the postcolonial condition. **Cultural Critique,** Spring, p. 41-80, 1993.

SANTOS, Myriam S. Sobre a autonomia das novas identidades coletivas: alguns problemas teóricos. **Revista Brasileira de Ciências Sociais,** São Paulo, v.13, n.38, p.151-165, out. 1998.

YÚDICE, George. Testimonio and postmodernism. **Latin American Perspectives**, v.70, n.18, p.15-31, Summer 1991.

A atualidade da ficção de Lima Barreto

Maria do Carmo Lanna Figueiredo

Tendo em vista a nova posição em face da literatura e das chamadas minorias, não se admite mais ignorar, como os contemporâneos do escritor, quem é Afonso Henriques de Lima Barreto, autor mulato, rebelde e revolucionário, representante particularmente fiel do povo brasileiro, inclusive por sua ficção. O mundo ficcional barretiano, do início do século XX, focaliza temas, personagens e situações que em muito se assemelham aos do país atual e que ainda hoje se vivenciam.

No período da Independência, a elite brasileira buscava identificar-se com o elemento nativo, feição que dará origem tanto ao movimento indianista quanto ao que se convencionou denominar de "bovarismo", ou seja, acreditar-se o brasileiro diferente do que era, graças a ilusões que alimentava sobre si mesmo. No período de 1889 a 1905, que precede as publicações de Lima Barreto, conforma-se ainda um cosmopolitismo adventício, que suscita o desejo de ser estrangeiro, de seguir o figurino europeu, visando a mudar a situação do país. Se o nacionalismo intelectual passara pelo afã de valorizar o elemento nitidamente brasileiro – o que se opõe ao europeu –, o desejo de se aliar ao fluxo da cultura europeia e de aplicar ao Brasil as técnicas de conhecimento por ela desenvolvidas passa a ser o seu substituto.

As transformações nas técnicas de comunicação e a mudança de público literário fazem-se sentir, do mesmo modo, obrigando os autores a redefinir suas posições e o espaço ocupado pela literatura. Público e crítica, rejeitando as imagens literárias tradicionais, criam, então, uma expectativa de lugar-comum e mesmice para identificar o fato literário. Tais representantes, de cunho mundano e, na sua maioria, diletantes, encaram a literatura como o "sorriso da sociedade". Muito brilho, muito floreio verbal subjazem à concepção de literatura como ofício recreativo, ameno, que visava a distrair autores e público. A fraca estrutura de produção, circulação e consumo literário sabotava os projetos dos autores que não seguiam essa tendência. Os intelectuais de então foram levados para o jornalismo, o funcionalismo e a política e quase toda a sua produção literária se restringia ao Rio de Janeiro, voltando-se para a cidade e fazendo-se com vistas a ela. Colaborando em jornais menores e de pequena circulação, o também funcionário público Lima Barreto fazia de seu reduto a Confeitaria Colombo, onde se reuniam os escritores "marginalizados" e de oposição às regras dominantes.

Percebe-se a postura de repúdio aos modelos que o escritor assume, atentando-se para a sua concepção da sociedade brasileira como fruto da combinação de diferentes etnias – como, por exemplo, em *Gonzaga de Sá* –, assim como para a sua não aceitação do cosmopolitismo vigente, por enxergar nele um tipo de mistificação que gera graves consequências ao eliminar a atitude crítica e obscurecer a atenção do povo brasileiro para o país real – tal como se pode perceber em *Policarpo Quaresma*. Opondo-se à corrente que desejava transmitir uma imagem de nação branca e civilizada à Europa, Lima Barreto ancora a sua obra numa multiplicidade de temas e numa vasta galeria de personagens que acabam por compor um quadro documental de sua época violentamente oposto aos modismos.

Adiantando-se a seu tempo, Lima Barreto procura situar a cultura popular como função típica e eficaz no interior dos grupos sociais de que procedia, numa perspectiva muito próxima da moderna antropologia cultural. Optando por um procedimento diferente das grandes identidades literárias da época, o escritor tenta substituir tais modelos pela paixão e pela sinceridade da linguagem coloquial, mais próxima da fala do povo, condição que considera superior às regras retóricas e estilísticas do bem escrever. Para ele, o homem de letras deveria ser o contrário do "beletrista" e do "me-ufanista", que deixam transparecer o olhar da Europa na visão que empreendem da realidade brasileira.

Ao se opor a essas práticas, assume uma consciência extremamente lúcida da sociedade, veiculada pelo despojamento e pela comunicação transparente, a fim de minimizar a distância entre o intelectual e seu público. Deve-se lembrar, ainda, sob esse aspecto, a aguda consciência que o autor manifesta diante de um público gerado pela abrangência da nova tecnologia de impressão e de novas possibilidades de educação. Tal público, formado basicamente pelo novo jornalismo, parecia-lhe desprovido das chaves culturais que lhe permitissem compreender a complexidade da literatura então em voga.

Sobre o assunto, assim se expressa Lima Barreto:

> Escrever com fluidez, claro, simples, atraente, de modo a dirigir-me à massa comum dos leitores, quando tentasse a grande obra sem nenhum aparelho rebarbativo e pedante de fraseologia especial ou falar abstrato que faria afastar de mim o grosso dos legentes. (...) seria muito melhor que me dirigisse ao maior número possível, com o auxílio de livros singelos, ao alcance das inteligências médias com instrução geral, do que gastar tempo com obras só capazes de serem entendidas por sabichões enfatuados, abarrotados de títulos e tiranizados na sua inteligência pelas tradições de escolas e academias e pelos preconceitos livrescos de autoridade. (Barreto, *Cemitério dos vivos*, p. 138-9)

Esse pronunciamento vem explicitar a tensão do escritor diante da escolha entre comunicar-se com o leitor e o artesanato ficcional. E também elucida como ele procurava construir sua obra e definir o seu público e ainda como, rebelado contra a situação cultural do país, queria fazer da literatura um instrumento de ação e de mudança.

Devem-se relacionar tais dados ao fato de que Lima Barreto, combativo e diferente, com uma visão crítica e explicitamente voltada para o povo mestiço, inculto e oprimido do Brasil republicano, leitor e conhecedor dos clássicos como os seus pares letrados, adota outra resposta ficcional à mesma realidade. Referindo-se aos modelos nacionais de forma agressiva, pauta a sua produção no contraste com a deles. Em sua obra, empreende uma crítica da sociedade, optando pela defesa dos marginalizados, tornando-se um analista ferino do meio em que vive, e assume uma solução esteticamente diferenciada na sua apreciação. Tal esforço permite-lhe apresentar, além de um documento de sua época, uma nova forma de comunicação literária, que se identifica com os valores da modernidade. Relacionados esses fatores, entende-se por que ele passa a representar aquele autor muito ligado ao meio, aquele que explicitamente se posiciona contra a opressão e as injustiças sociais, mas cuja obra em nada enriquece a tradição literária brasileira, pelo descaso com que trata a linguagem.

Se bem que até hoje de aceitação problemática nos meios acadêmicos mais ortodoxos, a obra de Lima Barreto deixa marcas numa determinada linha de tradição literária brasileira. Basta lembrar, como exemplo, o regionalismo de 30, a retomada de seus livros pela crítica e pela TV dos dias atuais e o aproveitamento intertextual de personagens e procedimentos narrativos seus na obra de ficcionistas contemporâneos, como Osman Lins, em *A rainha dos cárceres da Grécia* (1976), Rubem Fonseca, em "A arte de andar nas ruas do Rio de Janeiro", do livro *Romance negro e outras histórias* (1992) e o teatro de Luiz Alberto de Abreu, *Lima Barreto ao terceiro dia* (1995).

A leitura crítica do romance de Lima Barreto que ora se empreende busca conservar e valorizar justamente o legado do autor, nas marcas deixadas por sua produção ficcional e ensaística que revelam sua importância e que antecipam movimentos de ressignificação da presença africana na cultura brasileira, empreendida em nossos dias. Tal abordagem permite que se questione também o lugar ocupado por escritores relegados, não porque destituídos de valor literário, mas por se desviarem da norma acadêmica e social aceita pelo sistema estabelecido. Nesse sentido, pode-se afirmar que a obra de Lima Barreto detona outras coordenadas ficcionais na interpretação da práxis cultural e literária brasileira, ao propor uma literatura que contraria e desvia o enfoque modelar dessa práxis, a partir de novos parâmetros, conectados a diferentes modos de percepção e expressão – a literatura dos subúrbios, a manifestação de um bloco de camadas médias urbanas e mestiças da população da Primeira República. Será privilegiada, por isso, a análise dos romances em que a figura do afrodescendente se delineia de forma bastante enfática, na pressuposição de que focalizar o que a história literária minimiza – um autor e uma temática romanesca parcamente valorizados – subentende a tentativa de resgate da posição do escritor na tradição literária brasileira. E o encaminhamento de um tipo de raciocínio que defende a problematização, ainda que indiretamente, das imposições da historiografia oficial.

O primeiro romance de Lima Barreto publicado, *Recordações do escrivão Isaías Caminha*, data de 1909. No *Diário íntimo*, entretanto, em 1903, encontra-se referência a seu projeto de escrever sobre a escravidão negra no Brasil e sua influência na nacionalidade. Dois anos mais tarde, no mesmo *Diário*, lê-se a anotação de seu desejo de produzir uma espécie de *Germinal* (Zola, 1885) negro, com o qual introduziria o "negrismo" na literatura brasileira. Por essa época, já possui inúmeros projetos de romance, inclusive o de *Clara dos Anjos*, cuja primeira versão data de 1904. Deste chegou a redigir dois capítulos inteiros e a esboçar mais dois ou três. Também *Vida e morte de M. J. Gonzaga de Sá* estava quase concluído por essa ocasião.

O tema do romance de estreia pode ser considerado como uma variante dos dois projetos anteriores e de *Clara dos Anjos*, assim como mantém pontos de contato com *Gonzaga de Sá*, na abordagem do problema racial ou mesmo na presença do desconforto gerado pela relação entre personagens e sociedade. Nessa perspectiva, pode-se afirmar que, pela personagem Isaías Caminha, pseudoautor do romance, são levantadas as razões que conduzem a desastres pessoais como o do protagonista, localizando-as na sociedade e eximindo delas seu sangue mestiço. A propósito, informa no prefácio do livro:

> Eu me lembrei de escrever estas recordações, há dous anos, quando, um dia, por acaso, agarrei um fascículo de uma revista nacional, esquecida sobre um sofá de minha sala humilde, pelo promotor público da comarca.
> Nele um dos seus colaboradores fazia multiplicadas considerações desfavoráveis à natureza da inteligência das pessoas do meu nascimento, notando a sua brilhante pujança nas primeiras idades, desmentida mais tarde, na madureza, com a fraqueza dos produtos, quando os havia, ou em regra geral, pela ausência deles. (...) resolvi narrar trechos de minha vida, sem reservas nem perífrases, para de algum modo mostrar ao tal autor do artigo, que, sendo verdadeiras as suas observações, a sentença geral que tirava, não estava em nós, na nossa carne e no nosso sangue, mas fora de nós, na sociedade que nos cercava, as causas de tão feios fins e de tão belos começos. (p.12-13)

No anonimato de uma vida sem brilho, quando escrivão da Coletoria de Caxambi, no Espírito Santo, o suposto memorialista decide registrar suas lembranças. Através das "recordações", o narrador-protagonista parece querer resgatar sua dignidade, desgastada nos anos em que o Rio de Janeiro massacrara o então jovem provinciano. As recompensas que colhe nesse período, fruto de muitas concessões ou advindas do azar das circunstâncias, nunca lhe são conferidas pelo mérito de seu esforço ou capacidade. De certa forma, esse aspecto explica ao leitor por que os "extraordinários inícios" de Isaías são desmentidos pelo "triste e bastardo fim" a que o levaram a frustração de seus sonhos e o contato com o meio adverso e corrompido.

Isaías vai-se desvendando mais pela sugestão que pelo dito, por meio das patentes anomalias do ambiente doméstico, do desnível cultural entre os pais, do apego envergonhado do sacerdote pelo filho, da humilde aceitação da mãe no que diz respeito à sua posição de mulher negra a temer pelo filho, condicionando a conclusão de que a atitude da personagem se acha estreitamente vinculada à sua situação mestiça. Personagem fragmentada, Isaías encarna a ambiguidade étnica e de consciência que se apresentam, no livro, como conflito entre o protagonista e a sociedade. Esgarça-se, por esse subterfúgio romanesco, o caráter individual das *Recordações*, que também vai propiciar o alargamento do universo da crítica romanesca, pois abrange, entre outros elementos, os vários tipos de marginalidade – como a do pobre, a da mulher, a do destituído de amigos influentes – e ainda o ambiente corrompido da imprensa, a gramatiquice dos falsos literatos e os jogos de poder. Pelo contato do jovem Isaías Caminha com o modelo social que a narrativa retrata, constrói-se um amplo painel das mazelas do Brasil. O enfoque privilegiado que o narrador confere ao detalhamento do que se oculta por trás das fachadas descortina uma realidade enfermiça e corrupta, que discrimina os bem-intencionados e premia os espertos.

À pergunta sobre a causa de, apesar de já ter outros projetos e de haver quase concluído o *Gonzaga de Sá*, Lima Barreto ter preferido publicar primeiro *Isaías Caminha*, pode-se responder com a explicação do próprio romancista. Em carta a Gonzaga Duque, o escritor assim se refere às razões que o levaram a privilegiar a publicação do romance:

> Era um tanto cerebrino o *Gonzaga de Sá*, muito calmo e solene. Pouco acessível portanto. Mandei as *Recordações do Isaías Caminha*, um livro desigual, propositadamente mal feito, brutal, por vezes, mas sincero sempre. Espero muito dele, para escandalizar e desagradar, e temo, não que ele te escandalize, mas que te desagrade... (Barreto, *Correspondência*, v.1, p. 13)

Não tendo a exata dimensão do efeito que poderá causar sua obra, a fala do autor revela seu propósito de encarar a função social da literatura em plenitude. A decisão de publicar *Isaías Caminha* pode ser considerada como a escolha de um determinado tipo de escrita, postura que será desenvolvida pelo projeto literário futuro de Lima Barreto: a literatura considerada como arma de ação e de mudança social, expressa numa linguagem acessível a um número amplo de leitores.

A pretensão do missivista de "escandalizar e desagradar" vai atingir não só o público mas também a carreira do escritor, marcado desde então como o autor de um romance de escândalo. Os que se sentiram atingidos pelas farpas do romance jamais haveriam de perdoar-lhe. E tudo fizeram para impedir sua entrada e aceitação no meio literário, outro elemento que deve ser computado no acompanhamento de sua fortuna crítica.

Seguindo as reflexões de Jauss, a tradição da leitura literária apontava para uma obediência rígida às noções de gênero e de estilo, só possível de ser modificada pelo recurso à percepção da dialética entre inovação e tradição, percepção esta compreensivelmente ignorada pelos críticos da época (cf. Jauss, 1994, p. 73).

Para maior esclarecimento da reflexão, convém lembrar estudos iniciais que, mesmo abonando a obra barretiana, com elogios aos "admiráveis" capítulos iniciais de *Recordações do escrivão Isaías Caminha*, criticam, no entanto, a má condução do enredo, por começar e terminar introspectivo – relacionado à vida íntima do herói – e ser cortado pelo panfleto caricatural no que se refere à parte relativa à redação de *O Globo*. Considera-se que a mudança se processa com rapidez forçada, tornando inaceitável o posterior desgosto do escrivão pelo jornal e sua indiferença para com a mãe (cf. Pereira, 1950, p. 73).

Tendo em vista o horizonte de significação intraliterário de *Isaías Caminha*, pode-se perguntar: seria esse um "descuido" do autor na condução do enredo, uma "artificialidade" na construção da personagem Isaías? Ou, preferivelmente, seria essa uma nova forma de apontar para o grande vácuo que se cava no interior da personagem a partir da influência externa, a dramatização da desordem interna que vivencia o jovem interiorano em busca de ascensão social no Rio de Janeiro? Nessa perspectiva, "as frases pesadas, desarticuladas" que marcam essa parte não estariam menos próximas da incapacidade do autor em articular a narrativa do que de sua busca pela expressão ficcional do dilema proposto pela história, levado a uma tragicidade que a tudo corrói?

Se se considera o jogo de tempo e espaço que permeia a narrativa das lembranças, abrem-se possibilidades de interpretação dos mecanismos expressionais que o engendram. Tais mecanismos tornam bastante acentuada a tensão do relacionamento entre as personagens e entre estas e o meio circundante. A imprecisão descritiva do cenário familiar estabelece interessante contraste com o detalhamento do espaço exterior, especialmente quando a narrativa se refere à chegada e à permanência de Isaías no Rio de Janeiro. A mudança de rumo da narrativa, evidenciada pela modificação da linguagem e pelo acelerar-se do ritmo do romance e de seus eventos, baliza coerentemente o choque que a cidade grande representa para o jovem idealista e sonhador.

Desenvolve-se a narrativa na alternância dos espaços doméstico e profissional do protagonista e na dos tempos das "recordações" e do presente do narrador que, a cada passo, menciona sua inabilidade para escrever, a dificuldade que encontra na elaboração de suas lembranças e as dúvidas que o assaltam ao compor o seu texto. As referências à composição do texto pelo pseudomemorialista deixam entrever o cuidado que a escrita das *Recordações* merece do seu narrador, denotando toda uma inquietação quanto ao ato de escrever e à sua capacidade expressiva. Cuidado este que se confronta com grande parte da crítica sobre o livro, no que se refere à acusação de "desleixo" com a linguagem e às "falhas" na construção do enredo e das personagens. Um bom exemplo desse aspecto pode ser tomado ao capítulo VI do romance, quando Isaías procura situar-se e a seu livro:

> Se me esforço para fazê-lo literário é para que ele possa ser lido, pois quero falar das minhas dores e dos meus sofrimentos, ao espírito geral e no seu interesse, com a linguagem acessível a ele! (p. 84)

Após citar, como autores de sua preferência, Dostoiévski, Voltaire, Tólstoi, Stendhal, Balzac, Flaubert, Renan, Eça, Taine, Bouglé e Ribot, continua:

> Confesso que os leio, que os estudo, que procuro descobrir nos grandes romancistas o segredo de fazer. Mas, não é a ambição literária que me move o procurar esse dom misterioso para animar e fazer viver estas pálidas *Recordações*. Com elas, queria modificar a opinião dos meus concidadãos, obrigá-los a pensar de outro modo ... (id.ibid.)

Quanto às menções de ser *Isaías Caminha* panfletário, um "roman à clé", o tempo se encarregou de mostrar que o romancista tinha razão. Os estudos posteriores sobre a obra, principalmente aqueles surgidos a partir da década de 70, consideram inexpressivo saber quem está por trás desta ou daquela personagem e preocupam-se muito mais em abordar o romance a partir de sua expressão ficcional.

Encaminha-se, assim, a direção que se quer dar ao presente estudo: seguir o lugar que cada época destina, por sua leitura, a um tipo de ficção, que, fugindo dos padrões convencionais e preestabelecidos, tenta, também, deslocar o lugar e o conceito da obra literária e da sua recepção. Lembrando Jauss, trata-se da exigência de entrelaçar o horizonte de significação intraliterário, implícito na obra, e aquele provido pelo leitor de determinada época (cf. Jauss, 1994, p. 75).

É o que se nota nas reflexões tecidas por Osman Lins sobre o romance, ao salientar o tema do insulamento na obra de Lima Barreto, apresentado através da ausência de comunicação entre as personagens e do fato de os episódios se passarem em um jornal. Lins assinala que, em *Recordações do escrivão Isaías Caminha*, as comunicações foram cortadas e as personagens não interagem. Procurando inseri-la no total da obra barretiana, interpreta-a como um processo narrativo que indicia, no romance, a substituição do diálogo entre personagens pelo diálogo personagem/meio. Tal diálogo deixaria entrever uma atitude da personagem central, frontalmente oposta à sociedade a que se vincula. Pode-se, do mesmo modo, entrever, nessa análise de Osman Lins, outro tipo de substituição: aquela relativa ao diálogo leitor/texto, estabelecido pela interpretação dos disfarces poéticos que compõem o tecido narrativo e que acabam por integrar o leitor ao processo criativo do autor, revitalizando, com sua leitura, os vários potenciais de significação do texto. Define-se, assim, a linguagem própria do mundo de marginalizados e explorados criado pelo autor, como a recuperação artística de um momento ainda próximo e que deita raízes até nossa época.

A partir dessa hipótese, a presente abordagem não se baseia em pressupostos que conduzem a julgamentos do tipo "boa ou má literatura". Ao contrário, usa os elementos expressivos do texto como índices de articulação crítica, na tentativa de compreender o romance, sua relação com o restante da obra de Lima Barreto e com o contexto a que se refere, ligando tais elementos à forma combativa de sua expressão.

A plurissignificação do nome Isaías Caminha expõe a personagem e sua atuação no romance com base na exegese bíblica e na história. De um lado, a posição do profeta bíblico Isaías, aquele que critica as injustiças praticadas pelos líderes políticos de seu tempo, denunciando os sofrimentos do povo e anunciando-lhe melhores dias, e que prega a preservação da integridade cultural pela fidelidade aos valores da tradição e pelo repúdio da cultura estrangeira. Por outro lado, o escrivão Caminha, da frota de Cabral, que anuncia a descoberta da nova terra, mas defende a visão hegemônica europeia com relação ao índio. Por ser o protagonista mestiço, a contradição presente no seu nome já evidencia o questionamento social e de identidade que atravessa o romance e toda a ficção do autor. De certa forma, a voz dupla, entrevista nas "recordações", explica a situação do intelectual brasileiro da época e ressoa até os dias de hoje – a do marginalizado que busca, na palavra, a possibilidade de redenção, e que, na ânsia de ser aceito socialmente, reproduz e reduplica a ideologia dominante. Nessa perspectiva, tal contradição propicia um dialogismo interno – dentro da obra – e externo – a obra/contexto –, que acaba por enriquecer a sua potencialidade de sentido (cf. Bakhtin, 1990, p. 97 et ss).

Pelo enredo e pelo primeiro prefácio ao livro, atribuído a Isaías, pseudoautor das *Recordações*, o leitor é conduzido à interpretação de que a postura veiculada pelo nome Caminha não consegue abafar e vencer a face Isaías desse profeta brasileiro. Sentir-se só entre "os pobres e os ricos" leva a personagem, primeiramente, ao refúgio na coletoria de Caxambi, onde ainda tenta, através da palavra, tornar-se escritor. Com isso, pretende recuperar-se da marginalidade social a ele imposta pela fase de sua participação no jornal e ultrapassar a humildade do cargo de "escrivão".

A redenção de Isaías "e dos seus" pela escrita processa-se contraditoriamente tendo-se em vista a postura de Lima Barreto quanto ao valor da palavra literária. Este, ao se introduzir na ficção romanesca, no primeiro prefácio, publicando as *Recordações do escrivão Isaías*, parece alinhar-se à postura profética de denúncia contra a opressão e a injustiça e de anúncio da palavra nova. Nesse sentido, assinalar as razões do "fracasso" da personagem, motivo que o leva a escrever o livro, ainda se torna mais palpável com a inserção que Lima Barreto faz no segundo prefácio, em 1916:

> Isaías deixou de ser escrivão. Enviuvou-se sem filhos, enriqueceu e será deputado. Basta. (...) Para mim, no entanto, sem acreditar na intervenção de nenhuma Dejanira, sou de opinião que ele está vestindo a túnica de Néssus da Sociedade. (p. 15)

Lima Barreto recorre à mitologia para introduzir outro final ao "triste e bastardo fim de escrivão de coletoria de uma localidade esquecida", proposto no primeiro prefácio do romance. Dessa forma, igualmente reverte e acrescenta novos sentidos à enunciação da obra, se se concorda com ele que "o prefácio (...) consolida a obra e a explica ..." (p. 15)

Néssus, centauro malicioso e traiçoeiro, morto por Hércules quando tentava violentar sua esposa Dejanira, antes de morrer dá a ela uma túnica envenenada, afirmando-lhe que a roupa teria a propriedade de garantir-lhe a fidelidade do marido. Dejanira coloca a túnica sobre Hércules, visando a tê-lo só para si, e acaba provocando dores horríveis no marido que, para livrar-se delas, suicida-se, lançando-se ao fogo. Hércules dedicara sua vida à causa dos fracos e dos povos oprimidos.

Os novos sentidos que, dez anos após a composição do livro, seu autor, já leitor de si mesmo, decide acrescentar-lhe não eliminam nem impedem que outros tantos lhe sejam acrescentados por novos leitores. Tais leitores podem optar pelo entendimento do artifício retórico que Lima Barreto utiliza ao assinar o segundo prefácio. Nesse caso, perceberão que o autor se ficcionaliza, tornando-se mais uma personagem ou um coautor do livro de Isaías, partícipe da "estratégia textual" como "autor-modelo". Eco, que cria o conceito, assim o define:

> O autor não passa de uma estratégia textual que é capaz de estabelecer correlações semânticas e que pede para ser imitada: quando diz 'estou falando', essa voz convida a chegar a um consenso, para que a palavra jogo seja aceita... (Eco, 1986, p. 31)

Por ser "uma voz (...) que nos quer a seu lado", "manifesta-se como uma estratégia narrativa, um conjunto de instruções que nos são dadas" para a leitura do texto (Eco, 1986, p. 21).

Seguindo a perspectiva do "autor-modelo", pode-se interpretar que o primeiro prefácio reduplica e dá ênfase à voz do narrador-protagonista quando tenta resgatar, na escrita de suas "recordações", a dignidade machucada no convívio com o meio corrupto. Já o segundo prefácio, que modifica o fim da história e sua enunciação, deixa ironicamente prevalecer a voz que coincide com os valores contra os quais a narrativa se pretende posicionar. Os dois prefácios, a partir de 1916, passam a compor com o romance o texto narrativo de Lima Barreto, no qual se explicita a intenção de contrariedade já presente no nome Isaías Caminha. Encarar a contradição e a ambiguidade como uma das "instruções" para a leitura do livro permite eliminar grande parte do desconforto causado pelo romance na avaliação crítica que pretende valorizar a obra do seu autor no quadro literário brasileiro.

Como se constata, os conceitos oriundos das teorias da recepção prestam-se a complementar e ampliar as análises do livro. Abrangendo o universo literário de forma mais ampla, tendem a se dirigir à própria obra, na tentativa de localizar o que se pode definir como "o horizonte de expectativas e as regras do jogo" nela contidos. Tentando atingir o modo e o grau de sua ação sobre um certo público, buscam perceber os limites sociais e estéticos nos quais foi produzida, para estabelecerem com ela um diálogo que lhes permita relacionar o passado com o presente, graças à denominada "fusão de horizontes". Esse tipo de contato obra/leitor foi assim caracterizado por essas teorias:

> Há, pois, entre escritor e audiência, sempre uma assimetria, provocadora simultaneamente do diálogo e da controvérsia. Por sua causa, mantém-se constante um intervalo, a ser preenchido por novos leitores que, mesmo em outras épocas e contextos, voltam à ficção para ali reconhecerem uma realidade a ser questionada ou a questioná-los. (Zilberman, 1989, p. 100)

A "fusão de horizontes" que hoje em dia se operacionaliza entre a obra e o leitor de Lima Barreto abre espaço para um novo entendimento dos componentes que a conformam. As perspectivas contemporâneas no tratamento da literatura negra e/ou afrodescendente contribuem para maior visibilidade e valorização da temática. A modernidade já não se prende a conceitos rígidos de literariedade, de linguagem poética, de bem dizer e de gênero. A compreensão do romance como gênero híbrido, a orquestrar várias vozes, suas e alheias, já povoadas de vozes sociais de outrem, amplia a dimensão do gênero e o alcance das diferentes linguagens que o povoam (cf. Bakhtin, 1990, p. 107-33).

Um escritor como Lima Barreto, pelo tipo de expressão que assume, pelo tipo de temática que aborda, sempre suscita questões de vários tipos aos contextos social e literário, caso de *Recordações de Isaías Caminha* e da contrapartida que chegará alguns anos mais tarde, quando Lima Barreto publica *Vida e morte de M. J. Gonzaga de Sá*, único de seus romances que passou pelos cuidados de revisão e publicação e pelo qual recebeu bom pagamento e promoção, além de aplauso da crítica.

Publicado em 1919, o romance *Vida e morte de M. J. Gonzaga de Sá* já estaria "quase todo escrito" em janeiro de 1908, de acordo com o *Diário íntimo* de seu autor. Várias cogitações foram e podem ser feitas sobre o que levou Lima Barreto a adiar sua entrega ao público e a refazê-lo e completá-lo durante todos esses anos. Uma delas, com certeza, afigura-se bastante pertinente: a de que o romance seria muito machadiano e incomodaria a seu autor deixá-lo vir a lume, uma vez que, explicitamente, opunha-se ao seu estilo. No entanto, não poucos estudiosos enxergam na personagem Augusto Machado, pseudoautor e narrador do livro, uma homenagem velada ao "bruxo do Cosme Velho".

Tristão de Ataíde, em crônica de *O Jornal* de 18 de junho de 1919, reproduzida, mais tarde, no prefácio ao livro da Brasiliense, destaca o apego amoroso da personagem à sua cidade e a ausência de ação, características que permanecerão como uma constante nos julgamentos posteriores da obra (cf. Barreto, 1961, p. 15). No prefácio à edição da Mérito de 1947, Paulo Rónai relaciona o autor com os "processos revolucionários do romance moderno", porque o livro não tem enredo (cf. Barreto, p. 9).

Segundo o narrador Augusto Machado, no entanto, a falta de ligação entre os eventos do livro parece responder à personalidade de seu protagonista (cf. Barreto, 1990, p. 115). Romance de "ação nula", de "associações soltas", "sem enredo", com personagens "incoerentes", praticando atos "sem ligação", todas essas observações podem ser agrupadas para definir e conceituar a construção romanesca dessa ficção. Lúcia Miguel Pereira comenta que, nessa narrativa um pouco solta, constituída principalmente pelas conversas do velho Gonzaga, "a fonte de vida do livro é (...) o narrador – o mulato que se sentia flutuar, sem saber ao certo a que meio pertencia, acusando a formação intelectual de o haver desenraizado" (Pereira, 1950, p. 301).

E é pelos olhos e pela mão desse mulato deslocado que chegam ao leitor os trechos do livro e da cidade onde moram os dois amigos solitários e questionadores do ser humano no mundo, num quadro social leviano, indiferente e adverso. O título *Vida e morte* não se refere apenas às de Gonzaga de Sá. Por se acharem disseminadas em todo o romance e atravessarem a variedade de seus flagrantes, testemunhados pelos dois passeadores em suas andanças pelo Rio de Janeiro, vida e morte tornam-se uma tensão que pode ser interpretada como a temática central da narrativa. Desse modo, a morte do burocrata, que acontece logo nas primeiras páginas do volume, dá ensejo a que se escreva sobre sua vida. Sigam-se as palavras do seu biógrafo:

> Para se compreender bem um homem não se procure saber como oficialmente viveu. É saber como ele morreu; como teve o doce prazer de abraçar a Morte e como Ela o abraçou. Depois de contar este grande fato da vida de um amigo, decifrar-lhe-ei os gestos íntimos e os seus atos insignificantes exporei. Não há erro, penso, procedendo assim. (p. 19)

Como em *Recordações do escrivão Isaías Caminha* e *Triste fim de Policarpo Quaresma*, a morte de Gonzaga de Sá propicia a vida do livro. Assim também as lembranças do velho andarilho não deixam morrer a presença da cidade antiga. Augusto Machado e Gonzaga de Sá podem ser entendidos como subterfúgios romanescos que o autor usa para inventar(iar) o espaço carioca e suas paisagens naturais. Perpetua, dessa forma, a memória dos vários aspectos da cidade, praticamente destruídos pelas avenidas, bairros e novas edificações. A diversidade social de tipos discursivos, os vários "ideologemas" presentes no romance permitem que se perceba esse modo particular de ver o mundo, que luta por sua significação social (cf. Bakhtin, 1990, p.135). E é nesse universo povoado de vozes, antigas e arrivistas, da elite e do povo que Gonzaga de Sá se dá a ler juntamente com a cidade.

Ancorado na figura ambivalente da sua personagem Machado, o escritor assume os sentimentos contraditórios do mestiço, contextualizando a problemática do brasileiro. Assumir a ambivalência do espaço cultural a que este pertence contribui para a interpretação do seu espaço de isolamento e para uma diferente resposta a essa realidade. O romance presta-se a esse tipo de procedimento, por recortar o espaço do Rio de Janeiro, promovendo a crítica social a partir dos diversos lugares de onde se fala, inclusive o de Gonzaga de Sá, o homem de leitura e andarilho. A leitura do espaço urbano da personagem recolhe os traços da cidade. Leitor *sui generis*, Gonzaga de Sá configura o erudito que sabe ler o seu tempo, a cidade e o popular. Tal leitor interfere no espaço da marginalização e quase esquecimento em que vivem os intelectuais na sociedade e no espaço do leitor, a mediação que permite conectar o intelectual com a sociedade e para relacionar modos de expressão ficcional diferenciados.

O lugar das personagens Gonzaga de Sá e Machado deixa compreender o lugar de onde Lima Barreto falava e o lugar que ocupava na literatura nacional – o da resistência a um modelo social e cultural que tende a subestimá-lo, ao minimizar sua colaboração, relegando-a a um espaço restrito e, portanto, marginal. Considerando-se o diálogo que a contemporaneidade estabelece com o escritor, pode-se aferir que só tardiamente ele se vem inserindo no panorama intelectual do país, que, nos dias atuais, o acolhe como membro efetivo e participante de sua tradição. É por esse lado que ensaios e ficções contemplam a abordagem da obra barretiana naquilo que a crítica inicial lhe nega, por não perceber, com clareza, o espaço do autor no universo literário brasileiro.

Tais considerações podem ser mais bem evidenciadas a partir de *Clara dos Anjos*, último romance publicado de Lima Barreto.

O romance *Clara dos Anjos* foi concluído no ano da morte de Lima Barreto, se bem que seu tema tenha estado nas cogitações do autor durante vários anos, ao que parece desde 1904. Deveria ser, talvez, o seu primeiro livro e a preocupação com a sua escrita atravessa toda a obra romanesca do escritor. No entanto, só foi publicado postumamente, em 1948, pela Editora Mérito. Vários rascunhos mostram que a obra deveria ser mais vasta e abranger alguns aspectos da história da escravidão brasileira que o autor pretendia explorar, incluindo o drama de muitas gerações de mulheres do mesmo meio e cor, que constitui o eixo central da narrativa. Tornando-se restrita quase que à história de Clara, conserva-se nela, contudo, via epígrafe e dedicatória, a intenção inicial.

Dedicada "à memória de minha mãe", retira das *Histórias do Brasil* de João Ribeiro a seguinte perífrase:

> Alguns as desposavam (as índias); outros, quase todos, abusavam da inocência delas, como ainda hoje das mestiças, reduzindo-as por igual a concubinas e escravas.

Clara dos Anjos pode ser considerada a réplica feminina de Isaías Caminha no que concerne à denúncia dos preconceitos sóciorraciais da sociedade brasileira, fechando o ciclo de uma constante temática da obra barretiana.

Constam do *Diário íntimo* uma *Primeira versão incompleta* do livro (quatro capítulos) e um esboço esquemático de outro *Clara dos Anjos*. Um conto com o mesmo nome figura no volume *Histórias e sonhos* e, nas últimas páginas das *Recordações do escrivão Isaías Caminha*, já se pode ler: "Cinco capítulos da minha Clara estão na gaveta. O livro há de sair...". A irrupção do autor na história de Isaías deixa entrever outra presença: a daquela personagem que só bem mais tarde se daria a conhecer integralmente, graças à última publicação do escritor.

Antônio Houaiss, no comentário explicativo que tece sobre a edição completa da obra de Lima Barreto, da Brasiliense, anota que *Clara dos Anjos* é o menos fidedigno dos textos de romances do autor, por haver-se extraviado o original manuscrito e porque sua primeira edição, em folhetins da *Revista Sousa Cruz*, não mereceu boa revisão (Houaiss, 1961, p. 30). Como se vê, as desventuras que acometem a personagem na história também abarcam as edições do livro e sua recepção.

Avaliado pela crítica como inferior aos demais romances de Lima Barreto, por seu caráter incompleto, pelo uso excessivo do traço confessional, pela concepção maniqueísta e pessimista do mundo, relata a história da sedução de uma pobre mulata suburbana por um rapaz branco, de condição social superior à sua. A natureza "amorfa e pastosa" de Clara, intencionalmente construída pelo autor, alia-se à dedicatória e à epígrafe, na configuração romanesca da figura feminina, que se erige na imagem refletida de uma fatalidade específica de tantas outras moças da mesma cor e do mesmo ambiente.

O narrador, na página final do romance, descreve a situação:

> Agora é que tinha a noção exata de sua situação na sociedade (...) não era uma moça como as outras, era muito menos no conceito de todos. (...) A educação que recebera, de mimos e vigilâncias, era errônea. Ela devia ter aprendido da boca de seus pais que a sua honestidade de moça e de mulher tinha todos por inimigos. (...) O que era preciso, tanto a ela como às suas iguais, era educar o caráter, revestir-se de vontade (...) e bater-se contra todos os que se opusessem, por este ou aquele modo, contra a elevação dela, social e moralmente. Nada a fazia inferior às outras, senão o conceito geral e a covardia com que elas o admitiam. (p. 155)

Esclarecendo o leitor sobre os motivos que levam Clara e "suas iguais" ao fracasso social e à desilusão, em procedimento já evidenciado nos outros romances seus, o autor aponta-lhes uma saída, que se pode perceber desde o título. Por esse traço irônico, o narrador leva o leitor a se conscientizar de que o drama, encenado pela ficção, reflete o contexto no qual a personagem se insere. Confrontando-se a primeira e a última produção romanesca de Lima Barreto, percebe-se que uma pequena modificação ocorreu no que se refere ao problema do mestiço. Se, antes, Isaías deseja pertencer ao mundo dos brancos, Clara já admite como "covardia" a aceitação do "conceito geral" sobre sua condição e a necessidade de "bater-se contra todos" os que impediam sua ascensão.

O aspecto confessional e a crônica da cidade do Rio de Janeiro constituem os traços romanescos mais comumente levantados pela crítica nessa obra. Em geral, desvaloriza-se o primeiro e aprova-se o segundo – apontado como a matéria-prima de toda a obra de Lima Barreto e destacado, em *Clara dos Anjos*, como seu elemento principal e mais característico (cf. Pereira, 1950, p. 313).

Na verdade, o subúrbio sobressai, no livro, como moldura que envolve as circunstâncias em que se movem os caracteres, as paisagens humanas e sociais que configuram um "refúgio dos infelizes":

> Os que perderam o emprego, as fortunas; os que faliram nos negócios, enfim, todos os que perderam sua situação normal vão se alinhar lá; e todos os dias, bem cedo, lá descem à procura de amigos fiéis que os amparem, que lhes deem alguma coisa para o sustento seu e dos filhos. (p. 85)

À ironia com que o narrador se refere às vaidades e agruras do mundo suburbano contrapõe-se o enlevo com que se detém nos casarões imperiais, abandonados e decadentes, que reavivam, pelo contraste, a situação das vidas dos que lá se refugiam.

A importância do espaço suburbano, em *Clara dos Anjos*, pode ser referendada, quando o narrador suspende o fio narrativo da história da protagonista e surpreende os habitantes do subúrbio nas cenas domésticas, nas brigas e nos enterros de seus mortos. Por tal quadro, os leitores se inteiram de que aos homens de condição social mais baixa não é dado viver com dignidade. Marramaque, por exemplo, sucumbe assassinado por não se submeter a Cassi Jones. Menezes, por pressões econômicas, torna-se intermediário entre este e Clara. Leonardo Flores – talvez o que melhor evidencia o seccionamento entre indivíduo e sociedade – configura, com maior evidência, os dois aspectos assinalados pela crítica como os mais característicos do romance: o lado confessional e o suburbano. Apontado como um retrato de seu autor e de suas ideias sobre a arte, enxerga nesta "não só a minha Redenção mas toda a dos meus irmãos, na mesma dor ..." (p. 100). Poeta que tivera momentos de celebridade, é levado pelo álcool e por desgostos íntimos, devido à loucura de um irmão, à ruína física, intelectual e econômica. Também mulato, além de alcoólatra e superiormente dotado, reconhece em si forças destruidoras. Integra-se, pois, no universo suburbano, perfeitamente à vontade entre seus tipos marginalizados.

Desse painel de misérias e ruínas talvez só escape D. Margarida, forte e voluntariosa alemã, que se mostra atuante em todas as situações e serve de modelo e contraponto para a fragilidade de Clara e da galeria feminina que povoa o romance.

O narrador, pelo acúmulo de pequenas informações, traça os aspectos físicos e psicológicos das personagens, o contato das relações pessoais e sociais, o trabalho ou lazer. Nessa tarefa, não se furta aos comentários diretos, conclusivos, de denúncia social, marcas da direção de leitura que deseja enviar a seus leitores. É o que se depreende da seguinte passagem, em que o fio condutor da narrativa aparece, com toda a nitidez, pela voz do narrador:

> Por esse intrincado labirinto de ruas e bibocas é que vive uma grande parte da população da cidade, a cuja existência o governo fecha os olhos, embora lhe cobre atrozes impostos, empregados em obras inúteis e suntuárias, noutros pontos do Rio de Janeiro. (p. 83)

Essa múltipla denúncia oferecida por *Clara dos Anjos* fecha o ciclo da ficção romanesca de Lima Barreto. Deliberadamente, o autor opta por uma práxis literária contundente e imperfeita, em confluência com a feiura e a tristeza dos bairros pobres e abandonados, espaço predileto de sua obra. Em oposição às aparências brancas e burguesas, das quais são severa ironia Cassi Jones e sua família, todos os "defeitos" apontados pela crítica no romance confluem para os da sociedade da época, que ele procura retratar. Por isso, podem-se tornar, mais tarde, modelo de denúncia das mazelas da sociedade atual, graças ao aproveitamento intertextual dos recursos expressivos, das personagens e das situações que o conformam.

O comando da denúncia dos desmandos do poder e a criação de figuras populares inesquecíveis, que ocuparam um espaço duplo em suas narrativas, acham-se, hoje em dia, cada vez mais atuantes no universo da tradição literária e cultural do país. Atualmente, vai-se afirmando uma nova perspectiva de recepção da obra de Lima Barreto, a partir de textos de autores contemporâneos que buscam suas personagens e suas estratégias ficcionais como modelo literário – os escritores atuais que buscam aproximar-se, intertextualmente, da ficção barretiana já perceberam o impulso dado ao questionamento da voz hegemônica que comanda a tradição social, cultural e literária brasileira. E de abordagens críticas que, como a que propus neste trabalho, buscam compreender melhor a sua obra e, em consequência, contrapor-se ao espaço que lhe vem sendo conferido na história da literatura brasileira. Uma formulação teórica capaz de explicitar conceitos de textualidade mais abrangentes, a fim de que a leitura do texto literário pudesse configurar-se, também, enquanto leitura do texto social e do texto cultural.

Com efeito, a expressão artística escolhida pelo escritor para fazer face à marginalização de um grande número de leitores pela literatura elitizante e aristocratizante encontrará barreiras de toda ordem. Denunciando as estruturas do sistema social e intelectual do Brasil, fruto de uma tradição autoritária que exclui e marginaliza os que dela se afastam, o autor presta-se excelentemente para elucidar o processo de circulação desse tipo de obra literária, em sua época e na atual. A obra barretiana dialoga diretamente com tal dilema quando, corajosamente, opta por dar voz a uma camada excluída dos acontecimentos culturais e literários de sua época, acatando, em sua construção, procedimentos expressivos, considerados "defeituosos" e "incorretos".

Referências bibliográficas

BAKHTIN, Mikhail. **O discurso no romance:** questões de literatura e de estética. 2.ed. Trad. Aurora F. Bernardini e outros. São Paulo: Hucitec, 1990.

BARBOSA, Francisco de Assis. Prefácio. In: BARRETO, Afonso Henriques de Lima. **Recordações do escrivão Isaías Caminha**. 2.ed. São Paulo: Brasiliense, 1961.

BARRETO, Afonso Henriques de Lima. **Recordações do escrivão Isaías Caminha, Triste fim de Policarpo Quaresma, Numa e a ninfa, Vida e morte de M. J. Gonzaga de Sá, Clara dos Anjos, Diário íntimo, O cemitério dos vivos, Os Bruzundangas, Histórias e sonhos, Impressões de leitura, Feiras e mafuás, Bagatelas, Marginália vida urbana, Correspondência I e II**. 2.ed. São Paulo: Brasiliense, 1961.

ECO, Umberto. **Lector in fabula**: cooperação interpretativa nos textos narrativos. Trad. Attílio Cancian. São Paulo: Perspectiva, 1986.

FONSECA, Rubem. A arte de andar nas ruas do Rio de Janeiro. In: FONSECA, Rubem. **Romance negro e outras histórias**. São Paulo: Companhia das Letras, 1992.

HOUAISS, Antônio. **Prefácio a Vida urbana**. 2.ed. São Paulo: Brasiliense, 1961.

JAUSS, Hans Robert. **A história da literatura como provocação à teoria literária**. São Paulo: Ática, 1994.

LIMA, Alceu Amoroso. **Prefácio a Vida e morte de M. J. Gonzaga de Sá**. 2.ed. São Paulo: Brasiliense, 1961.

LINS, Osman. **A rainha dos cárceres da Grécia**. São Paulo: Melhoramentos, 1976.

PEREIRA, Lúcia Miguel. Prenúncios modernistas. In: BARRETO, Afonso Henriques de Lima. **História da literatura brasileira:** prosa de ficção, de 1870 a 1920. Rio de Janeiro: José Olympio, 1950.

RÓNAI, Paulo. **Prefácio a Vida e morte de M. J. Gonzaga de Sá**. São Paulo: Revista do Brasil, 1947.

ZILBERMAN, Regina. **Estética da recepção e história da literatura**. São Paulo: Ática, 1989.

Dicionário de forquilhas:[1] a poesia de Edimilson de Almeida Pereira

Maria José Somerlate Barbosa

A obra poética de Edimilson de Almeida Pereira revela a preocupação de registrar e analisar o universo cultural afro-brasileiro, desafiando essencialismos nacionalistas que desprezam diferenças regionais e diversidade cultural. Para Edimilson, seria impossível falar de uma identidade afro-brasileira, por ser ela um palimpsesto que registra inúmeras inscrições históricas, geográficas e socioculturais. Por isso, pluraliza-a, considerando-a um macrocosmo fraturado em que tradição e cultura não formam absolutos: "[A tradição afro-brasileira] não é aquele tambor que soa com ritmo harmônico dos ancestrais. É um tambor meio quebrado, meio rompido, com uma série de fraturas, de fissuras" (Pereira, 1998, p. 101).

Em *Águas de contendas* (1998), título inspirado no nome de uma cidade mineira, Pereira utiliza a metáfora das águas revoltas, indicando a tensão, o conflito, a ambiguidade e a ambivalência

---

[1] Essa expressão foi retirada e adaptada do verso "O dicionário das forquilhas com tantos verbos" da primeira subdivisão (1. Bichos e plantas) do poema "Livro da Irmandade com as palavras sobre vivas à devoração do monstro esquecimento", que Edimilson de Almeida Pereira publicou em *O homem da orelha furada* (1995) e em *Dançar o nome* (2000).

que caracterizam as relações humanas. Para o poeta, o título representa

> (...) os choques que existem nas relações amorosas, nos vínculos afetivos, onde nem tudo é harmonia e o conflito é parte da convivência. (...) No caso, é como se o sentimento amoroso fosse as grandes águas por onde nós circulássemos sempre, mas em estado de permanente contenda, seja com o outro, seja conosco mesmo, seja com o sentimento... (Pereira, 1998, p. 115)

A representação simbólica das águas em estado de contenda pode também aplicar-se ao imaginário afro-brasileiro e à própria literatura, representados nos debates, nas diferenças de opinião e nas diversidades regionais – as fraturas e fissuras a que se referira Pereira anteriormente.

O poema "Três Tambores Sagrados",[2] publicado no livro *Árvore dos Arturos* (1988), é uma amostra de como Pereira examina a diversidade cultural afro-mineira. Nesse texto, ele discute o significado dos tambores (Santana, Santaninha e Jeremia) no ritual do Candombe,[3] considerando-os como símbolos da tradição, das vozes dos ancestrais e do espaço sagrado. Os tambores registram momentos de alegria, celebração, mas também apontam para a necessidade de "tomar sentido" e de se agarrar ao

---

[2] As análises dos poemas "Três tambores sagrados", "Missa conga", "Tiradentes", "Avisos de praça" e da segunda parte de "Instrução do homem pela poesia em seu rigoroso trabalho", que integram este estudo, são baseadas em um artigo que inicialmente publiquei em inglês, sob o título "Strategies of poetic language in afro-mineiro discourses", em *Luso-Brazilian Review*, v. 37, n. 1, p. 65-82, 2000. Traduzi, revisei e reorganizei partes selecionadas daquele trabalho, acrescentando-lhes novos posicionamentos. Acrescento ao presente estudo a análise de quatro outros poemas ("Santo Antônio dos crioulos", "Sumidouro", "Lapassi" e "Monjolo e Pilão") e as partes 1 e 3 do poema "Instrução do homem pela poesia em seu rigoroso trabalho".

[3] Edimilson analisa esse ritual em estudo ainda inédito, "Os tambores estão frios: herança cultural e sincretismo religioso no ritual do Candombe".

significado das palavras. Como o poema indica, é na linguagem, e através dela, que a tradição se reinventa e se conserva viva.

> Três tambores sagrados
>
> São três os tambores, como
> três são os fogos: no passado
> ensinam os antigos. Hoje
> os meninos que ouvem. São dois
> e o terceiro é o tempo mordido.
>
> o santana, o santaninha e o
> são três os tambores sagrados!
>
> Ô menino, toma sentido! Se o
> dia é de preceito, toma sentido!
> Os antigos riscam o silêncio
> e as caixas batem no escuro.
> Ô, nego! A festa é dos antigos!
>
> o santana, o santaninha e o
> são três os tambores sagrados!
>
> No Candombe furam o medo
> e o chão se veste de calos.
> "Ô, menino, você aprende a rezar!"
> Auê, nego, não perde o sentido não.
> São três mil os tambores.
>
> o santana, o santaninha e o
> são três os tambores sagrados! (Pereira, 1988, p. 95)

O terceiro tambor é absorvido e transformado nos momentos do corpo político. Talvez por isso, ou porque esse tambor receba nomes variados nas comunidades afro-mineiras, o autor tenha omitido a referência ao nome dele ("o santana, o santaninha e o / são três os tambores sagrados!"), substituindo o nome de Jeremia por um tempo sempre em mutação, apreendido pela linguagem, pela história e pela tradição constantemente em transformação: "São dois / o terceiro é o tempo mordido" (p. 95).

Esse poema também exemplifica a riqueza semântica da poesia de Pereira quando usa palavras que iluminam inúmeras facetas culturais e desdobram-se como um leque de significados. Por exemplo, a palavra "sentido", que aparece nos versos "Ô menino, toma sentido!" e "Auê, nego, não perde o sentido não", explora quase todos os significados que os dicionários registram para o vocábulo (bom senso, propósito, cautela, razão de ser, atenção e rumo). Exprime ainda a perspectiva de busca e a capacidade de conhecer a realidade tanto de um modo calculado e apreendido através do real, quanto de maneira intuitiva. Ainda que o autor não se refira aos sentidos, pode-se inferir que se tornam o veículo através do qual a experiência humana, o processo histórico e o tempo construído são aceitos, ingeridos e "canibalizados" (no sentido que Oswald de Andrade atribuiu a essa palavra). Como "Três Tambores Sagrados" indica, o toque de Jeremia/Tempo, para os membros da família da comunidade afro-mineira d'Os Arturos e as mudanças no presente. Também mostra como seus rituais estão ancorados no passado histórico e na tradição cultural.

No poema "Missa Conga", de *Árvore dos Arturos*, Pereira discute o sincretismo cultural e religioso que existe nessa comunidade e apresenta aspectos rituais que se encontram num processo de demarcação de novos significados. Pereira joga com a mobilidade cultural dos Arturos, descrevendo os aspectos da identidade social deles. O texto inscreve um momento histórico catalisador e, paradoxalmente, partitivo, pois tempo e espaço tanto se complementam como apresentam um jogo suplementar de contenda.

Esse conflito se estende ao poeta. Como estudioso dos rituais dos Arturos e ligado às suas raízes afro-mineiras, Pereira insere-se no contexto da comunidade. No entanto, como antropólogo, está consciente do distanciamento que precisa existir para que haja uma observação empírica. No poema "Missa Conga", o eu lírico afasta-se do espaço dos Arturos e distancia-se do processo ritual quando cede lugar à voz do antropólogo. Confrontado com a mobilidade e adaptação das tradições afro-brasileiras e surpreso com os deslocamentos de identidades culturais e religiosas, o eu lírico se mostra inseguro na sua posição ambígua. Assim, a articulação da experiência individual com a coletiva é mediada pela voz poética que interroga:

Missa Conga

Para que deuses se reza
quando o corpo aprendeu
toda a linguagem do mundo?

Que orações se entoa
quando a alma se entregou
a todas as dores do mundo?

Onde se deitam os olhos
quando o altar dos antigos
se ocultou nas sombras?

Para que deuses se reza
quando as palavras se velam
para invocar seus nomes?

Que sacrifício se oferta
nos dias em que os antepassados
ainda se escondem?

Por que não entregar a vida
ao deus com olhos de plumas
que vive no fundo dos tempos?
(Pereira, 1988, p. 105)

Pereira descreve e analisa o espaço cultural híbrido da comunidade dos Arturos, poetizando o que Homi Bhabha discute em *O local da cultura* (1998) como "(...) a estratégia discursiva do momento da interrogação, um momento no qual a demanda pela identificação torna-se, primariamente, uma resposta a outras questões de significação e desejo, cultura e política" (1998, p. 84). O poeta examina a tensão, o conflito, o espaço do autoquestionamento que encontra na comunidade dos Arturos, em outros grupos afro-mineiros e, por extensão, no imaginário cultural e simbólico afro-brasileiro. Salienta também a sua própria interrogação ao dialogar com a cultura, a história e a literatura brasileiras.

O espaço e o momento de inquirição nesse poema (representado graficamente por pontos de interrogação) também se inserem no discurso pós-moderno e metapoético em que elementos reflexivos e de reflexão sobre o texto examinam a palavra como veículo de produção de significado. O autoquestionamento da linguagem se torna mais óbvio na quarta estrofe, em que o eu lírico expressa incerteza quanto à legitimidade da sua prece e das suas escolhas ao perguntar a que deuses deve orar. Considera que palavras são entidades autônomas e voláteis que se prestam a um discurso lúdico e à volubilidade do significado (no sentido que lhe atribui a teoria desconstrucionista). O discurso polissêmico do poema se projeta em palavras como o verbo "velar" ("quando as palavras se velam"), que transmite a ideia de cobrir, encobrir, mas que também significa estar alerta e vigiar.

O eu lírico poetiza o sincretismo religioso do ritual da Missa Conga e a tolerância excêntrica do "deus de olhos de plumas". A leveza e a suavidade do olhar desse deus contradizem a visão judaico-cristã em que Deus (escrito com maiúscula) é representado como aquele ser de olhos penetrantes que intimidam, desacatam e se impõem. Talvez seja por isso que o poeta tenha escolhido representá-lo graficamente com letra minúscula, apontando para a dessemelhança entre o Deus da tradição judaico-cristã e a entidade do poema. Deus – o infinito, o começo bíblico, o paradigma de toda criação, o *logos* – torna-se menos aterrorizador e mais tangível nesse poema e, por isso, mais apto a conviver com o sincretismo da cerimônia religiosa.

Em "Tiradentes", publicado em *Águas de Contendas*, Pereira utiliza os detalhes arquitetônicos da igreja de Nossa Senhora do Rosário, da cidade mineira, para ressaltar o passado histórico e o sistema escravista brasileiro. Impossibilitados de construírem igrejas para seus santos padroeiros durante os dias úteis, os escravos trabalhavam aos domingos e feriados e muitas vezes à noite, utilizando a luz da lua. O poema apresenta a lua como uma cúmplice do logro dos escravos, pois costumavam enfeitar o altar principal com ouro tirado das minas, escondendo-o nas roupas e no cabelo.

Núbia Pereira de Magalhães Gomes e Edimilson de Almeida Pereira discutem esses fatos históricos na análise do simbolismo do altar principal da igreja de Nossa Senhora do Rosário em Tiradentes:

> No altar-mor desta igreja, nota-se que a meia-lua encimada pela coroa de Nossa Senhora do Rosário e os quatro anjos que a contemplam têm os olhos cerrados. (...) Os anjos de olhos fechados são a representação iconográfica da realidade do trabalho escravo, que só à noite – exausto e invadido pelo sono – poderia dedicar-se à construção de seus templos. (Gomes e Pereira, 1988, p. 39)

Como a história e a literatura atestam, os escravos, às vezes, conseguiam lograr as leis estabelecidas ao articular e implementar mecanismos através dos quais podiam criar espaços sociais, religiosos e políticos para si mesmos. Tais fatos estão poeticamente representados no poema:

Tiradentes
Lua de olhos cúmplices
com o furto que a doura.
Serviço feito à noite
esmerado na carpina.

Olhos fechados até
os anjos
em sono ou desculpa
para não ver
o vistoso.

Com o dia esclarecido
os burlados contemplam
sua burla.
(Pereira, 1998, p. 42)

Em "Avisos de Praça", também de *Águas de Contendas*, Pereira refere-se às estratégias de repressão social e às práticas existentes durante o período anterior à abolição da escravatura no Brasil, em que os africanos e seus descendentes eram tratados como bens alienáveis. Baseando-se em documentos da época, o poeta refere-se a um leilão (escravos, gado, mobiliário e melhoramentos feitos na fazenda) em que se efetuou a venda dos bens de Matheus Herculano Paiva. Os nomes de bois e escravos (Sabina, Mimoso, Francez, Joaquim, Velludo, Hipólito, Adão e Eva) são colocados no mesmo patamar e misturados de forma a não se saber exatamente os que se referiam aos escravos ou aos bois.

Esse aspecto do relatório de venda, registrado no poema, enfatiza quão cruel e desumano era o Código Penal do Brasil-colônia e o *aparatus* ideológico da época que negava ao escravo o *status* de cidadão e, consequentemente, o de pessoa jurídica. Tal passagem do poema reitera a afirmativa de que a mobilidade e a fluidez do sistema social em Minas Gerais foram, de muitas maneiras, um mito criado por aqueles que detinham o poder econômico e político. Documentando sua pesquisa em material encontrado nos arquivos de várias cidades de Minas Gerais e nos documentos deixados por viajantes estrangeiros da época, Núbia e Edimilson posicionam-se contra o argumento de que a ascensão social dos escravos na Minas Gerais colonial era facilmente obtida. Acreditam que a aparente mobilidade social que as estatísticas parecem confirmar nada mais era que uma forma disfarçada de controle, estabelecida pelos senhores de escravo, pois deve-se considerar que a liberdade era condicional, uma vez que podia ser revogada por mau comportamento. Portanto, existia mais como uma potencialidade:

> O escravo inseria-se nas transações do mercado comercial como fonte intermediária geradora de lucros. Sua condição de objeto não lhe permitia participação efetiva no processo social, tornando-o receptáculo das decisões promulgadas por essa sociedade.
>
> Na prática, isso correspondia à situação do escravo que é arrolado no espólio de seu falecido proprietário, juntamente com outros bens alienáveis (...). Descartado em leilão, desagregam-se não apenas os sentidos da sua individualidade, mas a própria família. É o que relata o edital de liquidação do espólio deixado por Matheus Herculano de Paiva, em sua parte referente a escravos. (Gomes e Pereira, 1988, p. 44-45)

"Aviso de Praça" refere-se tanto à documentação histórica de transações econômicas como à biografia de um juiz da época, Affonso Henriques Assis de Aguiar, que morou e trabalhou em Juiz de Fora. O seu título, "Juiz de Órfãos", era semelhante ao de "Juiz de Fora", árbitro que podia tanto dispensar justiça como presidir um distrito policial. Era encarregado de liquidar espólios e leiloar crianças desamparadas de pais escravos, pois não havia interesse em conservar tais crianças, que constituíam um peso econômico e um investimento sem retorno a curto prazo para os senhores de escravos. Assim,

> (...) era mais eficiente selecionar, pelo seu vigor e resistência, dentre os jovens africanos do sexo masculino, recém-chegados da África, nos leilões de escravos do porto da cidade de Salvador (...) do que se preocupar em cuidar de crianças nascidas de pais escravos no Brasil. (Levine, 1997, p. 15)[4]

Quando perguntei a Pereira (numa entrevista por telefone) sobre o que servira de motivação para escrever o poema "Avisos de Praça", ele me explicou que se inspirara em documentos históricos que registravam a venda de escravos. Ao examiná-los ponderou se, durante a época da escravidão, todas as pessoas envolvidas nas transações de compra e venda de escravos lidavam com tal assunto de maneira absolutamente fria e calculada. Imaginou que houve momentos em que algumas pessoas que compravam, vendiam e castigavam escravos, bem como aqueles que documentavam transações comerciais, estavam cientes dos seus atos, sentiam-se culpados ou tinham dúvidas quanto ao aspecto moral dessas transações. As referências biográficas que encontrara sobre o juiz Assis de Aguiar e algumas informações e referências que acumulara da sua pesquisa histórica são elementos de composição do poema.

Em "Avisos de Praça", a voz poética apresenta uma realidade que, apreendida e reinventada pela linguagem, permanece em constante diálogo com a cultura, a história, a tradição literária e o leitor:

> Vende-se um piano; em casa de Carlos
> Montreuil, na rua Direita, n. 25.
> Pharol, Cidade do Juiz de Fora, 1882

---

[4] A tradução é minha.

O Dr. juiz de orphãos
ainda que pouco saiba
faz saber
que o maior lanço arremata

2 marquezas velhas
Sabina, e seus filhos
bois de carro
Mimoso e Francez
Joaquim quebrado
Velludo
Hipolito e Adão

& mais bem feitorias

1 monjollo
1 moinho
Eva solteira
1 casa começada

Outro sim, eu, escrivente
juramentado
Affonso Henriques Assis
de Aguiar escrevi.

*

Eu escrivente juramentado
invento a juros
o que pretendo.

Não há mercadoria
sem mercado.
Não há palavra
sem preço.

Assino o variável serviço
do significado.

Recomendo lupa
martelo também
pois que sólido muro
o texto.

Eu mesmo não sei
o lado esclarecido.
Cada escravo em anúncio
anunciado me vejo.
Eu escrivente a juros
assino o que escrevi.
O texto me desconcerta.

*

Escrivente juramentado
comenta
e argumentando mente.

Affonso Henriques Assis
a guiar reino dúbio
oratório de outros dias.

Affonso Henriques assiste
à incomerciável certeza
miserere miserere.

Affonso ex-enriquecido
proprietário sem posse
da letra que inventou.

Escrivente perjuro afonso
a juros condena
o ofício de si mesmo.
(Pereira, 1998a, p. 45-47)

O poeta tece dois níveis "narrativos" (em terceira e primeira pessoas) ao alternar a voz que retoma os fatos com a do próprio "escrivente". A primeira e terceira partes do poema apresentam narradores de terceira pessoa e a segunda parte é narrada pelo próprio juiz. Permite-se assim que a voz histórica se manifeste e que o leitor conheça o dilema moral do Juiz de Órfãos. No processo de documentar fatos, o "escrivente" interroga a si mesmo e questiona os valores morais, econômicos, sociais e culturais do seu tempo-espaço. Disputa também a veracidade daquilo que registra, indicando assim um preço moral para suas ações e palavras. À medida que anuncia e anota as palavras e as "peças" leiloadas, deixa também marcado um autoquestionamento no livro de "escrivente" juramentado.

Na última parte do poema, o poder jurídico e econômico do juiz diminui numa escala de valores proporcional ao aumento do seu conflito e dilema moral. Tal proporção diametral está simbolicamente representada por seu nome. Quando, inicialmente, é apresentado no poema, ele é Affonso Henriques Assis de Aguiar. Depois que seu dilema moral toma corpo, seu nome diminui gradualmente até se tornar a forma moderna e simplificada, escrita com um único "f" e em letra minúscula ("afonso"). Sua importância social e jurídica diminui para si mesmo à medida que reconhece que sua função, e até mesmo a sua identidade pessoal, são produtos da reificação de seres humanos. A letra minúscula e a simplificação fonética do nome do juiz são artifícios literários usados tanto para evidenciar o conflito interno do "escrivente", como para desmistificar o lado "humano" da sua profissão (Juiz de Órfãos).

Portanto, o eu poético utiliza as mudanças mencionadas como artifícios narrativos para analisar o passado, determinar o dilema moral do "escrivente" e desestabilizar a centralização do significado, já que, também nesse poema, há um número substancial de palavras que podem ser lidas com várias significações. A palavra "letra" ("Affonso ex-enriquecido / proprietário sem posse / da letra que inventou"), por exemplo, pode referir-se tanto à escrita quanto à nota promissória. As conotações potenciais da palavra "monjollo"[5] estão registradas em dicionários da língua portuguesa. Significa engenho tosco movido a água, escravos de certas nações africanas e novilhos. As associações provocadas pelo verso "e argumentando mente" podem significar tanto "ao apresentar seu argumento, não diz a verdade", como "seu raciocínio ou seu dilema moral levanta dúvidas e questionamentos". O mesmo tipo de raciocínio se aplica ao verso "Outro sim, eu, escrivente". Ao criar a palavra "escrivente" – em vez de usar o vernáculo "escriba" ou "escrivão" –, e ao estabelecer a conexão com criatura viva ("vivente"), o poema designa uma nova voz e um novo papel ao juiz: o de julgar seus próprios atos, analisar suas ações e profissão, a ponto de sentir que se torna "escrivente perjuro afonso" que "a juros condena / o ofício de si mesmo".

Apesar de a herança cultural afro-brasileira manifestar-se tematicamente na poesia de Pereira, a preocupação com a palavra – sempre em diálogo com a sua tradição cultural e literária – tem um lugar de destaque na sua produção poética. Para ele, as palavras e suas múltiplas significações, como água ou vento em constante movimento, são geradas pela potencialidade existente no infinito fluxo e refluxo de significados e no ludismo polissêmico das palavras faladas e escritas. Como "Avisos de Praça" exemplifica, o eu lírico assinala o "variável serviço do significado" e recomenda ao leitor usar lupa e martelo para penetrar "no sólido muro do texto" e ver além da miopia histórica. Essa parte do poema contém ecos literários que o aproximam de "Procura da Poesia", de Carlos Drummond de Andrade, em que o eu lírico interroga o leitor: "Trouxeste a chave?" Esse diálogo entre o texto de Pereira e o de Drummond faz parte de uma teia

---

[5] O autor utiliza a ortografia antiga.

de referências e de um tecido de citações que exigem a atenção e a participação do leitor para que o significado se manifeste de maneira multidimensional.

A ênfase na pluralidade das palavras e na liberdade que o leitor tem de redirecionar os significados é uma das características mais marcantes da estética de Pereira. Por exemplo, no poema "A Pessoa e o Termo" do livro *Dormundo* (1991), na expressão "verbo devoluto" (1991, p. 254), ele teoriza a versatilidade da palavra – tanto como sujeito operacional quanto como objeto receptivo do significado. O *logos* se torna vago, inocupado, terreno devoluto, que pode expressar e designar diferentes significados históricos, culturais e linguísticos.

No prefácio de *O homem da orelha furada* (1995), além de colocar em pauta a tematização de elementos africanos na poesia de Pereira, Iacyr Anderson Freitas aponta algumas estratégias poéticas utilizadas. Menciona "os deslocamentos sintáticos, as repetições, as assonâncias, as aliterações e os alargamentos semânticos", bem como "a oposição à frase e ao discurso regular", "as referências metalinguísticas" e os "determinantes linguísticos" que se tornam "agentes de indeterminação". Refere-se também aos elementos autobiográficos do poeta ("os casos da infância, o trato da linguagem")[6] e à presença religiosa que grava "a profunda unidade do texto" (1995, p. 5-7).

O poema "Lapassi",[7] publicado em *Águas de contendas* (1998), configura algumas das características apontadas por

---

[6] Se a teoria literária de linha estruturalista e semiótica rejeita análises que se baseiam na leitura do texto através de ligações biográficas, para evitar os abusos que tais leituras podem gerar, a crítica pós-modernista abriu espaço para análises do texto em relação a aspectos biográficos, criando um diálogo entre as experiências pessoais dos autores e a sua criação literária.

[7] Essa palavra aparece também no título de um dos seus livros (*Ô, lapassi & outros ritmos de ouvido*). Edimilson de Almeida Pereira explica o significado da palavra "lapassi" numa entrevista que me concedeu: "[As pessoas da zona rural] raramente terminam a palavra com consoante. Colocam sempre uma vogal no final da palavra. Aí virou a palavra 'lapassi'. Nada mais, nada menos que 'o rapaz' do português padrão" (Pereira, 1998b, p. 105).

Freitas. Por exemplo, notam-se referências a perdas pessoais, à ausência da "grande dama",[8] e a repetição de vocábulos como baile e dança, que se tornam um *leitmotiv* na poesia de Pereira:

Não vingou a sorte
aberto o coração.
Há muito não circula
a grande dama.

Sou de ver o baile.
Não danço não compreendo
a coisa rara
devorada. (p. 105)

A tentativa de fugir do estigma de que existe uma possível "evolução" ou maturidade do seu material poético se materializa nos versos de "Lapassi", que combinam o concreto da escrita (sinal gráfico) com a qualidade etérea do simbolismo da manhã/tempo se esvaindo:

Não escrevo melhor que antes.
Escrevo.
Coleciono vírgulas
manhãs em fuga. (id.ib.)

A escolha de vírgulas – um sinal de pontuação menos importante na escala de valores, muito mais singelo, por exemplo,

---

[8] A "grande dama" provavelmente se refere a Núbia Pereira de Magalhães Gomes, sua parceira do projeto Veredas Sociais, que faleceu em 1994. Num diálogo via internet com Edimilson, apresentei-lhe a possibilidade de essa "grande dama" ser interpretada como uma pessoa ou a própria poesia ou, ainda, a possibilidade de fusão das duas. Edimilson aceitou a minha interpretação, mas acrescentou que também vê essa "grande dama" como a morte, "(...) que passa por nós como uma mulher que dança num baile, ou como a poesia que se move na página. As três (mulher, poesia e morte) são irmãs no que se refere ao apelo que fazem ao imaginário e à experiência do poeta" (Entrevista inédita, efetuada em 7 de outubro de 2001).

do que um ponto final, uma exclamação, interrogação ou até mesmo um ponto e vírgula ou dois pontos – aponta para a dimensão imensurável das coisas simples e miúdas. As "manhãs em fuga" mostram a flutuação do significado, sempre adiado, sempre em movimento, em transformação, em "setecentas perguntas" que continuam a se multiplicar depois de descoberto o "sétimo véu", a tessitura transparente das palavras, as camadas impermeáveis do significado:

> Depois do sétimo véu
> Setecentas perguntas.
> Um só sentimento
> ilude a fortuna. (id.ib.)

O paradoxo desconstrucionista se manifesta na última estrofe em que o poeta discute o enigma das palavras e uma certa impotência diante da impossibilidade de se encontrar em vocábulos para explicar o que é indefinível e "incapturável".

> Quem respira ao lado
> Não sabe o eterno enigma.
> O que sei está aqui
> incapturável. (id.ib.)

Tal impossibilidade é demonstrada através de uma das marcas poéticas de Pereira: a ruptura, o estranhamento e os deslocamentos linguísticos que refletem também os conflitos gerados pela "devoração da coisa rara".[9]

Estudos teóricos sobre poesia costumam descrever "fechamento poético" como os modos e técnicas estilísticas utili-

---

[9] Edimilson explica a "coisa rara" como aspectos essenciais da convivência humana, "tais como a solidariedade, o respeito, o afeto, a serenidade, a compreensão, a alegria, a liberdade, (...) que vão escasseando à medida que forjamos um modelo de vida excessivamente pragmático, competitivo e materialista" (Pereira, entrevista por e-mail, 7 de outubro de 2001. Texto inédito).

zadas pelo poeta para garantir ao leitor a formulação de uma hipótese sobre o texto, derivar conclusões ou conceber o poema como uma estrutura total. De acordo com essa teoria, um "fechamento poético" bem-sucedido ocorre quando o leitor chega ao final do poema sem "expectativas residuais",[10] pois suas hipóteses foram confirmadas. Contrariando tais formulações, a poesia de Pereira, como exemplificada no poema "Lapassi", cultiva o anticlímax, a ausência de fechamentos, de respostas e de expectativas residuais. Semelhante ao processo descrito na análise de "Missa Conga", é uma poesia de interrogação, de busca do aprofundamento do significado poético que se manifesta através de deslocamentos, de abertura vocabular e das muitas "dicções"[11] poéticas.

Numa conversa sobre o livro *Ô lapassi & outros ritmos de ouvido*, perguntei a Pereira por que a frequente dissociação entre o título e o corpo dos seus poemas, pois os títulos raramente cumprem a função esperada de resumir tematicamente o poema ou de se referir diretamente às manobras semânticas e linguísticas dos textos. Explicou-me que tem interesse exatamente em mostrar as fraturas e fissuras que existem no universo cultural afro-brasileiro e no mundo em geral: "(...) procuro em todos os textos, sempre, um pouco de desconcerto, de ruptura, de quebra" (Barbosa, 1998, p. 102). De modo que o deslocamento e a quebra – que Pereira chama de "caleidoscópio" dos sentidos – são muitas vezes gerados pela distância entre os títulos e os corpos dos poemas. Tal separação provoca um estranhamento e evita um roteiro ou um guia de interpretação para o leitor. Esses desdobramentos linguísticos indicam também a tensão que a poesia

---

[10] Vide "fechamento poético" (*poetic closure*) e "expectativas residuais" (*residual expectations*) em *Princeton Encyclopedia of Poetry and Poetics*, organizada por Alex Preninger et al., p. 964-965.

[11] Uso "dicções", aqui, no sentido utilizado por Jussara Santos (1998). Vide bibliografia.

de Edimilson capta entre a densidade do mundo material – representada no grifo, na parte mecânica da escrita, nas letras enfileiradas como formiguinhas[12] – e a leveza poética transmutada na qualidade etérea do significado, sempre dançarino, camaleônico e dissimulado nas dobras vocabulares.

No poema "Monjolo e Pilão", também de *O homem da orelha furada* (1995), as referências botânicas, as citações zoológicas e as alusões à área rural (monjolo, pião, boi, ervas, melros, rosmanim, alecrim, sambaíba, milho, gameleira, águas e vespa) são usadas como metáforas e metonímias do processo da escrita e da própria biografia do poeta, enquanto escritor.

Não é pela cinza de um boi que pára o carro.
Não saí monjolo, mas as ervas-verbo me
disseram lição de sua senhora minha.

Sei a caligrafia da fome, os melros, cosias dos
homens? E as quê?

O rosmanim, o alecrim miúdo, a sambaíba? E
o milho plantado no gato? A gameleira em que
o espírito diamba especula?

Não nasci monjolo nem pilão: as herbas-verbo
Iluminaram. Montei e desmontei quimeras de
Meu pai, o que não sabia intuí pensando.

O tempo no dos sonhos e a senhora amou das
Águas. Digo instruído: menos careço mudar
bastão em vespa, mais me estrago nas mudas
da palavra.

---

[12] Vide o verso "O tudo ponho em lápis, fileira formiga de letras certas" do poema "A Instrução do homem pela poesia em seu rigoroso trabalho", em *O homem da orelha furada* (1995).

Eu morador desse lugar, sabedor de sabedoria,
filho da bênção.

Fome escrita de deus e do homem.
(Pereira, 1995, p. 14)

Refletindo sobre o processo de tornar-se escritor, a voz poética descreve o seu encanto com as palavras, ao mesmo tempo que se apresenta como aquele que é aprendiz e instrumento da poesia ("monjolo e pilão"). Sente-se abençoado por ter ido além dos sonhos que a tradição lhe legara, ao "montar e desmontar quimeras" e intuir o que não sabia, iluminando-se pelo encanto com as palavras. Sentindo-se instruído ("sabedor de sabedoria"), o poeta harmoniza-se com a procura do veio poético: "Fome escrita de deus e do homem". Aqui também, o mesmo jogo vocabular já mencionado torna-se evidente. Quando se pensa que o poema vai-se resumir, equiparando a escrita de "deus" com a do ser humano (e vice-versa), o verso omite a preposição, deslocando o sentido e deixando a palavra solta. Não é a semelhança que se instaura; antes, o que fica é a suspensão da analogia e o distanciamento, pois a escrita é "de deus" e o ser humano aparece como uma adição ao processo da inspiração.

"Santo Antônio dos Crioulos", de *Águas de contendas*, apresenta um poema que analisa o seu labor e a sua arte. A voz textual discursa sobre a intangibilidade da essência poética enquanto síntese, apresenta a capacidade quase metafísica da poesia de captar "o rastro de carros indo, sem os bois", descreve o desejo de agarrar o momento estético e reconhece que o poeta também tem que lidar com a concretude das palavras:

Há palavras reais.
Inútil escrever sem elas.
A poesia entre cãs e bichos
é também palavra.

> Mas o texto captura é o rastro
> de carros indo, sem os bois.
> A poesia comparece
> para nomear o mundo.
> (Pereira, 1998, p. 2)

A definição de poesia como força motriz e autônoma – tal qual descrita no verso "o rastro de carros indo, sem os bois" – refuta conceitos normativos e canonizados que costumam relacioná-la ao sublime e à inspiração, discuti-la à luz da teoria da emoção e da expressividade, analisá-la como mero sistema catalisador de sentimentos ou explicá-la em termos de pureza ou essência. A poesia existe numa posição "entre", é aquilo que separa, mas também une. Esse estar/ser preposicionalmente colocado, a posição intermediária da poesia ("entre cãs e bichos"), indica uma ambivalência, uma relação entre estado e lugar, tempo e espaço, presença e ausência, apontando também para evasão, mobilidade e intervalo.

Contrariando posições conservadoras, o poema aponta para a impossibilidade de se formularem definições palpáveis de poesia, pois esta é apreendida nos rastros das palavras, nas entrelinhas, nos rasgos, nas dobras da decifração, tornando-se um empreendimento de descoberta que se manifesta na dicção poética que o escritor escolher e na leitura que o leitor lhe der. Nesse caso, toda leitura torna-se uma leitura do processo ontológico do poema. É nas entrelinhas, nos entremeios, nos traços, nos rasgos e nas dobras que o momento poético "comparece para nomear o mundo". O próprio título do poema remete o leitor ao estado de ser/estar no meio de raças, pois o Santo Antônio não é patrono dos pretos, nem dos brancos, mas dos crioulos.

Na primeira parte do poema "Instrução do homem pela poesia em seu rigoroso trabalho", publicado em *O homem da orelha furada*, há a mesma preocupação em assinalar os vãos e as brechas da poesia. É exatamente nos intervalos e nos entremeios das palavras que a poesia brota insurgente e obstinada, revelando-se acima de tudo rebelde e mutante. Por isso, Pereira associa a ambivalência da poesia com os *Di-Kishis*, figuras mitológicas de duas cabeças do folclore angolano.[13]

1

O nome diquixi se arrumou na sombra. É de
sua natureza habitar os vãos as eiras: entre o
que há-de-ser.

O lápis, mais que a vontade, quer o nome e a
coisa, a família da palavra num corpo. Esclarecido.

E se desejarem que eu testemunhe o viso visto,
só de meus olhos? Erma campanha. Eu e o
intervalo das coisas com outras onças por
dentro.

O diquixi dorme com uma cabeça. Se o escrevo
ganha tantas de resto. E se nunca o escrevo
terá deveras uma cabeça?

O engaste é de manhã, quando perguntarem. O
visto era vivo, visagem de carne e osso? Ou
liames de sua letra e sua vista mal cordatas?

Se diquixi nem fosse, mas coisa reles: fio e
pavio, tecido e teia – ainda assim, como furtá-
lo em sua mudança.

Melhor escritura a que revela revel.
(Pereira, 1990, p. 29)

---

[13] O significado dos *Di-Kishis* ou *diquixis* está delineado no artigo "Inumeráveis cabeças: tradições afro-brasileiras e horizontes da contemporaneidade", que Edimilson publicou, em parceria com Núbia, em Fonseca, (Org.). *Brasil Afro-Brasileiro.* (2000, p. 43-44.

As perguntas que o eu lírico faz ao leitor implícito se assemelham às que apresenta em "Missa Conga". A inquirição sertaneja/metafísica que esse poema estabelece também se parece com o monólogo de Riobaldo em *Grande sertão: veredas* de Guimarães Rosa. A semelhança não se manifesta apenas no uso das interrogações insistentes, nas dúvidas instauradas ou no questionamento de fundo ontológico. As similitudes aparecem ainda na escolha vocabular e na organização das sentenças, aspectos mais aparentes na terceira e na quinta estrofes.

Em *Grande sertão*, Riobaldo se desdobra num autoquestionamento que se manifesta através das perguntas inumeráveis que ficam sem respostas. Tenta também esclarecer o inextricável mistério do bem e do mal e as interseções da vida e da morte, do masculino e do feminino, do certo e do errado. Em "Instrução do homem pela poesia em seu rigoroso trabalho" vê-se um desdobramento semelhante ao de Riobaldo, pois a voz poética tenta testemunhar a veracidade da sua experiência pessoal, mas acaba questionando o que vira: "(...) o viso visto, / só de meus olhos? Erma campanha". Como Riobaldo, que se debate em dúvidas, que se serve da ambiguidade e da polissemia dos significados e que se ancora na decifração sempre questionada e adiada, a voz poética de "Instrução do homem" também busca rumos e estratégias de decifração.

A busca epistemológica analisa os mistérios e interrogações que se desdobram em forquilhas e apresentam enigmas indecifráveis. Esse processo hermenêutico, sentido na insistência do eu lírico em desvendar o sentido das palavras, estabelece uma relação dialética com a transmutação do significado e joga com a polissemia da palavra, o aspecto *trickster* do significado, representado no nome *diquixi*:

> O diquixi dorme com uma cabeça. Se o escrevo ganha tantas de resto. E se nunca o escrevo terá deveras uma cabeça? (p. 29)

A segunda parte do poema "Instrução do homem pela poesia em seu rigoroso trabalho" também exemplifica a estética de Pereira ao apresentar uma voz poética debruçada sobre o desejo de analisar seu próprio labor e definir as características polissêmicas das palavras e dos significados deslocados.

2

Porém escrevo. Para cem cartas mil lagartas.
Quando a dúvida imagina sentidos a terra já se
viu madrinha de meus provérbios.

Verbos provados, de camisa, colete e sapato.
Assim como no ir à missa à procissão para ser
mais amado do que o santo.

Quem não risca não sabe os rios da palavra, o
labirinto de haver escrito sem estremecer. Eu
mesmo me avio: parceiro da chuva, do capim
cebola preparo um livro de cortar.

E se me perguntam: ainda não é manhã? É quando
eu no verbo faço manhã ou noite. A treva é
a escrita nem mais, nem pois. Deus não entortou
linhas porque escrevia canhoto?

Medo só o da escrita com leitor viajante. Mas
se há leitor de lidas, a e b são histórias infernas.

Com modos e truques de ouvir.
(Pereira, 1995, p. 30)

Nessa parte do poema, Edimilson usa uma das suas marcas poéticas (subverter conotações já estabelecidas para certas palavras e expressões) para questionar significados estáveis na língua e no imaginário cultural e religioso. Ancorando-se no provérbio "Deus escreve certo por linhas tortas", a voz poética transporta o verso "Deus não entortou linhas porque escrevia canhoto?" para o nível simbólico ao questionar a ideia de Deus como escritor ou artesão absoluto.

A dúvida inscrita leva o leitor a reexaminar a infalibilidade de Deus. Transmite também a ideia de uma divindade mais próxima à condição humana, um Deus mais capaz de compreender e simpatizar com os erros humanos, porque também se desvia da norma, é uma divindade canhota, inábil e desajeitada. Assim, ao questionar a perfeição atribuída a seres celestiais e dialogar com a tradição literária brasileira, a voz poética de "Instrução do homem pela poesia em seu rigoroso trabalho" estabelece um paralelo com o "anjo torto" de Drummond ("Poema de sete faces"), que também não se conforma aos parâmetros canônicos e bíblicos.

Há outros diálogos intertextuais e outras ressonâncias para esse deus "imperfeito". No capítulo "A Ópera" de *Dom Casmurro*, Machado de Assis descreve um narrador que acusa Deus de ter contribuído para que haja catástrofes na natureza, injustiças sociais, discriminações raciais e outras desigualdades no mundo. O narrador considera que, por Deus não se ter comprometido a velar por sua criação e por não ter supervisionado os projetos do Diabo, acaba contribuindo para a existência de grandes calamidades no mundo. Ainda que o texto de Pereira e o de Machado sejam diferentes tanto em estrutura quanto em conteúdo e gênero, os dois autores criticam e questionam a ideia de um Deus onipotente, absolutamente perfeito, destro, ancorado no conceito do "referente supremo".[14] Ao reescrever o provérbio ("Deus escreve certo por linhas tortas") e transformá-lo numa pergunta de tom irreverente e audaz, mas também brincalhão ("Deus não entortou linhas porque escrevia canhoto?"), o eu lírico de "Instru-

---

[14] Cunhada por Jacques Derrida, essa expressão (*ultimate referent*) refere-se ao conceito de logocentrismo. Vide a introdução de Hazard, Adams e Leroy, Searl em *Critical theory since (1965).*

ção do homem", como o narrador de *Dom Casmurro*, subverte significados linguísticos canonizados e transgride normas teológicas.[15]

A voz poética de "Instrução do homem pela poesia em seu rigoroso trabalho" convida o leitor viajante a embarcar no processo de criação com o autor e a pontuar o poema com a sua própria intenção semântica. Enquanto a invocação de elementos naturais (lagartas, terra, chuva, capim cebola, manhã e noite), o uso de provérbios populares e a preocupação com a escrita constituem poderosos sintagmas, a interação que o poema se esforça por estabelecer com o leitor gera uma outra rede de significados flutuantes. O eu lírico reconhece o leitor como um participante na produção de significados do texto, delegando-lhe o status de cocriador da manifestação estética do texto. Por isso, a palavra "lidas" ("Se há leitor de lidas, a e b são histórias infernas") pode ser analisada tanto como particípio do verbo ler, quanto como leituras mais ou menos ligeiras ou, ainda, como ato e efeito de lidar e trabalhar o texto.

Na terceira parte do poema, o poeta polemiza indiretamente a teoria estruturalista, ao apontar para a arbitrariedade da relação significante/significado e enfatizar a pluralidade de significados que o vocábulo *diquixi* invoca.

3

O nome diquixi escrevo e diquixi não é. Mas
cutelo e cutelo também não fica sendo.

O tudo ponho em lápis, fileira formiga de
letras certas. E não me alegro porque não
chegam miúças na terra pós-chuva.

---

[15] Os relacionamentos intertextuais examinados entre a obra de Edimilson de Almeida Pereira, João Guimarães Rosa, Carlos Drummond de Andrade e Machado de Assis não têm como objetivo validar os poemas de Edimilson ou discutir questões de influência, impacto ou dívidas literárias. Servem para demonstrar os pontos de articulação da tradição literária, visando a estabelecer um diálogo literário entre esses autores.

Escrevo diquixi e não vinga: outra coisa é
diquixi escrito. Tudo somemos.

Entorto linha bem procedo e a escrita morde.
E se escrevo com letra de não grafar: o ledor
resolve?

Com Antão em sua caverna tento.

O bicho no entanto.
(Pereira, 1995, p. 31)

Nessa parte, o poeta escolhe o termo "ledor" (forma menos usada de leitor). Semelhante ao "escrivente" de "Avisos de Praça", por associações semânticas e fonéticas, "ledor" transmite, de uma maneira mais enfática, o ato de trabalhar a interpretação do texto. A posição do poeta é a de "entortar a linha" e deixar que a "escrita morda". Cabe ao "ledor" encontrar a polissemia dos significados no que for escrito com "letra de não grafar". Esse constante renovar-se do *logos* é reiterado em "Sumidouro", pequeno poema publicado em *Águas de contendas* (1998, p. 32). À medida que o poeta vai somando a poeticidade da linguagem, os "alargamentos semânticos" (a que se referira Iacyr Freitas) vão-se desdobrando. Os sentidos das palavras surgem entre os traços ortográficos antigos ("griphos"), que representam o passado e a contemporaneidade do presente em que tudo é adicionado:

Tudo somemos.

O gripho[16]
Escolhe arreios de viagem.

Esse poema dialoga também com a segunda estrofe da primeira parte de "Instrução do homem pela poesia em seu rigo-

---

[16] O poeta escolheu a ortografia antiga.

roso trabalho", em que se conferem uma independência e uma autonomia à escrita, à criação poética, metonimicamente representada pelo lápis:

> O lápis, mais que a vontade, quer o nome e a coisa, a família da palavra num corpo. Esclarecido.

Primando pela busca da pluralidade de sentidos, nutrindo-se na ambivalência que a escolha de palavras se encarrega de criar, a voz poética brinca com as potencialidades conotativas que a palavra "esclarecido" estabelece. Ao separá-la do resto do verso, colocando-a entre dois pontos, o poeta enfatiza que "esclarecido" tanto pode referir-se ao labor da escrita, representado pelo lápis, quanto pode significar claro, iluminado, explicado, elucidado, desvendado, dotado de ilustração, ligando-se assim ao penúltimo verso do poema: "Com Antão em sua caverna tento".

A referência a Antão – herói religioso, eremita/cenobita do século IV, protótipo do ser recluso que vivia em ermidas primitivas, espírito ébrio de mistério – tem na palavra "esclarecido" um elo de ligação, pois os chamados "padres do deserto" eram considerados seres iluminados (cf. Strand, 2001, p.1). Se como Antão em sua caverna, o poeta tenta "esclarecer" o leitor, entortando linhas e escrevendo com "letras de não grafar", o processo de decifração da poesia apresenta filamentos e ramificações que põem em xeque uma convivência pacífica entre o autor, o leitor e a escrita. Por isso, o último verso torna opacos a luminosidade e o esclarecimento atribuídos ao poeta-antão no verso anterior, ao explicar: "O bicho no entanto". Assim, se o eremita da caverna pode ser interpretado, por um lado, como um esclarecido que produz textos e seguidores, por outro pode ser também relacionado a um modo primitivo de viver, um bicho enclausurado.

A poesia de Pereira mostra que o poeta não é necessariamente o eremita esclarecido, o poema não é um instrumento de redenção e o leitor nem sempre se torna o exegeta ou decifrador do enigma poético. O que existe, de fato, é um estado de contenda, em que autor e leitor perambulam pelos vãos e eiras do artesanato poético, conscientes da impossibilidade de demarcar ou ancorar o *logos* que se faz sempre mais devoluto, vago e sujeito a escorregadelas semânticas.

Nas três partes de "Instrução do homem pela poesia em seu rigoroso trabalho", o espaço aberto para a participação do leitor leva o poema a rejeitar a possibilidade de um significado fixo ou de uma única interpretação "correta". A transmutabilibidade e a pluralidade da palavra desencadeiam um processo no qual a poesia toma as rédeas e a escrita escolhe como deseja embarcar no processo criativo do autor. Os significados encobertos do poema lutam em campo aberto com o processo de decifração da linguagem. O poema torna-se, assim, uma esfinge tão enigmática e desafiadora ("Decifra-me ou te devoro") quanto os *diquixis*.

Portanto, como discutido, a produção poética de Edimilson imprime estratégias de uma linguagem reinventada na qual vai-se descortinando um palimpsesto cultural. Se a sua poesia apresenta uma heterogeneidade de momentos históricos e representa práticas culturais de origem africanas em Minas Gerais, também oferece uma investigação linguística e uma estética apurada. Por isso, enquanto o imaginário popular e o falar rural de Minas Gerais gozam de destaque na escrita de Pereira, a produção poética dele não se torna um mero veículo reprodutor desses elementos. Pelo contrário, seus textos articulam vários discursos cujos ecos são duplicados pelos interstícios de uma linguagem dilatada, grávida de significados. É uma linguagem que passeia por labirintos, que se faz através de rupturas e deslocamentos, gerando sempre tensão e contenda entre palavras. Os seus poemas anunciam uma representação simbólica das culturas afro-brasileiras, ao mesmo tempo em que apontam para o processo individualizado e fragmentado da cristalização da escrita. Sua poesia indica que, apesar de o desejo epistemológico estar muitas vezes "preso dentro do círculo hermenêutico",[17] a fluidez da linguagem permite uma abertura para a construção de novos significados linguísticos, históricos e culturais.

Referências bibliográficas

ADAMS, Hazard; LEROY Searl. (Ed.). Introduction. In: ADAMS, Hazard; LEROY Searl. (Ed.). **Critical theory since 1960.** Tallahassee: University Press of Florida, 1986.

ANDRADE, Carlos Drummond de. Poema de sete faces. In: ANDRADE, Carlos Drummond de. **Obra poética**. Portugal: Publicações Europa-América, 1964. v.1.

ANDRADE, Carlos Drummond de. Procura da poesia. In: ANDRADE, Carlos Drummond de. **Obra poética.** Portugal: Publicações Europa-América, 1964. v.2.

BARBOSA, Maria José Somerlate. Strategies of poetic language in afro-mineiro discourses. **Luso-Brazilian Review**, Minnesota, v.37, n.1, p. 65-82, 2000.

BARBOSA, Maria José Somerlate. Com modos e truques de ouvir: entrevista com Edimilson de Almeida Pereira. **Brasil/Brazil: uma revista de literatura brasileira/A Journal of Brazilian Literature**, local, n. 19, p. 98-130, 1998.

BHABHA, Homi K. **O local da cultura**. Tr. de Myriam Ávila, Eliana Lourenço de Lima Reis e Gláucia Renate Gonçalves. Belo Horizonte: Editora UFMG, 1998.

FONSECA, Maria Nazareth Soares. (Org). **Brasil afro-brasileiro.** Belo Horizonte: Autêntica, 2000.

---

[17] A questão do epistemológico preso no círculo hermenêutico foi desenvolvida por Homi Bhabha, em *O local da cultura*, p. 248.

FREITAS, Iacyr Anderson. Oralidade, iniciação e metalinguagem ou "o ovo de outras coisas". In: PEREIRA, Edimilson de Almeida. **O homem da orelha furada**. Juiz de Fora: D'Lira, 1995.

GOMES, Núbia Pereira de Magalhães; PEREIRA, Edimilson de Almeida. **Arturos**: olhos do rosário (texto sobre fotografias de Marcelo Pereira). Belo Horizonte: Mazza Edições, 1990.

GOMES, Núbia Pereira de Magalhães; PEREIRA, Edimilson de Almeida. **Negras raízes mineiras:** os Arturos. Juiz de Fora: Editora da Universidade Federal de Juiz de Fora, 1988.

LEVINE, Robert M. The legacy of color. In: LEVINE, Robert M. **Brazilian legacies**.,New York and London: M.E. Sharpe, 1997.

MACHADO DE ASSIS, Joaquim Maria. **Dom Casmurro** (1900). São Paulo: Saraiva, 1966.

PEREIRA, Edimilson de Almeida. Dançar o nome. In: FURTADO, Fernando et al. **Dançar o nome**. Edição bilíngüe português/espanhol. Tr. de Miiriam Volpe e Prisca Agustoni. Juiz de Fora: UFJF, 2000a.

PEREIRA, Edimilson de Almeida; GOMES, Núbia Pereira de Magalhães Gomes. Inumeráveis cabeças: tradições afro-brasileiras e horizontes da contemporaneidade. In: FONSECA, Maria Nazareth Soares. (Org.). **Brasil afro-brasileiro**. Belo Horizonte: Autêntica, 2000.

PEREIRA, Edimilson de Almeida. **Águas de contendas**. Curitiba: Secretaria do Estado da Cultura, 1998a.

PEREIRA, Edimilson de Almeida. **O homem da orelha furada**. Juiz de Fora: Edições D'Lira, 1995.

PEREIRA, Edimilson de Almeida. **Corpo vivido**: reunião poética. Juiz de Fora: Edições D'Lira, 1991.

PEREIRA, Edimilson de Almeida. **Ô, lapassi & outros ritmos de ouvido**. Belo Horizonte: Ed. UFMG, 1990.

PEREIRA, Edimilson de Almeida. **Árvore dos Arturos**. Juiz de Fora: Ed. D'Lira, 1988.

PEREIRA, Edimilson de Almeida. **Dormundo**. Juiz de Fora: D'Lira, 1991.

PREMINGER, Alex et al. (Ed.) **Princeton encyclopedia of poetry and poetics**. Enlarged edition. Princeton: Princeton University Press, 1974.

ROSA, João Guimarães. **Grande sertão: veredas**. Rio de Janeiro: Nova Fronteira, 1986.

SANTOS, Jussara. **Afro-dicções**: identidade e alteridade na construção poética de três escritores negros brasileiros. 1998. Dissertação (Mestrado) - Pontifícia Universidade Católica de Minas Gerais, Departamento de Letras.

STRAND, Emily K. C. **Padres do deserto**: homens e mulheres embriagados de Deus. Trad. Jandira Pimentel. Disponível em http://geocities.com/padresdodeserto. Extraído em 8 de fevereiro de 2001. p. 1-2.

Vozes em discordância na literatura afro-brasileira contemporânea

Maria Nazareth Soares Fonseca

Oriki de Xangô
Lasca e racha paredes
Racha e crava pedras de raio
Encara feroz quem vai comer
Fala com o corpo todo
Faz o poderoso estremecer
Olho de brasa viva
Castiga sem ser castigado
Rei que briga e me abriga. (Antônio Risério)

No livro *A escrita da história* (1982), Michel de Certeau interroga-se sobre os modos de interpretação da fala das "possuídas", salientando que, nessas produções discursivas, o que se diz é falado por um *outro*, cuja voz mostra-se como alteração daquela que se manifesta. Uma voz alterada acentua a indeterminação do lugar de onde provêm as expressões de um corpo que se mostra em gestos, ruídos, falas, contorções, procurando traduzir a impossibilidade mesma de se obstruírem inteiramente as manifestações de um "alhures" que se comunica através do corpo/voz das possuídas. "Alguém outro fala em mim" é a expressão que, segundo De Certeau, encaminha um ritual que se concretiza na relação entre um discurso estabelecido e a alteração nele introduzida por intenções de dizer outra coisa, pela perturbação da enunciação com os significantes de uma alteridade (De Certeau, 1982, p. 245).

As observações de De Certeau podem auxiliar as reflexões sobre os sentidos que se manifestam em produções culturais de grupos minoritários. Tomando como exemplo a produção artística dos afrodescendentes no Brasil, aí destacando-se a literatura, é pertinente indagar sobre as vozes que se manifestam – ou não – em textos produzidos por escritores que desenvolvem um projeto literário que não pretende abafar as questões sociais que emergem do trabalho com a linguagem. Ao se tentar mapear as marcas discursivas de textos da literatura afro-brasileira e se propor auscultar as vozes que neles se manifestam, podem-se depreender sentidos abafados, proibidos de se manifestar e reconhecer que a intencionalidade manifesta não se distancia de práticas racistas comuns na sociedade brasileira. A reflexão de De Certeau reforça questões que norteiam o modo como textos da literatura afro-brasileira lidam com as representações de negro e de negrura que circulam na sociedade. Nos arranjos dos textos, as vozes silenciadas eclodem e, como na fala das possuídas, "alguém outro" organiza sentidos que nem sempre se concretizam na superfície do que as letras parecem dizer. Por vezes, a tensão que se expressa no texto ainda se deixa contaminar por resíduos de visões e percepções fundadas em estereótipos e preconceitos, ainda quando parecem se opor ao discurso estabelecido.[1]

Nesse tipo de literatura, particularmente, configuram-se tensões que reproduzem tanto a realidade sociocultural enfocada,

---

[1] É interessante observar as reflexões de De Certeau sobre as marcas, na fala das possuídas, de um fora-do-texto, de uma transgressão que acolhe um alhures, mesmo quando o que expressa parece não ter nenhuma lógica. Reconheço que é exatamente esse "alhures" que deve ser investigado como um *locus* de enunciação que se estabelece à revelia dos sentidos aparentes do texto.

quanto o modo como se organiza a linguagem. Produzidas num país como o Brasil, que, malgrado o intenso contingente de descendentes de africanos em sua população, nega-se a se ver como negro, as representações imaginárias que a literatura retoma passam pelas ambiguidades características do olhar da nação sobre si mesma. Por isso, nem sempre os textos escritos por autores negros deixam transparecer o que Zilá Bernd configura como um "eu enunciador que se quer negro" (Bernd, 1988, p. 22). A escritora, ao analisar as feições revolucionárias de determinadas produções literárias que buscam construir sua própria expressão com a instrumentalização de heranças africanas, valoriza aspectos que registram o lugar de onde fala o escritor. Ao se apropriar de termos como "territorialização" e seus cognatos, tal reflexão insiste no esforço desenvolvido por um tipo de literatura que se preocupa com os problemas específicos da grande massa de excluídos, marginalizados pelas adversas condições em que vivem e pela cor da pele, tornada fetiche de estigmatização. No caso específico do Brasil, a tensão entre os contrários é o caminho que se abre, também na literatura, para se avaliar os movimentos de assimilação/rejeição que caracterizam os projetos literários comprometidos com a valorização dos negros. Nesses projetos, segundo Bernd, a manifestação de um "eu enunciador" identificado com as questões dos negros caracterizaria uma enunciação em que o sujeito deixa de se ver como objeto e passa a assumir-se como dono do seu dizer. Essa mudança de focalização está de certa forma sinalizada pela ruptura do movimento modernista brasileiro, mas resta indagar se esse movimento conseguiu, realmente, inverter a situação e dar voz aos negros.

Uma análise mais cuidadosa de alguns textos modernistas considerados transgressores demonstra que, mesmo em alguns deles, o negro é muitas vezes representado a partir de atributos que reforçam a visão preconceituosa da sociedade. Ao tentarem reverter as práticas racistas disseminadas na sociedade, muitos textos ratificam a folclorização do negro ou o apreendem enquanto indivíduo imbecilizado, aprisionando-o em imagens que o mantêm à margem do processo de evolução social. Tais textos, embora almejem reverter a visão preconceituosa sobre o negro, não ultrapassam em muito as máscaras que escondem os conflitos raciais falsamente harmonizados na trama discursiva.

Flora Sussekind (1982) vale-se da metáfora do arlequim para analisar a representação do negro em textos da literatura brasileira e ressalta a frequência com que a questão racial é deslocada do campo da significação econômica para compor um discurso amoroso ou patriótico que camufla a violência e mantém as diferenças de cor e de classe ao longo dos tempos. O texto literário utiliza as "máscaras brancas" e cobre os rostos negros e as questões profundas que essa camuflagem encaminha. A ensaísta refere-se, particularmente, às produções literárias do século XIX, mas detecta em algumas obras do modernismo, escritas por autores negros, a fixação em valores da cultura branca, ainda quando a intenção é se opor a esses mesmos valores (p.72).

A reflexão da ensaísta autoriza-nos a afirmar que a ruptura modernista, mesmo quando acolhe a herança deixada, no Brasil, pelos africanos, elabora representações em que o negro continua sendo falado, pois participa apenas como objeto do discurso que o configura enquanto elemento da descrição ideológica dos lugares sociais. Na superfície dos textos, o negro parece deslocar-se dos lugares em que foi aprisionado e o discurso que o descreve sugere as modulações de uma voz que se quer afastada dos preconceitos.Todavia, ao procurar transgredir tipificações e ultrapassar os estereótipos criados sobre o negro, por vezes o discurso literário se compromete com a manutenção da diferença em espaços que asseguram a manutenção da estrutura social. A reiteração de clichês e estereótipos demonstra como o negro e o mestiço são caracterizados pela cultura que os nomeia como brasileiros, mas estabelece condições que os oculta enquanto indivíduos. Não é demasiado insistir na caracterização das morenas e mulatas sensuais, das negrinhas boas, mas idiotas que povoam o imaginário cultural brasileiro, imagens presentes mesmo em textos que pretendem desconstruir o preconceito que expurga da cena literária os tipos que não passam pelos critérios legitimados. De Certeau apropria-se da visão de Louis Althusser, quando se interroga sobre os modos como a cultura europeia – a do século XVI estudado por ele – *interpelou* as diabólicas como um tipo predeterminado de sujeito, como um indivíduo construído pelo imaginário que legitima a exclusão. E a apropriação dos sentidos do conceito de *interpelação* de Althusser faz-se pertinente como instrumento de uma análise que almeja compreender os sentidos produzidos por textos literários afro-brasileiros que se abrem à "fala de outro", exatamente como na produção discursiva das "possuídas". As vozes que neles se enunciam manifestam-se com sentidos previstos e imprevisíveis; a voz do outro, daquele que ocupa os interstícios de falas legitimadas, expõe-se no *locus* de enunciação que apreende as tensões que a sociedade luta por ocultar.

A determinação de um lugar onde as falas encenam um paradoxo mostra-se, por exemplo, em poemas como "Essa negra Fulô", de Jorge Lima, e mesmo em outras produções literárias em que a visão das relações sociais se constrói pelo destaque descritivo da personagem negra. No poema de Jorge de Lima, o deslocamento pretendido não permite que sejam ultrapassados os clichês corriqueiros, a estereotipia que inscreve no corpo do negro as representações de um imaginário racista. "Alguém outro", ideologicamente construído pela ordem vigente, fala em grande parte dos versos que pretendem a redenção do negro. Diferentemente das "possuídas" de que fala De Certeau, a voz que se ouve nesses versos não procede de uma indeterminação, de um "alhures" que é preciso nomear. O lugar de produção das falas que se encenam nos textos está ideologicamente determinado.

No silenciamento da voz negra que transita nos versos do poema apenas como objeto sensual, Fulô é citada num discurso que inibe o seu dizer, ou melhor, que só permite que ele se mostre em um horizonte em que as coisas estão sempre num mesmo lugar. Não é de se admirar, portanto, que o poema de Jorge de Lima, querendo tirar o negro de um espaço cultural que o vê enquanto "excrescência" ou deformação, ainda fortaleça estereótipos que o paralisam na cor de sua pele, em traços que fazem dele objeto, sempre objeto exótico e erótico para o deleite do senhor branco. Nos versos do poema, Fulô graciosa e esperta reforça o estereótipo das fêmeas impudicas, ainda que se destaquem sua beleza exuberante e os traços que a tornam diferente da senhora branca. A fantasia do "negro erótico" repete-se na caracterização da personagem e reitera lugares culturais determinados, pois assegura, como assinala Fanon (1980), a potencialidade sexual que é uma das marcas fixadas no corpo do negro, transformando-se em predicado de uma (a)normalidade depravada fomentadora de estereótipos. É interessante observar a reversão proposta por textos literários produzidos por escritores negros que ressignificam o estereótipo do negro-só-pênis, tornado fetiche no imaginário colonial. O escritor haitiano René Depestre formaliza esse processo de reversão do estereótipo sexual no famoso poema "Un arc-en-ciel pour l´Occident chrétien" (1967).[2] No poema, o arco-íris, fazendo-se metáfora das alterações que as culturas africanas inscrevem nas Américas, é também signo da contestação aos valores legitimados pelo ocidente cristão. Ao propiciar a invasão dos deuses africanos,

---

[2] Percebe-se no poema a visão crítica do poeta haitiano, quando chama a atenção para a fixação do negro em imagens que particularizam a visão do branco sobre um corpo negro tornado sua propriedade. O imagem do negro-só-pênis particulariza o modo como o negro escravo, na sociedade escravagista, era aprisionado por configurações construídas à sua revelia. Nesse estereótipo circulam, todavia, exclusão e desejo, como bem o demonstra H. Bhabha (1980) na releitura que faz do texto de Frantz Fanon.

que através do arco-íris passam do Haiti ao Alabama, nos Estados Unidos, o poema de Depestre ressalta as ambivalências do discurso colonial e da demanda que articula sobre o negro.

Na literatura contemporânea brasileira, o mesmo processo de reversão dos estereótipos sobre o negro está em obras literárias em que a determinação de lugares ideologicamente construídos é questionada ou simplesmente referida. Um exemplo clássico dessa ambivalência mostra-se no romance *Gabriela cravo e canela*, de Jorge Amado. A personagem-título do romance não pode ser interpretada apenas como transgressão à ordem sociocultural que parece criticar. O excesso de atributos físicos que a tornam extremamente desejável e diferente do modelo das esposas recatadas e virtuosas, mas anuladas pela prepotência dos maridos, também reafirma, paradoxalmente, a oposição entre "esposa" e "amante", tal como se mostra pretendida no imaginário social brasileiro. É possível afirmar que a denúncia dos falsos valores da sociedade, pretendida pelo romance, acaba por reiterar os traços que fazem da negra e da mulata um corpo ameaçado de desmembramento, como nos mostra Pereira (2001), quando se refere ao estereótipo da mulata exuberante tornado fetiche em nossa cultura.

Desse modo, é comum perceber, mesmo em textos que pretendem desconstruir os estereótipos negativos sobre o negro e afirmar a sua negrura, ressaibos das determinações sociais que o configuram. A fixação do negro e do mestiço em lugares predeterminados torna-os prisioneiros do esquema social que os construiu como exceção; não se pode esperar por isso que os textos produzidos por autores negros estejam livres das armadilhas construídas pelo social (Fanon, 1952, p.69).

O romance *Viva o povo brasileiro*,de João Ubaldo Ribeiro, publicado em 1984, acelera o descompasso com a ordem vigente, dando voz à dissidência representada, principalmente, por um coro de grunhidos, gritos, "estalidos, zumbidos e assovios", tornados sistema sígnico da contestação à fala autoritária do poder. Ao se construir, metaforicamente, como um "corpo possuído", como encenação das várias "encarnações" em que se desdobra, o narrador do romance compactua com a intenção de desmanche de lugares fixos, de desconstrução da fala autoritária dos poderosos. Esse narrador, ora irônico contador de uma história nada exemplar feita de violência e desmandos, ora transmissor de um saber até então desconhecido, desloca-se do lugar de autoridade narrativa e debocha dos grandes feitos que compõem a história do povo brasileiro. Assim, ao mesmo tempo em que se coloca num lugar onde é possível vislumbrar o vasto cenário da história da formação do povo brasileiro, o seu olhar crítico perscruta as intenções dos poderosos e denuncia os atos de violação da terra e dos homens.

Como na encenação das "possuídas" de que fala De Certeau, na instância do narrador de *Viva o povo brasileiro* o murmúrio de vozes que ecoam no texto perturba a ordem dos poderosos e propõe outros sentidos para os significantes das classes mandatárias. Grosso modo, realçam-se, no romance, duas escalas que se deixam ouvir em tons e semitons: a voz dos dominadores e a voz dos dominados. De algum modo, ao procurar dar voz aos dominados e acentuar, na narração dos fatos, os traços da ironia e da irreverência, o romance tende a privilegiar os marginalizados, atribuindo-lhes virtudes e valores que rareiam entre os dominadores. Cria-se, dessa forma, uma divisão entre a elite e o povo, embora se destaquem as misturas étnicas, culturais e sociais presentes nos dois espaços.

A estrutura da narrativa abarca a divisão da sociedade brasileira, expondo os seus conflitos e denunciando a falsidade de suas configurações. As afirmações de uma miscigenação harmoniosa são desconstruídas com o apelo a metáforas associadas ao estupro e à antropofagia. A antropofagia tem, no romance, um sentido diverso do que nos relatos históricos: os índios, como o *caboco* Capiroba, tornam-se antropófagos porque seguem ao pé da letra as palavras da evangelização, os sentidos construídos por um sistema de signos aterradores que dissemina o espanto e o horror no mundo dos primeiros habitantes da terra brasileira. Tornados culpados de atos que não conhecem, os índios aprendem a *comer* os padres e os brancos para silenciar as palavras por eles proferidas. A antropofagia difere, pois, do ritual que, entre os indígenas, significa assumir o que o inimigo tem de valoroso. O ato antropofágico tem, no romance, uma dupla ritualidade: comer o branco significa, simbolicamente, exterminar as palavras dos missionários e as histórias de horror contadas por eles; ao mesmo tempo, exorciza a opressão e libera uma *fala alternativa,* que transgride as leis impostas pela religião e o controle instituído pelo poder do dominador. Instaurada a antropofagia, o índio come o branco, devora a sua palavra e enfrenta um sistema de significação que o condena. De caça a ser dominada pelas "alvíssaras trazidas pelos padres" (p. 40), transformam-se os índios em transgressores das ordens de apaziguamento do corpo e do cumprimento dos deveres impostos pela religião cristã. Como nas possuídas de que fala De Certeau, "alguém outro" fala nos atos dos índios, propiciando a enunciação de vozes dissonantes que desarticulam os sentidos produzidos pelo ideário da evangelização.

Em contrapartida, o estupro da escrava Vevé pelo Barão de Pirapuama significa, metonimicamente, a aproximação possível entre o dominador e o dominado, num determinado tempo e sob coordenadas históricas bastante significativas. O estupro emblematiza a conquista da terra brasileira, a defloração do solo pela ganância depredadora dos poderosos. No corpo violentado da escrava Vevé, a imagem da terra pilhada acentua os significantes de uma perversão que descarta a vivência do prazer. Não é por acaso que a posse brutal da escrava é seguida, na narração, pelo ritual de acasalamento das baleias, sendo deslocada para o espaço da natureza a vivência prazerosa do ato sexual. O ato fundador, que legitima a convivência possível entre dominador e dominado, pode ser lido, como a antropofagia, em dupla significação. Ao se ligar a outras expressões de violência, o estupro integra-se num conjunto sígnico que pode ser interpretado como significante de uma ação reiterada por qualquer ato de intolerância que procura calar o outro, anulá-lo enquanto diferença. Ao mesmo tempo, o estupro assume os atos que gravam no corpo do dominado os traços que o nomeiam como uma força selvagem que precisa ser controlada, domada. Um sistema de violência e de pilhagem do corpo e da terra mostra-se nos signos da posse territorial e nos mecanismos que efetivam a sua conquista. Os corpos negros mutilados, como os dos escravos Vevé, Inocêncio e Feliciano são, no romance, emblemas de transgressão como a efetivada pelo *caboco* Capiroba.Tais corpos expõem, na cena do texto, os significantes de uma outra ordem em que são celebradas, ainda que de forma velada, tradições índias e africanas.

Desse modo, o romance *Viva o povo brasileiro*, embora mantendo uma visão dicotômica da realidade enfocada, traça intenções de ultrapassagem e delineia, simbolicamente, possibilidades de mudança. Pelos interstícios da fala "autoritária" do narrador ecoam gritos, sussurros e zumbidos perturbadores que, se não conseguem desconstruir a ordem manifesta, permitem que se ouçam as vozes abafadas pela estrutura social. Os ruídos produzem uma alteração no discurso da colonização e, por extensão, na fala autoritária do poder, qualquer que sejam o tempo e o lugar em que se instala.

Na moderna poesia afro-brasileira, percebem-se intenções mais atreladas às reivindicações de reconhecimento do lugar do negro na sociedade brasileira. Entretanto, mesmo nessa produção que toca mais contundentemente em questões específicas do negro e na perversa exclusão a que é condenado, permanecem sintomas da cegueira, impedindo que a situação real dos oprimidos seja de fato vislumbrada.

Essa intenção contestatória está presente em textos de bons poetas negros da atualidade brasileira como expressão de uma "consciência dilacerada", que identifica o negro e sua cultura como "um corpo despedaçado", formado de "beiço grosso", "cabelo ruim", "bundão de negro" e "primitivismo sexual", atributos que, considerados coisa feia, imoral, acabam por inibir a relação prazerosa do negro com o seu corpo (Costa, 1983, p. 6). Essa visão fragmentada é ressaltada por Frantz Fanon como consciência perversa do corpo, como uma negação produtora de baixa autoestima e pode explicar a ambiguidade de muitos textos construídos por autores negros, nos quais o desejo de assumir os valores estéticos do mundo branco convive conflituosamente com a perda dos valores negros, dos traços de sua raça (Bernd, 1992).

Um poema de Cuti (1992) toca nesse corpo recortado, não para descrevê-lo em sua exclusão, mas para fazer dele emblema de tomada de consciência que transforma o estigma em um lugar de gestação da resistência:

> Sou negro
> Negro sou sem mas ou reticências
> Negro e pronto!
> (...)
> Beiço
> Pixaim
> Abas largas meu nariz
> Tudo isso sim
> - Negro e pronto! –
> (...)
> Negro pronto
> Negro e pronto
> Negro sou!
> ("Sou Negro")

A visão fragmentada de si mesmo nem sempre tem a força contestatória que transita nos versos transcritos. Às vezes é dissolvida na própria intenção do poema, quando exibe um cenário ainda preso ao sofrimento da escravidão, à memória das marcas deixadas pelo sofrimento, como se mostra em versos do poema "Via sacra", de Domício Proença Filho:

> Ai meus irmãos mutilados
> Mordendo a ira calados
> Nos campos e nas senzalas
> Ai meus irmãos massacrados
> Entre as paredes da História!
> ("Via sacra")

As imagens do dilaceramento aprofundam-se nos versos de Domício Proença Filho, que recupera dados da memória para denunciar a permanência dos sofrimentos em outros cenários urbanos:

> Ai meus irmãos semeados
> pelos becos, pelos morros,
> na lama, nos alagados
> e barracos deflagrados
> nas encostas e desertos!
> ("Via sacra").

Com maior intensidade, percebe-se em vários textos a intenção de expor o negro à sua negrura, ainda que correndo o risco de fixá-lo em nova particularidade em que a cor da pele e a dor de ser negro conduzem a um fechamento imobilizador. O reconhecimento da cor/dor e a consciência do dilaceramento estão em versos de Adão Ventura, quando afirmam:

> para um negro
> a cor da pele
> é uma sombra

muitas vezes mais forte
que um soco.
("Para um negro")

Mas há, também, a intenção de ultrapassar a prisão a um passado irreversível e de buscar uma linguagem mais identificada com a forma de ser do negro e de sua cultura. O desejo de desmontar as práticas literárias existentes justifica-se como um meio que propicia a emergência das vozes sufocadas. Por esse caminho segue um poeta como Paulo Colina, organizador da *Antologia da poesia negra brasileira* (1982), quando, em alguns momentos, abandona a dor do passado escravo, pois se sente amarrado por outras correntes. A intenção poética concretiza o desejo de "alçar vôo" da marginalidade imposta a um segmento da sociedade e acentua as "mãos inúteis que sustentam essa alegoria/crua! de senzala favela e sarjeta".[3] Ou se deixa invadir pela tristeza que corrói a esperança que tece e assume a fragmentação como uma constituinte do ser:

Eu
não deveria tentar
aqui, agora
montar o interminável
quebra-cabeças
        que sou.
Lágrimas sempre atrapalham.
(Imagens)[4]

Mesmo em Adão Ventura, ao lado da insistência em perceber o negro preso às armadilhas da escravidão, aflora a plena consciência de que, no presente, uma outra realidade opressora reinstala no cotidiano brasileiro o estigma do navio negreiro. Um

---

[3] Versos do poema "Pequena balada insurgente".
[4] Poema publicado na antologia *Poesia negra brasileira* (1992), organizada por Zilá Bernd.

poema como "Ainda" descreve um espaço social em que senzala se distende em favela e a marca do ferro em brasa, no corpo do marginalizado, emblematiza a condição social do negro nas sociedades modernas.

> Numa senzala
>   fa
>   vela
>
> acesa
> - marca de ferro
> & fogo
> chicote de polícia
> - lanhos
> nos ombros
> - garrote em corte
> de morte alheia.
> ("Ainda")

Na produção da literatura afro-brasileira contemporânea, podem-se observar ecos das imagens que definiram a "consciência racial" e o "renascimento negro", na primeira fase do movimento da Negritude, de Aimé Césaire e Léopold Senghor. Entretanto, longe de se buscarem os caminhos de volta ao solo africano, registra-se uma forte imersão na realidade social brasileira, onde as questões relativas ao negro misturam-se às dos marginalizados. Assim, se o passado comum aos negros é ainda a escravidão, "o primeiro ferro (que) marca a violência nas costas",[5] o presente clama pela aceitação do "beiço/pixaim/ abas largas do nariz"[6] como elementos de uma outra estética que expõe "o rosto/ belo novo contra o velho belo imposto".[7]

---

[5] A frase se apropria de versos do poema "Ferro". (Cuti, apud Bernd, 1992, p. 87).
[6] Versos do poema "Sou negro", de Cuti.
[7] Versos do mesmo poema.

Os traços do corpo negro se elaboram com a busca da palavra transgressora e de uma estética que, ultrapassando a norma literária vigente, particularize uma percepção do "saber-se negro".

Edouard Glissant (1980) observa que, na busca de identidade dos povos que se formaram com a presença dos africanos, afloram impulsos que, no âmbito da literatura, revelam, por vezes, a obsessão por "um traço primordial", por um esforço que, desconstruindo a ordem escravocrata ou colonialista, instaure um *locus* configurador das mutações promovidas com o legado negro-africano. Os movimentos dessas metamorfoses se constroem com uma linguagem outra que procura expressar uma deliberada traição aos padrões linguísticos e literários vigentes. Se, nesses espaços, a língua de uso continua a ser a imposta pela colonização, a expressão buscada ultrapassa o aprisionamento linguístico e elabora novos arranjos discursivos em que identidades mutantes podem ser vislumbradas nos matizes de cores e nos gestos ressignificados. O trabalho com a linguagem torna-se, então, o ponto de distanciamento entre o passado obsedante e o futuro em construção.

Na poesia do poeta mineiro Adão Ventura, esse movimento caracterizado por Glissant concretiza um ato de compromisso, o de "vestir a camisa de poeta negro" que, no entanto, se castra quando se aprisiona na cor da pele.

> Faça sol
> ou faça tempestade,
> meu corpo é fechado
> por esta pele negra.
> ("Faça sol ou faça tempestade")

Um outro poeta mineiro, Marcos Dias, explora os recursos expressivos da língua portuguesa e com eles registra a exclusão imposta aos afrodescendentes nos cenários das grandes cidades brasileiras. A ocupação do espaço em branco pelos versos que compõem o poema "Taquaril & Cia" traduz-se em contestação que ultrapassa as referências ao sofrimento imposto pela cor da pele ou as marcas deixadas pela escravidão:

À
SÔFREGA
DANÇA
DOS BAR
RACOS
,
DES
AJEITADOS
G/
ARANHÕES
EM CÓPULA
COM AS ANCAS
DOS
MORROS
,
OS SILVOS
DOS
VENTOS
É
VOZ
QUE SUB
VERTE
UM DITADO
;
DEPOIS DAS
        TEMPESTADES
VIRÃO OS
        DESMORONAMENTOS

6. (TAQUARIL & CIA)

A precariedade do espaço em que se situa a maioria das favelas nos espaços urbanos – o nome Taquaril, no poema, faz-se metonímia do grande espaço de exclusão social habitado pela população predominantemente de cor – pode ser visualizada na escrita dos versos e na organização das estrofes. Os recursos gráficos reforçam os deslocamentos de sentidos, como o construído pela referência ao provérbio popular "depois da tempestade vem a bonança", e procuram visualizar os desmoronamentos frequentes nas favelas, indicados nos versos iniciais do poema, nos cortes de palavras e no inusitado da pontuação. A intenção crítica do poema exige um leitor capaz de perceber os sentidos das palavras e algumas evidências que reforçam o trânsito entre a escrita e o cenário físico-social a que ela remete. O processo de produção de sentidos demanda relações com o fora do texto, com o contexto a que os versos se referem.

Em textos publicados na coletânea *Cadernos Negros*, a questão da exclusão dos afrodescendentes é enfrentada de frente, mas também aí se fortalece a ligação com as heranças africanas de nossa cultura. Os rituais das religiões afro-brasileiras, os costumes herdados dos antepassados e mesmo o sofrimento jamais esquecido dos escravos são referências que contaminam a escrita de poemas e contos publicados na coletânea. Nela também se vislumbra um processo de autorreflexão que induz o escritor, como sujeito de seu discurso, a refletir sobre a internalização inevitável das imagens negativas sobre o negro. A reelaboração dos estereótipos negativos e a explicitação das armadilhas que induzem o excluído a fortalecer "um projeto identificatório incompatível com as propriedades biológicas do corpo" (Costa, 1990) frequentam a produção teórica e literária dos escritores que transitam pelos *Cadernos Negros*.

Tais tendências mostram-se, por exemplo, nos versos do poema "Quebranto", de Cuti, procurando expor a perversa produção de estereótipos que reavivam no corpo do negro as feridas da violência, da humilhação e do preconceito, transformando-as em armas dirigidas sobre si mesmo e sobre o outro igual a ele. Imagens ligadas à visão/percepção circulam no poema para revelar a violência de ações que mutilam o eu, discriminado por si mesmo, transmudado em seu próprio opressor.

O eu lírico, assumindo-se como o sujeito que internaliza o olhar depreciativo que oprime e exclui, traveste-se no policial – que, por princípio, vê em todo negro um suspeito – ou no zelador de edifício de luxo que cuida do direito dos moradores de se isolar dos excluídos pela sociedade, sejam eles quem for. Nos versos do poema circulam imagens que revelam um mundo configurado por fronteiras rígidas e por uma visão que só consegue apreender o estigmatizado como ameaça.

É de baixa autoestima que o poema nos fala, quando o eu lírico confessa:

> Às vezes sou o policial que me suspeito
> me peço documentos
> e mesmo de posse deles
> me prendo
> e me dou porrada.

Ou quando alude ao constante cerco montado para aprisionar o excluído em jaulas/grades de preconceito e retaliações que funcionam como um pré-dado legitimador do sujeito branco e da brancura:

> às vezes faço questão de não me ver
> e entupido com a visão deles
> me sinto a miséria concebida com um eterno
> começo
>
> Fecho-me o cerco
> Sendo o gesto que me nego
> A pinga que me bebo e me embebedo
> O dedo que me aponto

E denuncio
O ponto que me entrego

Às vezes!...
(Cuti, 1998, p. 48)

Entretanto, é bastante significativo que a expressão "às vezes", reforço da ação mágica do "quebranto" que cai sobre o corpo do negro e o faz mimar os papéis que a sociedade legitima para ele e sobre ele, seja a inscrição da mudança que o poema anuncia, no verso final, com o recurso do ponto de exclamação e das reticências. A entonação indicada pelos recursos da pontuação indica a possibilidade de transgressão, de mudança, de cura do "quebranto", enfim.

Em outro poema, "Cultura negra", a intenção demolidora dos versos de "negrura exposta" não se espanta com os lugares que a sociedade legitima para alocar a cultura negra. É, pois, com extrema ironia que os versos se apropriam do cotidiano:

orixás não tomam chás de academias
tampouco em mídia sui-seda
cedem

O recurso da ironia é acento predominante em muitos poemas e contos de Cuti e é com a utilização de um humor cáustico, às vezes, que o poeta retoma dados de uma história de sobressaltos que vem sendo escrita por escritores que, como ele, procuram outros acentos e outras dicções para discutir, no espaço da literatura, questões específicas da população de afrodescendentes.

Poetas como Éle Semog fazem-se vozes contundentes quando pontuam o papel do poeta negro como agente de transformação dos excluídos, da grande massa de negros e mestiços que engrossa a faixa da população de baixa renda no Brasil. A intenção dos versos é a de reiterar os dados estatísticos que demonstram a exclusão do negro e enfrentar os olhares que o veem sempre bonzinho e cordial. Os enganos produzidos por esse olhar zeloso que aprisiona o negro em imagens aparentemente positivas (o negro atleta, o negro viril, a mulata exuberante), mas o expurga do convívio diário são afrontados pelos versos do poema "Dançando negro":

> Não sou festa para os teus olhos
> de branco diante de um show!
> Quando eu danço há infusão dos elementos
> sou razão.
> O meu corpo não é objeto,
> sou revolução.

No poema "Outras notícias", o eu lírico debocha dos poetas que aderem aos modelos de escrita que apagam a rudeza da realidade. Fica evidente no poema a referência explícita à literatura que se elabora com o descompromisso da letra para com a violência de cada dia.

> Não vou às rimas como esses poetas
> que salivam por qualquer osso.
> Rimar Ipanema com morena
> é moleza,
> quero ver combinar prosaicamente
> flor do campo com Vigário Geral,
> ternura com Carandiru,
> ou menina carinhosa / trem para Japeri.
> Não sou desses poetas
> que se arribam, se arrumam em coquetéis
> e se esquecem o seu povo lá fora. (Semog, 1996, p. 58)

As referências explícitas à violência que, em seus vários significados, está presente em lugares ocupados, em grande maioria, por afrodescendentes, revelam a intenção do poeta Éle

Semog de optar por uma escrita poética compromissada com as questões significadas pelos espaços nomeados: Vigário Geral, Carandiru, Japeri.

No poema "Alucinações", o eu lírico volta às paisagens por onde circulam os corpos estigmatizados de negros e mestiços e a violência que os espreita a cada dia:

> Quatro pretos
> rolaram ladeira
> oito pretos também rolaram
> eram doze pretos sagrados!
> ... não! Sangrados
> doze na madrugada
> que esperam doze horas
> para o rabecão passar.

Nos *Cadernos Negros*, também o olhar feminino se debruça sobre as questões específicas dos afrodescendentes, em produções de Esmeralda Ribeiro, Conceição Evaristo, Miriam Alves e outras. Essas poetas têm, como vários escritores dos *Cadernos Negros*, textos publicados em antologias nacionais e internacionais e todas vêm produzindo um trabalho muito interessante, que aproxima a busca das tradições dos afrodescendentes da luta pelo reconhecimento de questões específicas da mulher.

A preocupação com a denúncia da exclusão dos afrodescendentes e a exigência de maior visibilidade de questões específicas desse segmento estão, por exemplo, no poema "Dúvida", em que Esmeralda Ribeiro interroga-se sobre o lugar ocupado pelo negro na paisagem das cidades:

> Se a margarida flor
> é branca de fato
> qual a cor da Margarida
> que varre o asfalto? (Ribeiro, 1998, p. 61).

Em outros poemas, Esmeralda Ribeiro alinha-se a uma tendência que pode ser observada na produção literária de mulheres: a de explicitar a voz das mulheres na denúncia dos estereótipos que assumem, às vezes, formas mais cruéis quando direcionados ao universo feminino. Por isso, as poetas, ao buscarem referenciar as tradições africanas e afro-brasileiras que reverenciam a mulher, transformam-nas em formas de luta contra a opressão em geral.

Com essa intenção, Conceição Evaristo pontua com delicada acuidade a história dos negros brasileiros, recolhendo os signos da escravidão, mas transmudando-os em formas de renascimento. O banzo, as lágrimas, os navios negreiros são fragmentos de uma história que renasce das sementes plantadas pelos escravos:

> Todas as manhãs junto ao nascente dia
> ouço a minha voz-banzo,
> âncora dos navios de nossa memória.
> E acredito, acredito sim
> que os nossos sonhos protegidos
> pelos lençóis da noite
> ao se abrirem um a um
> no varal de um novo tempo
> escorrem as nossas lágrimas
> fertilizando toda a terra
> onde negras sementes resistem
> remanhecendo esperanças em nós.
> ("Todas as manhãs")

Nos poemas escritos por mulheres, em vários volumes dos *Cadernos Negros*, já se desfaz a tendência referida pela poeta Ana Paula Tavares, de Angola, com relação às mulheres de sua cultura: a de as poetas angolanas terem muito pudor de falar do próprio corpo e de suas expressões mais íntimas. Nos poemas escritos por mulheres negras, a figura da guerreira, da mulher que enfrenta as vicissitudes passa pela busca do prazer. O verbo audaz, incandescente, percorre os versos para denunciar a situação de exclusão da mulher, mas também a vivência de sua própria feminilidade.

chama lenta alisa o vento
o vento alisa a pele
o corpo pede para romper
o absurdo marasmo
madrugada
("Recadinho")[8]

As palavras precisam vencer as ordens, as opressões, o ferro em brasa que ainda marca estigmas no corpo. A subjugação dissolve-se, entretanto, com a força do "líquido lembradiço" e delineia uma mulher que "pacientemente cose a rede" de uma resistência que se fabrica no dia a dia, como nos revelam os versos do poema "A noite não adormece nos olhos das mulheres", de Conceição Evaristo (CN, 1998, p. 42-3). A letra dos poemas desfaz os elos de correntes outras e deixa aflorar as pulsações do desejo que leva a mulher a expurgar o olhar que não a vê ou que só a percebe enclausurada na rotina de funções estigmatizadas. Na escrita do poema aflora uma voz que assume os desejos do corpo. O erotismo dos versos é também resistência à estagnação; conclama outros modos de resistência e exibe um corpo pulsante que se mostra na letra do poema.

Sou eu
Que no leito abraço
Mordisco seu corpo
Com lascivo ardor
("Pedaços de mulher")[9]

---

[8] Poema de Miriam Alves (CN, 1998).

[9] Poema de Miriam Alves (Bernd, 1992, p. 92)

O olhar demorado sobre esse corpo atiça expressões que induzem à vivência de emoções e desarticulam os elos de eternas correntes, deixando fluir desejos adormecidos. A expressão de um corpo desejante solta-se de alegorias e imagens comedidas e permite o livre trânsito da mulher que perscruta o sutil desenho de intimidades e procura ultrapassar o intrincado código de deveres e tradições que ainda pesa sobre ela, mesmo quando se faz guerreira.

Já um poeta como Edimilson de Almeida Pereira enfrenta a questão do negro com um olhar diferente. Procura alcançar os ritmos e os sons que habitam os falares da gente comum e o negro aí se instala sem que o poema absorva a obsessão por remarcar fronteiras ou enfrentar o ódio disseminado contra os opressores. Há alguns sinais em sua poesia que chamam a atenção, principalmente pela leveza com que são poeticamente trabalhados: a captação de momentos fugazes, a descrição de cenas ligeiras, leves, pinceladas simples em tons suaves que passam pelos versos, povoando-os de sonoridades:

> o parque
> na banda
> o ritmo na cidade
> quiéssa é maravilhosa

Não há, na poesia de Edimilson Pereira, intenção de cultivar a palavra meramente denotada, transparente, circunscrita à descrição do mundo vivido. Esse, em seus versos, apresenta-se sempre envolto em uma metaforização sinestésica que se organiza pela captação de singelezas ("Amo o quadro chinês/sem olharias formas presentes" – *Corpo vivido*) e sonoridades ("Deixo o aorpo auê, ê noutro campo/vejo os antigos" – *Corpo vivido*) que afrouxam os vínculos da palavra com o mundo significado, porque fazem parte de uma gramática de sutil aprendizagem com que o poeta celebra a união do homem com a natureza. Todavia, ainda que os versos de Edimilson Pereira sejam marcados por uma invenção linguageira calcada em sinestesias, em transfigurações de enunciados, percebem-se neles marcas do universo em que o poeta se move, atento aos sinais advindos da herança negro-africana, principalmente aquela que se exibe em festas populares ou em rituais religiosos. Não é por acaso que, permeando os poemas agrupados em *Corpo vivido* e nos livros mais recentes do poeta, salienta-se o olhar do observador que, juntamente com a pesquisadora Núbia Pereira de Magalhães Gomes, vasculhou o interior de Minas Gerais para compreender a significação da cultura popular e identificar as representações sociais da vida religiosa. Marcado por tantas andanças, seu material poético é, sem dúvida, o coletado das tradições de saberes e crenças, cujas representações alicerçam uma percepção simbólica da realidade e incorporam "a fé e a experiência de vida como elementos locadores de conhecimentos" (Gomes & Pereira, p. 15). A sensibilidade intensificada junto ao povo do interior e a disponibilidade para escutar as estórias contadas, filtradas por interditos, por superstições, estão sempre em seus poemas. Neles, a palavra escrita dialoga com sonoridades da fala, com movimentos de uma gestualidade, e elabora um trabalho intenso no nível do significante. Distanciada já da oralidade concreta que lhe serviu de manancial, a palavra poética de Edimilson Pereira tem, todavia, muito do sopro melódico que povoa a escrita de ecos advindos da voz viva, da palavra falada. É nesse reservatório natural da voz, da melodia, da palavra "quase cantada" que se sustentam os versos do poeta:

> Houve um tempo para
> cantar
> e saber as palavras
> (hora profunda).

Quem fala não é a língua
nem são os olhos

Os ouvidos se acendem
esperam a quebra do tempo.
O silêncio cai de súbito
num bailado de flor.

Agora é o susto
o corpo todo acorda.
Alegria vê-lo
no escuro.
E as palavras vão nascendo.
(*Corpo vivido*, p. 135)

Nesse ritual de reverência à palavra, os poemas se constroem em íntima relação não apenas com a tradição popular de que se nutrem, mas – talvez principalmente – com a revivência de rituais herdados da tradição africana. Por isso, a palavra poética se faz espaço dos signos de uma realidade social instalada, mas também das vozes por que se falam as tradições africanas, com seus múltiplos sons e sopros para o ouvido. Nesse sentido, o universo poético explorado pelo poeta é sempre um resgate de saberes sagrados e, nele, escrever faz-se como "dançar o nome com o braço na palavra: como em sua casa um maconde" (1995, p. 11). Mesclam-se, nos poemas, tanto as referências ao "mundo encaixado" que o poeta-pesquisador vasculha com seus questionários, ouvidos e olhos atentos às manifestações da diferença e especificidades da cultura mineira, quanto as sonoridades das falas em que essa diferença se alicerça. Assim, a retomada de rituais se faz pela "palavra escolhida", mas também pelas andanças em universos de permanência do sagrado não distanciado do trivial:

O dito que você disse
não é feito de linguagem

Vem e desce na sala.
Volteia quarto cozinha.
Ô Mama, Mamá Kitaia
Calunga lungara é.
(*Roda do mundo*, p. 19)

As imagens poéticas constroem-se como restauração dos fios de um tecido em que se entrelaçam os contrários, não mais colocados em pontos opostos, porque aí irrompe o inesperado, o que está nas dobras do tecido social.

Em contrapartida, destaca-se sobretudo, em outros momentos, o ritmo manso dos costumes que se mantêm em lugares onde a herança africana é força sempre presente. Procurando alcançar os ritmos e os sons que habitam os falares da gente comum, Edimilson Pereira fixa-se nas comunidades negras, sem a obsessão de pontuar diferenças, nem a dicção contestatória com que o lamento e a dor repisam as chagas da escravidão.

De maneira geral, percebe-se em Edimilson Pereira a preocupação de não mumificar a expressão do homem negro em estereótipos de linguagem ou emparedá-la no léxico de herança africana, esvaziado de sentido transgressor. Embora haja em seus poemas momentos em que a predileção recai sobre o resgate de uma identidade negra – "Ó parceiros do sangue / há andores para depois / e no corpo rumores / inconfessáveis"[10] – ou em cenas que aludem ao sistema de exploração do negro – "A baleia rota/a bigorna da lavra" ("Os aflitos", p. 72), a preocupação maior em seus poemas é preservar os traços característicos da cultura do povo e com eles construir um texto/linguagem marcadamente poético. O trabalho com a linguagem insiste em revelar o mundo organizado pelos rituais do encontro do homem com o sagrado e, nesses rituais, a África se mostra em Minas Gerais e o poeta assume seus ancestrais.

---

[10] Poema "Folião", do livro *Corpo vivido* (1991:55).

Durante quatro dias usei
A máscara do ancestral antílope
Os ossos nunca foram tão rijos

Mas agora estou úmido
Na penugem do seu rosto.
(*Corpo vivido*, p. 93)

As diferentes feições de textos que intentam ressaltar os traços africanos da cultura brasileira para reverenciá-los ou para tomá-los como resistência à descaracterização sistemática dos indivíduos marcados pela cor negra da pele formalizam recursos da manifestação de um "alhures" que a sociedade reprime e rejeita. Ao permitir que vozes discordantes entoem nos textos, a escrita se faz transgressora e se deixa atravessar por sentidos outros produzidos nos lugares em que os textos, como as possuídas de que fala De Certeau, sustentam um outro dizer. Desnudando a revolta sufocada ou recuperando o mundo significado por ritmos e gestos, muitos textos da literatura afro-brasileira exibem-se em transgressão e exploram um léxico operatório que vislumbra alcançar outros sentidos, outros dizeres, outras intenções.

Referências bibliográficas

BANDEIRA, Manuel. **Apresentação da poesia brasileira**: antologia dos poetas brasileiros. Rio de Janeiro: Tecnoprint. 1967.

BERND, Zilá. **Introdução à literatura negra**. São Paulo: Brasiliense, 1988.

BERND, Zilá. **Poesia negra brasileira**: antologia. Porto Alegre: AGE/IEL/IGEL, 1992.

CADERNOS NEGROS. *Os melhores poemas* (1998). n. 19 (1996), 21 (1998) e n. especial.

COLINA, Paulo. **Antologia contemporânea da poesia negra brasileira**. São Paulo: Global Editora, 1982.

COSTA, Jurandir Freire. Da cor ao corpo: a violência do racismo. In: SOUZA, Neuza Santos. ***Tornar-se negro* ou as vicissitudes da identidade do negro brasileiro em ascensão social.** 2.ed. Rio de Janeiro: Graal, 1983. p. 6.

DE CERTEAU, Michel. **A escrita da história**. Trad. Maria de Lourdes Menezes. Rio de Janeiro: Forense Universitária, 1982.

DELEUZE, Gilles; GUATTARI, Félix. **Kafka, por uma literatura menor**. Trad. Júlio Castañon Guimarães. Rio de Janeiro: Imago, 1977.

DEPESTRE, René. **Un arc-en-ciel pour l´Occident chrétien**: poème mystère vaudou. Paris: Présence Africaine, 1967.

DIAS, Marcos. **Estudos sobre a cidade e exercícios de sobrevivência**. Belo Horizonte: Mazza Edições, 1996.

FANON, Frantz. **Peau noire, masques blancs**. Paris: Seuil, 1952.

GLISSANT, Édouard. **Le discours antillais**. Paris: Seuil, 1981.

LIMA, Jorge. Essa negra Fulô. In: BANDEIRA, Manuel. **Apresentação da poesia brasileira:** antologia dos poetas brasileiros. Rio de Janeiro: Tecnoprint. 1997.

PEREIRA, Edimilson de Almeida. **Corpo vivido**. Belo Horizonte: Mazza Edições, 1991.

PEREIRA, Edimilson de Almeida. **O homem da orelha furada**. Juiz de Fora: Edições d'Lira, 1995.

PEREIRA, Edimilson de Almeida e ALEIXO, Ricardo. **Roda do mundo**. Belo Horizonte: Mazza Edições, 1996.

PEREIRA, Edimilson de Almeida. **Águas de contendas**. Curitiba: Secretaria de Estado da Cultura, 1998.

PEREIRA, Edimilson de Almeida; GOMES, Núbia Pereira. **Ardis da imagem**. Belo Horizonte: Mazza Edições, 2001.

PROENÇA FILHO, Domício. Via Sacra. In: BERND, Zilá. **Poesia negra brasileira**: antologia. Porto Alegre: AGE/IEL/IGEL, 1992.

QUEIROZ JÚNIOR, Teófilo de. **Preconceito de cor e a mulata na literatura brasileira**. São Paulo: Ática, 1975.

RIBEIRO, João Ubaldo. **Viva o povo brasileiro**. Rio de Janeiro: Nova Fronteira, 1984.

RISÉRIO, Antônio. Oriki de Xangô. In: RISÉRIO, Antônio. **Oriki Orixá**. Ilustrações Carybé. São Paulo: Perspectiva, 1996.

SUSSEKIND, Flora. **O negro como arlequim**: teatro & discriminação. Rio de Janeiro: Achiamé/Socii, 1982.

VENTURA, Adão. **Textuafro.** Belo Horizonte: Lê, 1992.

Cadernos Negros (número 1): estado de alerta no fogo cruzado

Miriam Alves

O termo "literatura negra", utilizado contemporaneamente para denominar o produto literário de toda uma geração de escritores das três últimas décadas do século 20, possivelmente teve o seu uso defendido pela coletânea *Cadernos Negros* (*CN*) que emerge no ano de 1978, num cenário de efervescência sociopolítica.

> O Brasil conhecia uma intensa onda de sonoras cobranças vindas de diversos setores da sociedade, como resultado do relaxamento da ditadura do silêncio. (Quilombhoje, 1988)

Nesse panorama nacional, manifestando-se em denúncias e protestos organizados por militantes negros, surgia o Movimento Negro Unificado Contra a Discriminação Racial[1] entre os credores sociais do governo, contestando o modelo da democracia racial brasileira como modelo de convivência entre as raças. Internacionalmente, o enfoque era a independência das então

---

[1] Ato público, nas escadarias do Teatro Municipal de São Paulo, em 1978, que, entre outras coisas, instituía o dia 20 de novembro como o Dia Nacional da Consciência Negra.

colônias africanas e a intenção do governo brasileiro de manter relações comerciais com esses países.

Em meio a esses fatos, nascia *Cadernos Negros*. Um pequeno livro com oito autores,[2] trazendo a marca do esforço de superar a "geração mimeógrafo", da qual alguns desses primeiros participantes eram oriundos, e contendo, à guisa de prefácio assinado coletivamente, o seguinte texto, datado de 25 de novembro de 1978:

> A África está se libertando! já dizia Bélsiva, um dos nossos velhos poetas. E nós brasileiros de origem africana, como estamos?
>
> Estamos no limiar de um novo tempo. Tempo de África vida nova, mais justa e mais livre e, inspirados por ela, renascemos arrancando as máscaras brancas, pondo fim à imitação. Descobrimos a lavagem cerebral que nos poluía e estamos assumindo nossa negrura bela e forte. Estamos limpando nosso espírito das idéias que nos enfraquecem e que só querem nos dominar e explorar.
>
> *Cadernos Negros* marca passos decisivos para nossa valorização e resulta de nossa vigilância contra as idéias que nos confundem, nos enfraquecem e nos sufocam. As diferenças de estilo, concepções de literatura, forma, nada disso pode mais ser muro erguido entre aqueles que encontram na poesia um meio de expressão negra. Aqui se trata da legítima defesa dos valores do povo negro. A poesia como verdade, testemunha do nosso tempo.
>
> Neste 1980, 90 anos pós-abolição – esse conto do vigário que nos pregaram –, brotaram em nossa comunidade novas iniciativas de conscientização, e *Cadernos Negros* surge como mais um sinal desse tempo de África-consciência e ação para uma vida melhor, e nesse sentido,

---

[2] Henrique Cunha, Angela Lopes Galvão, Eduardo de Oliveira, Hugo Ferreira, Célia Pereira, Jamu Minka, Oswaldo de Camargo, Luiz Silva (Cuti).

fazemos da negritude, aqui posta em poesia, parte da luta contra a exploração social em todos os níveis, na qual somos atingidos.

Cadernos Negros é a viva imagem da África em nosso continente, é a diáspora negra dizendo que sobreviveu e sobreviverá, superando as cicatrizes que assolaram sua dramática trajetória, trazendo em suas mãos o livro.

Essa coletânea reúne oito poetas, e a maioria deles da geração que durante os anos 60 descobriu suas raízes negríssimas. O trabalho para a consciência negra vem de muito antes. Por isso, *Cadernos Negros* 1 reúne também irmãos que estão na luta há muito tempo. Hoje nos juntamos como companheiros nesse trabalho de levar adiante as sementes da consciência para a verdadeira democracia racial.[3]

O texto acima imprime significação sociopolítico-literária ao ato de escrever e à publicação coletiva dos próprios poemas. Coletiva também, a apresentação de *Cadernos Negros I* não explicita, mas acaba por estabelecer a denominação de literatura negra, que sobrevive nas duas décadas seguintes ao lançamento inaugural. A publicação refere-se a toda uma ebulição de escritas, atos e atitudes literárias no universo da escrita poética e ficcional negra brasileira.

Pretendo, neste trabalho, analisar o conteúdo textual do documento, traçando paralelos com algumas considerações e questionamentos crítico-literários postulados pelas análises de Zilá Bernd, principalmente nos livros *Introdução à literatura negra* (1988) e *Poesia negra brasileira* (1992),[4] sobre a adequabilidade do uso do termo "literatura negra". Terei como base teórica de apoio os conceitos de subjetividade, identidade e singularidade do fi-

---

[3] Ao longo deste trabalho, trechos desse texto serão repetidos e destacados.

[4] Nesse livro há um interessante levantamento bibliográfico, comentado, sobre literatura negra, que contempla o período de 1988 a 1991.

lósofo Félix Guattari nos livros *Micropolítica: cartografias do desejo* (1986) e *Revolução molecular: pulsações do desejo* (1981).

Uma das principais características da literatura negra deu-se através de atitudes literárias de organizar a fala através do coletivo, promovendo mudanças culturais. Os autores, denominando-se "escritores negros de literatura negra", consagram o termo e geram a publicação de livros e teses e a realização de encontros, conferências, simpósios de âmbito nacional e internacional. Tais atitudes promoveram a "desconstrução da tradição literária, compreendida como masculina, heterossexual, cristã, burguesa", conforme Lugarinho (2001). Assim nascida, compreende-se por que, com mais de 24 anos de publicações ininterruptas, figurando em enciclopédias internacionais,[5] lecionada em universidades norte-americanas, essa manifestação literária seja condenada, no Brasil, a ficar à margem das mídias convencionais, mesmo sendo e fazendo parte de um movimento social significativo.

A visibilidade "mídica" da população negra se dá de forma espetacular e está unida à ideia de talento nato, como uma das principais características. Concentra-se nos negros que exercem atividades ligadas a espetáculos, como jogadores de futebol e cantores. O preço do sucesso para os que passam a ser legitimados é calar as relações de conflito entre as raças. *Cadernos Negros 1* e a geração de escritores que se seguiu ao fim da década de 70 tomam para si a responsabilidade de dizer isso, como se explicita no segundo parágrafo do texto: "(...) renascemos arrancando as máscaras brancas, pondo fim à imitação".

CN traz, em seu primeiro número, um desejo postulado: resistir à negação de uma subjetividade negra, opondo-se à serialização do indivíduo negro, tendo como modelo estético o

---

[5] Como, por exemplo, *Africana: the encyclopedia of the african and african american experience*. Kwame Anthony Appiah, Henry Luois Gates (editors). New York: Basic Cita Books, 1999.

branco. Serialização esta que impede uma visualização de si mesmo como sujeito, transformado em mero personagem e/ou espectador das ações alheias. Opõe-se ainda aos enquadramentos estéticos que seguem padrões exclusivamente eurocentristas, delineados na história da escravidão negra e perpetuados, até hoje, por ações e considerações racistas.

O compromisso com o coletivo renasce com a nova ideia de liberdade, trazida pela independência das últimas colônias africanas, que tinham como baluartes de lutas poemas de conteúdos libertários, poetas engajados na construção de uma nova sociedade. Assim se manifestava *Cadernos Negros*: "Tempo de África vida nova, mais justa e mais livre". Essas independências tardias serviam ainda para mostrar que a escravidão, a invasão e a espoliação da África negra foram um sistema econômico universal que envolveu várias potências mundiais por muitos séculos.

> Descobrimos a lavagem cerebral que nos poluía e estamos assumindo nossa negrura bela e forte. Estamos limpando nosso espírito das idéias que nos enfraquecem e que só querem nos dominar e explorar.

Cadernos Negros, com seu texto-documento, pleiteava uma transformação sociocultural de valores estéticos e éticos, utilizando a literatura. Emergiu na ação incitadora da rebeldia de segmentos da população negra que pretendiam uma ação unificada contra a dita democracia racial que não oportunizava a existência da singularidade e da pluralidade do cidadão negro, legitimando atitudes dúbias nas práticas de preconceitos sociais não legalizados, porém exercidos como se o fossem.

Os autores sintetizam, no prefácio, a ideia de negar a negação de toda uma vivência-existência da população negra. Sintomaticamente, os poemas desse primeiro número vêm numa autoafirmação de valores estéticos e étnicos. Na oportunidade, empregava-se como metáfora aquela África que se libertava, o que imprimia um significado maior à palavra liberdade, fomentando o questionamento e direcionando a reflexão:

> A África está se libertando! já dizia Bélsiva, um dos nossos velhos poetas. E nós brasileiros de origem africana, como estamos?

A capa do livro, que traz ao fundo a foto de uma favela e, no recorte, crianças negras, talvez seja a resposta. A favela, lugar que foi reservado nesta produção social capitalista, é herdeira de alguns procedimentos escravocratas legados à população negra que se situa em um lugar inferiorizado, por ter a cor da epiderme como marca inferiorizadora, combinada a uma imposta situação de inferioridade socioeconômica (Moura, 1983). As crianças, no recorte da capa, representam o futuro, a esperança e a continuidade, além de serem, em última análise, destinatárias do legado da nova visão que caminha entre o cultural e o político com atitudes reflexivas.

A ideia de ser um segmento social explorado por vários fatores, traduzidos como "lavagem cerebral que nos poluía", influenciou a tomada de consciência e uma manifestação cultural consequente. A conscientização revela-se como a necessidade de estar "assumindo nossa negrura bela e forte", ou seja, retomar-se, possuir-se, nomear-se, numa ação pensada e expressa por "limpando nosso espírito das ideias que nos poluíam e que só servem aos que querem nos dominar e explorar". Nesse ato, assume-se toda uma ação existencial de tornar visível a existência. Explicita-se que não é uma reivindicação de reconhecimento, mas uma atitude de autorreconhecimento, ou seja, (re)descobrir e/ou (re)criar um espaço socioliterário de ação.

Atentando-se a este trecho da autoapresentação: "As diferenças de estilo, concepções de literatura, forma, nada disso pode mais ser um muro erguido entre aqueles que encontraram na poesia um meio de expressão negra", diferentes singularidades estariam garantidas no quadro de referência *CN*, afiançando, no espaço do discurso, as manifestações que passassem pelos referenciais de identidade "ser negro", num critério não só epidérmico, mas também de aquilatar o "processo de singularização – poder simplesmente viver, sobreviver num determinado lugar, num determinado momento, ser a gente mesmo" (Guattari, 1986, p. 69).

A poesia, nesse caso, como um agenciamento de processos de expressão, envolve-se na produção de subjetividade dos negros, que se apropriam dos códigos próprios da escrita para criar um devir negro que diz respeito a todas as engrenagens da sociedade de um mundo marcado pela subjetividade branco-masculina. Nessas relações, o devir negro passa a ser proibido, opondo-se às concepções guattarianas em que esse devir não é restrito:

> (...) o devir negro diz respeito a outras categorias etnográficas. Há um devir negro da pintura, um devir negro na música (...). (Guattari,1986, p.74)

No caso, *Cadernos Negros* rebelava-se contra a perpetuação do negro como segmento mais atingido nas formas de exploração social. Naquele momento, a África servia de parâmetro para as duas categorias: a de exploração e a de rebelião. Inspirados nesse devir, os autores diziam fazer da negritude, exposta em poesia, instrumento da luta contra a exploração social. Recusavam-se, então, a inscrever-se na literatura dominante, a qual tem como inspiração um modelo idealizado de "branquitude". Por intermédio dessa prática poética agenciava-se o devir negro em todas as escalas das minorias sociais. No entendimento de Guattari,

> Querer ser poeta e fazer poesia já é, de certo modo, participar de uma minoria, de uma minoria oprimida, a menos que essa poesia se encaixe, por exemplo, em algumas normas universitárias e editoriais. (1986, p. 75)

Não se encaixando, naquele momento, às normas editoriais (talvez ainda hoje o fato permaneça), os oito autores de *Cadernos Negros 1* assumem para si a responsabilidade de editar e publicar seus trabalhos de forma coletiva, atitude que pode ser entendida como uma revolução, na perspectiva de Guattari,[6] pondo fim ao isolamento literário e à mudez de sua subjetividade. Com essa atitude, o negro, representado pelos escritores, converteu-se literariamente em sujeito de sua própria fala.

"Trazendo em suas mãos o livro" transmite a promessa de interferir em processos que façam emergir a questão do racismo no Brasil. "Trazendo em suas mãos o livro" autocusteado, autoeditorado, autoexplicitado, *CN* constrói um campo de desejo que transcende. Nas linhas finais da apresentação, como que conclamando os colegas, diz-se:

> Os trabalhos para a consciência negra vêm de muito antes. Por isso, *Cadernos Negros 1* reúne também irmãos que estão na luta há muito tempo. Hoje nos juntamos como companheiros nesse trabalho de levar adiante as sementes da consciência para a verdadeira democracia racial.

E parece que o chamado foi respondido. Em 1979, o *Cadernos Negros 2* contava com 14 escritores, alguns de manifestações político-culturais de décadas passadas, como José Correia Leite e Aristides Barbosa.[7] No *Cadernos Negros 3*, em 1980, já eram 21 autores, mantendo a característica de serem de várias idades e incorporando escritores de outros Estados brasileiros.

---

[6] Aqui definida como "uma repetição de que muda algo, uma repetição que produz o irreversível" (Guattari, op. cit., p.185).

[7] José Correia Leite, 1900 a 1989, editor do jornal *Clarim da Alvorada*, militante da Frente Negra. O livro ... *E assim disse o velho militante*, de Cuti, detalha a vida desse homem. Aristides Barbosa, 1920, participante da Frente Negra. O livro *Frente Negra brasileira: depoimentos*, 1998, referenda esse militante.

No acúmulo de participantes e experiências, através de discussões e conversas informais, surge em "83/84 a ideia de realização de um encontro de escritores negros de âmbito nacional",[8] com o objetivo de refletir sobre a produção da época e a de escritores negros do passado. Nessa década, deu-se uma verdadeira ebulição na escritura negra. Além dos escritores que publicavam em *CN*, outros publicavam seus livros de forma independente, ou seja, autocusteados, e ainda apareceram grupos de cunho literário: "Quilombhoje Literatura", surgido em torno da manifestação *Cadernos Negros*, em São Paulo; "Negrícia – Poesia e Arte de Crioulo", no Rio de Janeiro; "GENS – Grupo de Escritores de Salvador", na Bahia; O grupo "Uni-Verso" em Campos, Rio de Janeiro, entre outros.

Não se tratava, simplesmente, de uma aglutinação de pessoas com o desejo de escrever. Do primeiro encontro, que ocorreu em 1985, participaram escritores negros, sem a presença de críticos, estudiosos e público. O caráter fechado se definia como necessidade de avaliação, autorreflexão sobre a produção da literatura negra. O segundo e o terceiro encontros, autocusteados, foram realizados no Rio de Janeiro, em 1986, e em Petrópolis, 1987. Representaram o esforço dos escritores negros de refletir maduramente sobre a sua escrita, demonstrando que o propósito de "levar adiante as sementes da consciência" efetivava-se realmente, com os criadores articulando-se em atos e propósitos de fazer literatura, pensar sua identidade, rompendo com "o discurso da cultura oficial e que se manifesta como um elemento de resistência à sua marginalização social" (Moura, 1980, prefácio CN 3).

Paralelamente, manifestavam-se a curiosidade e o desejo de críticos e estudiosos, de modo geral, de participar desses even-

---

[8] *Criação crioula, nu elefante branco* – I Encontro de Poetas e Ficcionistas Negros Brasileiros. São Paulo, SP.

tos, rompendo o cerco que os escritores estabeleceram para pensarem sua identidade (Lobo, 1987). Vários estudos sobre literatura negra começaram a pulular após a continuidade de *Cadernos Negros* e toda a efervescência criada a partir e ao redor dessas várias realizações.

Críticos, estudiosos e a literatura negra

Um movimento artístico-literário nunca é estanque, está antenado às efervescências sociais. O artista está mergulhado em tudo, numa relação singular com esse todo: "O que é verdadeiro para qualquer processo de criação é verdadeiro para a vida". A forma de existência desse processo criativo será identificada depois nas coordenadas sócio-históricas, sem coincidir com o sentido de singularização (Guattari, 1986).

Surgiu toda uma produção intelectual, discursando sobre o movimento literário[9] negro. A partir dos primeiros anos da década de 80, culminando em 1988, em virtude das comemorações do centenário da abolição, acentua-se o afã de estudar, captar, catalogar e nomear em livros e artigos. Nesse processo, a literatura negra virou tema, com várias implicações. E a postura de seus criadores continuava bastante evidente.

> Ou você está a favor da autonomia da cultura negra, mas se coloca de fora das suas discussões intrínsecas, ou você adota uma atitude pseudoacadêmica, científica, objetiva e finge que está por dentro: mas aí cai na armadilha do paternalismo.[10] (Lobo, 1987, p.161)

Neste ponto é interessante situar as análises críticas da Profª Zilá Bernd em *Introdução à literatura negra*, um dos vários

---

[9] Assim Augel, Moema Parente denominou essa manifestação literária negra in *Revisão da herança colonial na literatura negra brasileira contemporânea*.

[10] Luiza Lobo reproduziu entrevista feita com os escritores Êle Semog, Arnaldo Xavier, Roseli Nascimento e José Jorge, no CEAA, em abril de 1986.

livros, além de outros artigos, dedicado às questões referentes à negritude. Nesse livro há uma proposta teórica de classificar e catalogar a produção literária afro-brasileira, numa tentativa de responder ao que Mott assim sintetiza:

> A produção literária de autores e autoras negros tem permanecido sob o fogo cruzado da crítica e dos estudiosos de literatura. Os que se dizem negros ou afro-brasileiros são frequentemente acusados de só tratarem de assuntos negros. Os que omitem a questão cor (...) muitas vezes não são considerados como negros. (Mott,1989, p.11)

A citação acima revela a dimensão de conflito dos paradigmas de análise existentes para dar conta do discurso produzido, principalmente porque esse discurso põe a nu a vivência da relação, nada amistosa, entre as raças no contexto brasileiro. Quando Guattari esteve no Brasil, em 1982, observou o esvaziamento que se deu na sala onde palestrava quando uma mulher militante do Movimento Negro, dirigindo-se a ele, analisava as atividades do MNU. O episódio o fez concluir

> que a questão do racismo estava muito longe de se resolver, ao (sic) nível inconsciente no Brasil – mesmo na cabeça daqueles que têm, com relação a isso, posições políticas, perfeitamente corretas. (Guattari,1986, p.77)

Ao colocar em discussão a legitimidade da expressão "literatura negra", Bernd deixa escapar que não considerou o texto postulado em *CN* 1, apesar de afirmar ser "nefasto ficar alheio às reivindicações do autor. Isto é quando o desejo de um **rótulo** provém dos próprios autores" (p.21). A expressão "literatura negra", surgida num momento sociopolítico de posicionamento, de autoafirmação dos valores do povo negro em âmbito nacional e mundial, concatenava-se a um contexto "de grito contra o racismo no Brasil" (Leite, 1992).[11]

As classificações são por vezes arbitrárias, redutíveis e rotuladoras, diz Bernd. Mas, contraditoriamente, a teórica reduz todo um enunciado a uma autonomeação, a um agenciamento de singularidade, a um mero "desejo de rótulo", desqualificando a atitude literária e política dos criadores. A postura literária vem afirmando exatamente o contrário quando reitera: "Renascemos tirando as máscaras brancas (...). Descobrimos a lavagem cerebral que nos poluía (...) limpando nosso espírito (...) assumindo nossa negritude bela e forte" (*CN* 1, 1978).

Declara Bernd: nomear é tomar posse e, ao tentar desqualificar a denominação expressa no termo "rótulo", tenta tomar para si o ato de possuir. No entanto, o ato revolucionário já tinha sido realizado pelos autores, numa atitude, de certa forma, inédita para o contexto da história do negro no Brasil: a de possuir-se, quebrando o sentido que o signo "posse" trouxe da escravidão, referindo-se à apropriação de homens e ideias desses homens. Afirmando que a via legitimadora não pertence aos criadores, mas aos críticos, quando referenda a expressão reivindicada, Bernd conclui que legitimar é igual a reconhecer, que, por sua vez, é igual a possuir.

No entanto, para Guattari, "toda vez que uma problemática de identidade ou de reconhecimento aparece em determinado lugar, no mínimo estamos diante de uma ameaça de bloqueio e de paralisação do processo" (1986, p. 74). A afirmação do teórico leva a pensar que legitimar assemelha-se à paralisia de um processo em que nomear significa possuir.

A crítica, ao tentar renomear o já autodenominado, para legitimar, catalogando e coordenando, destoa do processo de

[11] Livro importante em que o poeta Cuti registra depoimentos e reflexões do militante José Correia Leite (1900-1992) sobre a relação vivencial-política do negro no Brasil.

singularização, porque, ao fazê-lo, está, na verdade, identificando todo o processo a uma subjetividade dominante. Ou seja, legitima fora do leque amplo das emoções humanas, retirando a singularidade de quem cria.

Ao postular a existência de "um sujeito enunciador que assume sua condição negra, no tecido poético, revoga o uso tradicional, onde o negro era o outro, era objeto e não sujeito", Bernd reflete a verdade do fazer poético da literatura negra. Em outro momento, no entanto, mostra que não superou a tendência dos representantes da cultura dominante, cometendo o equívoco de atribuir um caráter doentio aos autores negros, quando afirma que nos trabalhos existem "tendências obsessivas em mostrar as agruras do povo negro". Suas observações desconsideram a autoapresentação de *CN 1*, que é uma carta de intenção dos escritores. Assim fomenta a amnésia nacional no que se refere às consequências da escravidão negra que *CN* vem reavivar. O que a autora chama de "agruras do povo negro" faz parte da história mundial que antecedeu o sistema capitalista e que ainda persiste, sob a máscara de preconceitos e intolerâncias raciais.

Os "legitimadores", impregnados de padrões eurocentristas que, na verdade, anulam as singularidades e os autoagenciamentos, na tentativa de renomear e no afã da descoberta, cometem grandes equívocos. Um deles é desconsiderar a agudeza da autodenominação "literatura negra", sugerindo outras, como o conceito de negridade,[12] utilizado por Bernd. Essa expressão conceitual berndiana pretendia nomear e indicar o lugar no qual os movimentos reivindicatórios negros, incluindo a literatura, deveriam chegar, depois de uma suposta maturidade. Evidentemente, a tendência de um movimento literário é o amadurecimento, a superação de alguns estágios com a reflexão e

---

[12] Termo utilizado por Bernd no livro *A questão da negritude* (1984).

autorreflexão, mas já ter um lugar, uma forma, um nome predefinido por legitimadores seria uma limitação imposta ao processo – uma pretensão de um crítico ou estudioso de determinar as formas de existência de um movimento.

Segundo Guattari, não existe uma natureza negra ou critérios universais de negritude que seria necessário recuperar, mas a construção de uma subjetividade baseada na articulação de alguns elementos. A problemática singularizada não é do domínio particular ou patológico, e sim da construção de uma subjetividade que se conecta e se entrelaça com problemáticas de outros campos. Talvez por isso os escritores tenham assumido uma postura inicial de cautela e de reflexão diante das instâncias legitimadoras. Tal atitude é traduzida, no I Encontro de Escritores Negros, por Arnaldo Xavier: "Temos que começar numa atitude política de eliminar o interlocutor" (*Criação crioula, nu elefante branco*,1987, p. 25).

Quando escritores se assumem como "escritores negros" e o seu produto literário se autodenomina "literatura negra", isso parece motivar um mal-estar, uma indignação que pode ser entendida como uma prática de minorização do processo, que revela a mentalidade da sociedade de ignorar a vivência do negro brasileiro. É como se essa vivência, tornada assunto na ótica da literatura negra, estivesse fora da órbita nacional brasileira. Entretanto, existe uma potencialidade de transformação nesse assumir a subjetividade negra. Ao darem visibilidade à vivência negra, tornada assunto, os criadores de literatura negra são acusados de estarem tratando somente de assunto de negros e, por isso, demonstrando uma forma de pensar desfocada. Segundo Guattari, existe um "devir negro" em todas as raças e reconhecer esse "devir" é uma posição ofensiva. Tal posição, que seria a verdadeira resposta ao racismo, pega o problema pela raiz, onde se articula a produção das subjetividades. Essa atitude difere das manifestas, até a presente data, pelos estudiosos em geral e, em particular, por Bernd. Redunda em captar os processos de singularização dos escritores negros, enquadrando-os em referências de equipamentos coletivos e segregantes.

A produção literária de autores e autoras negros vive em verdadeiros sacos de varas. Primeiro é acusada de essencialismo, depois é punida com o anonimato. Trata-se de um anonimato complexo, que retira a legitimidade do negro como escritor. A esse escritor é reservado um lugar de objeto de estudos no discurso dos pesquisadores, ou seja, alguém que só tem existência através do agenciamento do outro. Em última análise, reduz-se a capacidade de um trabalho de criação literária. Nesse saco de sutilezas, além de uma manifestação de perplexidade, pode-se traduzir: como é que um negro se atreve a ser escritor, agenciando as interioridades de um "devir negro"? Na verdade, existe a prática de defender o *status quo* da literatura e a visão de que é um lugar reservado a determinados assuntos, específicos das suas formas de abordagens.

Autonomear-se escritor de literatura negra é embrenhar-se nessa selva de significados, relações e inter-relações, procurando uma outra forma de expressão literária. A existência de uma literatura específica se dá através de um conjunto de significados e intenções, símbolos, estéticas e a tradução em arte dessa visão do mundo. Assim, o termo "negro" não designa, aqui, a cor epidérmica de alguém. Antes de tudo, era um termo pejorativo, utilizado na escravidão para diminuir e inferiorizar. E ainda o é até hoje. Ao inverter-se a intenção negativa do termo, a literatura negra obriga-se também a inverter o olhar sobre o brasileiro negro, tirando-lhe a máscara da invisibilidade e dando existência ao que se considera massa amorfa, sem rosto, sem sentimento, interioridade e humanidade.

Arrancando as máscaras brancas

Outro ponto nevrálgico da teorização da literatura negra trazido à baila por Bernd é o que interroga sobre quem se deve considerar escritor negro. A teórica afirma que "não é a cor da pele do escritor que caracteriza a existência de uma literatura negra", considerando que essa categorização é "um conceito arbitrário e reacionário", porque, segundo ela, no Brasil não há negros e sim mestiços. Ao tentar negar uma categoria considerada epidérmica, Bernd abraça a ideologia do branqueamento genocida apregoada por Freire,[13] segundo a qual a cor da pele de um negro é importante, desde que deixe de existir paulatinamente, num processo de miscigenação induzido ideologicamente, a partir da negação de valores do povo negro e massacre da autoestima.

Tomando por base o conceito de existência de Althusser (1974), podemos afirmar que existe literatura negra porque existem escritores negros executando seu produto literário. É uma questão de existência e de dar visibilidade à invisibilidade. Assim, devemos considerar escritor(a) negro(a), o(a) escritor(a) negro(a). Isso significa que não existe uma natureza negra ou universal de negritude a ser recuperada, mas a intenção de se construir subjetividade, baseada na articulação de alguns elementos que não se situam no domínio do particular e, sim, no entrelaçamento com problemáticas de outros campos. Por exemplo, o atrevimento de inverter um termo tido como pejorativo num contexto cultural, para fazê-lo significar toda uma manifestação de desejos.

O negro herdeiro de uma cultura oral, quando do tráfico e da escravidão, esfacela-se e sucumbe no seu código de valores a uma cultura escrita de transmissão, informação, produção de conhecimento. No confronto, a oralidade passa a ser sinônimo de analfabetismo. A escrita torna-se o símbolo da erudição, de

[13] Política do branqueamento, prática exercida pelo governo de Getúlio Vargas que consistia em incentivar a miscigenação entre negros e brancos para melhorar a raça. Com essa prática, acreditava-se na eliminação dos elementos predominantemente negros na população brasileira em um determinado espaço de tempo.

status, vedado aos negros escravos e, mais tarde, aos seus descendentes, dada a dificuldade de acesso desses cidadãos à escola. Nesse contexto, a literatura negra é a rebeldia que leva à sociedade brasileira, a partir de seus teóricos, uma reflexão, o levantamento de questionamentos de difíceis respostas, porque, como nos alerta Guattari:

> Tudo que é do domínio da ruptura, da surpresa e da angústia, mas também do desejo, da vontade de amar e de criar deve se encaixar de algum jeito nos registros de referências dominantes. (Guattari, 1986, p. 43)

Portanto, a autonomeação que os escritores de literatura negra praticam não é um "conceito etnocêntrico e reacionário", como quer Bernd; é, antes de mais nada, descobrir-se, redescobrir-se e impor-se. Afirmar a inexistência de algo, quando esse algo existe, não soluciona nem responde. Escorando-se em Frantz Fanon,[14] Bernd afirma:

> (...) se concordarmos com Frantz Fanon, quando este afirma: 'foi o branco que criou o negro', poderíamos concluir que, ao se autoproclamarem negros, os autores ainda uma vez estão enunciando seu discurso de acordo com o contrato estabelecido pelos brancos. (1988, p. 21)

É uma afirmação que nos leva a filosofar. O fator humano existe em "etnias" diferentes, embora com manifestações próprias. Os brancos, para negar esses mesmos fatores humanos e impor uma supremacia, denominaram de negros às "etnias" africanas. Após a denominação, deixa de haver "etnia" e passa a existir negros – uma massa igualada pelo trabalho escravo. Nesse ponto estabeleceu-se o contrato unilateral dos brancos. Quebra-

---

[14] Teórico martiniquense, autor de *Peau noire, masques blancs* (1952).

do esse contrato, os negros apossam-se do termo, invertendo sua relação negativa.

O branco criou o negro com uma ideia de valores, ou seja, de subvalores. Agora, literariamente, o negro cria o negro, recria-se e, nesse recriar-se, "recusa (a) inscrição da literatura nas formas dominantes" (Guattari, 1986, p. 74).

Ao afirmar "que a tentativa de assimilar a cultura dominante foi o ideal da grande maioria dos negros brasileiros" (1986, p. 23), Bernd minimiza o fator da escravidão, suas práticas desumanas e as pressões socioculturais, no período de dois séculos, no mínimo, em que praticar determinadas ações culturais de negros, segundo uma tradição cultural resistente, era um ato não só contra a lei, mas punido com pelourinho e, mais tarde, com a prisão. Desconsidera, também, a contracultura criada em manifestações culturais denominadas populares, como candomblé, música popular, cordel e outras. Contracultura na qual vários textos e poemas de *Cadernos Negros* se inspiram, recriando-os na comunicação escrita.

Enquanto literatos, autodenominados autores de literatura negra, trazendo elementos de uma contracultura que muitos vivenciaram nos seus ambientes familiares, lúdicos e de repressão, revertem-se os significados das palavras. Assim fazendo, conquista-se o ESTADO DE ALERTA, redescobrindo "nossa negrura bela e forte".

Legítima defesa

Quase no número 25 de publicações ininterruptas, *Cadernos Negros* provou nestas duas décadas e meia que exerceu literariamente a "legítima defesa dos valores do povo negro". Além do mais, favoreceu a publicação de antologias e de obras individuais de autores brasileiros afrodescendentes, no âmbito nacional e internacional. Se a mídia e as editoras ainda não despertaram para essa manifestação, ela legitima-se por si só. Com o surgimento de teses e livros que a discutam nacional e internacionalmente, estabelece-se um diálogo, nem sempre amistoso, com teóricos e estudiosos, que serve para firmá-la como um movimento literário legítimo, "que sobreviveu e sobreviverá, superando as cicatrizes (...), trazendo em suas mãos o livro".

Referências bibliográficas

ALTHUSSER, Louis. **Ideologia e aparelhos ideológicos do Estado**. Portugal: Editorial Presença, 1974.

ALVES, Miriam et al. Criação crioula nu elefante branco. In: ENCONTRO DE POETAS E FICCIONISTAS NEGROS BRASILEIROS, 1, 1986, São Paulo. **Anais...** São Paulo: Imprensa Oficial do Estado de São Paulo,1986.

ALVES, Miriam et al. A magia da força ancestral escrevendo: mulheres negras escritoras brasileiras. In: INTERNATIONAL CONFERENCE OF CARIBBEAN WOMEN WRITERS AND SCHOLARS, 1996, Florida. **Proceedings...** Miami: International University, 1996.

ALVES, Miriam et al. Fragmentação e desfragmentação do ser negro através da literatura. In: ENCONTRO DA AMERICAN PORTUGUESE STUDIES ASSOCIATION, 3, 2000, Madison. **Proceedings...** Madison: University of Wisconsin, 2000.

AUGEL, Moema Parente. A visão da herança colonial na literatura negra brasileira contemporânea. In: Actas do Terceiro Congresso. Associação Internacional de Lusitanistas, s. d.

BERND, Zilá. **A questão da negritude**. São Paulo: Brasiliense, 1984.

BERND, Zilá. **Negritude e literatura na América Latina.** Porto Alegre: Mercado Aberto, 1987.

BERND, Zilá. **Introdução à literatura negra.** São Paulo: Brasiliense, 1988.

BERND, Zilá. **Poesia negra brasileira.** Porto Alegre: AGE/IEL/IGEL, 1992.

BROOKSHAW, David. **Raça e cor na literatura brasileira**. Porto Alegre: Mercado Aberto, 1983.

CADERNOS NEGROS. nos. 1-23. Quilombhoje Literatura, São Paulo, 1978 a 2000.

CAMARGO, Oswaldo. **O negro escrito**. São Paulo: Secretaria de Estado da Cultura, 1987.

BARBOSA, Márcio. **Frente negra brasileira:** depoimentos. São Paulo: Fundo Nacional de Cultura, 1998.

FONSECA, Maria Nazareth Soares (Org.) **Brasil afro-brasileiro**. Belo Horizonte: Autêntica, 2000.

GUATTARI, Félix. **Revolução molecular**: pulsações políticas do desejo. São Paulo: Brasiliense, 1981.

GUATTARI, Félix. **Micropolítica**: cartografia do desejo. Petrópolis: Vozes, 1986.

LEITE, José Correia; CUTI, Luiz Silva **... E disse o velho militante.** São Paulo: Secretaria Municipal de Cultura,1992.

LOBO, Luiza. Literatura negra brasileira contemporânea. **Cadernos Cândido Mendes: Estudos Afro-Asiáticos,** Rio de Janeiro, n. 4, 1987.

LOBO, Luiza. **Crítica sem juízo**. Rio de Janeiro: Francisco Alves, 1993.

MOURA, Clóvis. **Brasil: as raízes do protesto negro.** São Paulo: Global, 1983.

MOURA, Clóvis. Organizações negras. In: Moura. **São Paulo**: o povo em movimento. Petrópolis: Vozes, Cebrap,1980.

MOTT, Maria Lúcia de Barros. **Escritoras negras resgatando a nossa história.** Rio de Janeiro: Centro Interdisciplinar de Estudos Contemporâneos, 1989.

NASCIMENTO, O. **Quilombismo.** Petrópolis: Vozes, 1980.

Da máscara à face negra: em torno de imagens (uma introdução à poética afro-brasileira de Arthur Omar)

Vera Casa Nova

Une photographie ne vaut que si l'on désire (fût-ce dans le refus) ce qu'elle représente. (Barthes)

É na galeria de retratos que podemos contemplar os estados ancestrais e inumeráveis, em relação aos quais parecemos, hoje, ter perdido o fio.
(Arthur Omar)

Olhos vasculham a rua. Tomada fotográfica. Captação do instante e sua sentença de morte.[1] Fotos de máscaras e de faces. Qual seria a diferença? Faces que são máscaras, máscaras que são faces – fotografias. Insistência da morte, "contingência pura"[2] de faces que se tornam máscaras pelo clique da máquina de Arthur Omar. *Antropologia da face gloriosa*[3] é o livro de Arthur Omar em que a face adquire o poder de máscara. Da mesma forma que, pela foto, as máscaras africanas adquirem feição de faces. "Minha câmera, minha máscara negra".[4]

---

[1] Palavras de Blanchot "L'arrêt de mort", apud Bellour, R. *Entre-imagens.* p. 13.
[2] Barthes, R. *La chambre claire.* (1995, p. 1127).
[3] Omar, A. *Antropologia da face gloriosa.* SP: Cosac & Naify, 1997.
[4] Idem. *O zen e a arte gloriosa da fotografia.* SP: Cosac & Naify, 2000. p.13.

As fotos, os poemas:

- "Leite Zulu para a harmonia química nacional";
- "Procissão de raízes conduzindo o brilho da consciência";
- "O gêmeo das jóias";
- "Antropologia da face gloriosa";
- "Pintado para pensar";
- "Oftalmologista da divina luz";
- "O minotauro".

São os versos – legendas das fotos, que recorto neste estudo. Versos ou títulos de fotos – poemas que constroem uma verdadeira poética da imagem. Poética que não admite a inércia. Segundo o autor:

> Um bom título tem que valer por si mesmo, e não se referir a nenhuma outra imagem, a não ser as imagens verbais que ele mesmo carrega dentro de si. O título já é uma obra. Quando junto um título a uma fotografia, estou combinando uma obra com outra obra, quase como se pendurasse um quadro ao lado do outro. (Omar, 1997, p.31)

Ou ainda:

> Os títulos nesta *Antropologia da face gloriosa* funcionam como uma fantasia carnavalesca que as fotografias vestem no momento de serem olhadas. (Omar, 1997, p.31)

Movimento do rosto, máscara teatral. A relação verso/título/legenda e imagem acontece no movimento dos sentidos. O que a imagem diz não é o que a legenda necessariamente oferece. Assim, verso/título/legenda possibilitam ao leitor/espectador uma viagem aos territórios poéticos e míticos da cultura afro-brasileira.

O que são as faces gloriosas?

> São aquelas que vivem atitudes de passagem. Porque não duram mais que breves instantes, frações de sentimentos

> alterados entre a alegria e a tristeza, o amor e o ódio, o entusiasmo e a retração. Não são nem uma coisa, nem outra, mas tudo ao mesmo tempo. Evocação de períodos míticos e selvagens. Faces que vivem sentimentos gloriosos, e gloriosos tormentos. (Omar, 2000, p.7)

Glória de esfinges, máscaras que se dobram, criam-se e recriam-se no tempo e no espaço, sublinhando o mito em sua função de ligar o social e o sagrado.

A máscara que a foto revela inquieta o espectador por sua força estética, crítica ou, como observa ainda R. Barthes, "le masque, c'est le sens, en tant qu'il est absolument pur".[5]

O sentido puro é, então, a significância, os outros sentidos que não os denotados ou conotados cotidianamente. Tal qual um poema, um signo poético – que só possibilita a pluralidade, a máscara é um estado superlativo da negritude.

[5] Barthes. op. cit. p. 1132.

O olhar se apoia bruscamente – e se concentra no *punctum* escolhido consciente ou inconscientemente pelo leitor/espectador. Em "Leite Zulu para a harmonia química nacional" percute o movimento, soa ou ressoa essa face – máscara de um negro que brinca o carnaval na rua, na escola. Corpo vivo em ritmo, cuja vibração bate numa frequência próxima à do autor da foto. Diz A. Omar: "Um coincidir, um incidir no mesmo ponto".[6] Há uma dicção de voz negra, como a do puxador de samba, nessa foto.

O riso é louco, no sentido do ritmo carnavalesco, da dança que sacode o corpo, a face. Voz do corpo, dicção negra. Cabelos brilhantes, olhos e bocas multiplicando-se. É como a escritura negra de João Antônio, no conto "Eguns":

> E um chega ansiado, longamente esperado, e, no fundo, alegre entre o povo ketu e seus eguns, apesar dos temores. Mulheres e homens, filhos de fé, olham reconduzidos para os eguns que baixam. Senzala inteira canta para eles, com harmonia, com uma amizade, como num reencontro. Coisas da boa terra, que é toda para fora, franca, devocional. Aqui se gosta da beleza, do ritmo e do que é corporal, musical e vem de dentro. (J. Antônio, 2001, p.155)

Vem de dentro para fora e de fora para dentro: movimento do leite, o leite que não é apenas a bebida, mas o lugar da imortalidade, cuja energia é capaz de causar o crescimento, também o espiritual, tendo o poder de fazer a vida crescer. "Leite Zulu para a harmonia química nacional": emblema de vigor e força.

Face – cristal, brilhante, o retoque da luz. A vida tanto quanto a morte como trabalho psíquico, cristalização do instante para deixá-lo ser olhado.

---

[6] Omar, A. op.cit. p. 19.

"Procissão de raízes conduzindo o brilho da consciência"

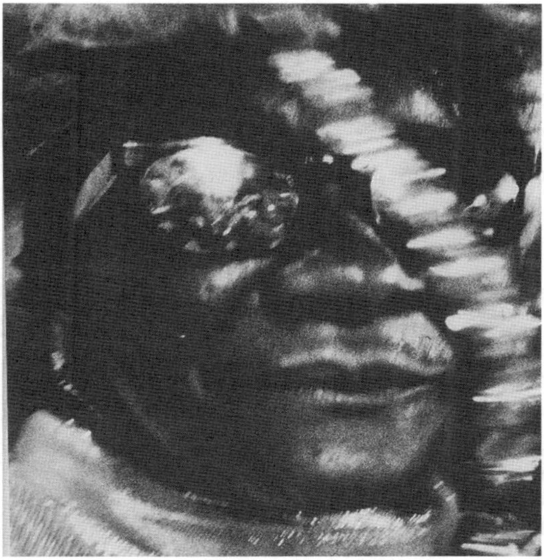

A foto é "pensativa", como nos diz Barthes. Não é reflexiva, como o signo poético (verbal) induz a ser. Pensa o objeto em sua instantaneidade. Todos os vazios estão preenchidos nessa "procissão de raízes conduzindo o brilho da consciência". Os óculos da face refletem as luzes da festa, da cidade e o flash da câmera. Tudo é reflexo, até mesmo o brilho da pele negra e o lenço, cujo pano recebe a luz. Os olhos – pelos óculos, cujas lentes estão brilhantes, mostram uma austeridade. A lente recebe a luz e a reflete. Em contraste com "Leite Zulu", o rosto é sério e nele não se encontra a fulguração anterior. "Raízes" – o signo não é gratuito. Envia imediatamente a face à máscara ou de uma a outra máscara. Faces totêmicas. O olho avança. Arthur Omar, em entrevista, afirma que é "guiado por uma ideia messiânica das máscaras":

> acredito que um dia todas as máscaras vão cair, revelando o Rosto que tem que ser revelado, e talvez o verdadeiro

> Nome. Enquanto isso não acontece, eu sou o guardião das máscaras. (Omar, 2000, p.54)

Máscara que se reveste de enigmas do arquétipo do rosto humano. Máscaras sexualizadas pelas faces.

Esse "guardião das máscaras" aponta e se conecta com as raízes africanas, cuja arte das máscaras mostra a importância milenar dos mitos e do poder mágico.

As máscaras reavivam os mitos que explicam a vida e a morte, o tempo e o espaço em sua dimensão cotidiana. A aproximação feita aqui entre a face e a máscara é considerada desde que cada face fotografada parece captar as forças de uma máscara ritualística. Como máscara teatral, em que o portador representa inconscientemente a face gloriosa e a face de luz que é atravessada pelos reflexos de luz da câmera que fotografa e da cidade à noite.

Arthur Omar humaniza a face divina sem que o esquecimento dos símbolos se realize.

Faces e máscaras se atravessam no ritual carnavalesco. Faces catárticas, reveladoras de máscaras africanas, que se associam a ritos diferenciados. Máscaras que são "esculturas em movimento".

O poder mágico das máscaras é transferido às fotos, que atualizam esse poder, sob forma de fascínio. Como afirma M. V. Beïer,

> Certas máscaras iorubas manifestariam a expressão de um ser vivo já reunido através do êxtase aos bazimus. Traços do rosto, proeminentes e inchados (particularmente os olhos), formas redondas e turgescentes como que brotando sob o efeito de um impulso interior, poder-se-ia dizer que são expressões da concentração e da receptividade, semelhantes àquela que aparece no rosto de um fiel em estado de adoração (...).(Chevalier & Gheerbrant, 1990, p.597)

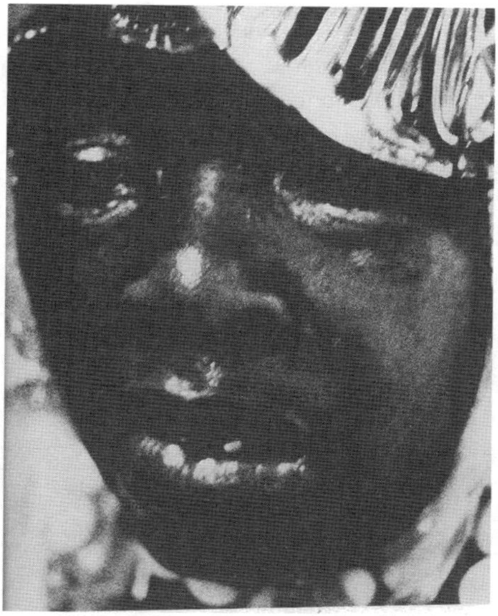

“O gêmeo das jóias”. Olhos, nariz e boca brilham em contraste com o restante do rosto que oscila entre o negro escuro e o negro claro. Efeitos da luz no face a face, na “caligrafia” fotográfica. Um lado escuro e outro luminoso. Na mesma face se instaura a bidimensionalidade do gêmeo, ou seja, a dualidade em um só corpo, em uma só face. O duplo, o jogo de espelho. Ambivalência do mítico, os gêmeos representam o valor intenso – “as joias”. O brilho das joias.[7] Segundo leitura do autor,

> Temos Gêmeo, que significa idêntico. E temos jóia, brilho, fulgor. Há algo de metálico nessa foto. Algo que talvez venha da ponta do chapéu segurando o rosto, como o anel que segura uma pedra preciosa. Esse rosto é absolutamente transtornado, amarrotado como uma chapa de metal espancada, mas conservando uma interioridade ébria de extrema fragilidade, como um camafeu, pois ele

[7] Os gêmeos, na África Ocidental, são adorados como mágicos.

> está num estado glorioso especial, que não se parece com nenhum outro estado, e só aconteceu no mundo uma vez: aqui, não encontro termo melhor que jóia, e, não sendo uma jóia de verdade, mas o último dos homens, ele é o gêmeo das jóias. (Omar, 2000, p.42)

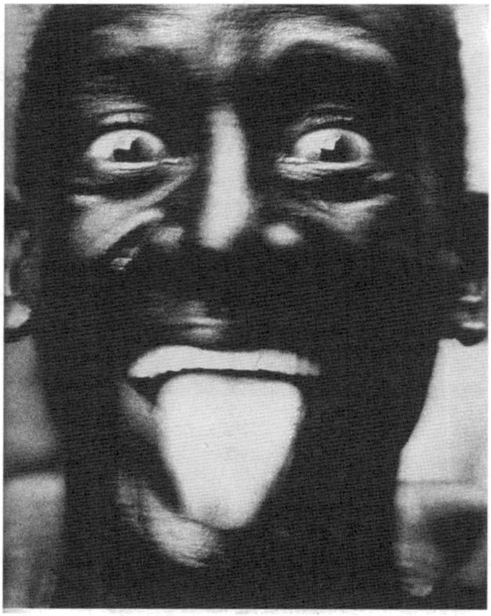

A "Antropologia da face gloriosa", foto que dá nome ao livro, é um instante de pura magia. A careta mais comum torna-se impactante, transgressiva, transgressora. A língua branca é a língua do branco. A língua da comunicação entre negros e brancos. Órgão da palavra, língua faca, navalha e chicote. Uma língua de fora, paisagem explicitadora de que

> Uma língua estrangeira não é escavada na própria língua sem que toda a linguagem por seu turno sofra uma reviravolta, seja levada a um limite, a um fora ou um avesso que consiste em Visões e Audições que já não pertencem a língua alguma... Elas não estão fora da linguagem, elas são o seu fora. (Deleuze, 1997, p.16)

A intensidade dessa foto oscila entre a expressão de um certo erotismo e a momice. Esse negro truão brinca diante da lente fotográfica. Estampa a caraça que é o avesso da pose. Vou direto aos olhos. A complexidade de um espanto diante da câmera revela a luz que se imobiliza e me sequestra para dentro dela. Máquina de olhar, no sentido de que faz múltiplas conexões com os olhos que olham, esses olhos me olham, tal qual olharam a objetiva. A repetição se faz aqui necessária. Trata-se de um jogo entre o rosto/máscara do fotógrafo, do fotografado e do leitor/espectador. O olhar é em si mesmo a glória.

Glória que ultrapassa o significado do signo – enquanto a definição do autor de "corpos gloriosos".

> Por analogia com a noção de "corpos gloriosos", que segundo a doutrina católica são os corpos existentes no céu e prontos para a Ressurreição, os sentimentos gloriosos são todos aqueles situados levemente acima do normal. Embriaguez, fascinação, paixão, comoção, desvario, frenesis... (Omar, 2000, p.42)

Trata-se da passagem da linguagem à significância e à obtusidade (Barthes). A imagem traz em seus traços (o brilho da pele, os contrastes p&b) um processo de significância que confunde os limites que separam a expressão e a representação.

O sentido obtuso nessa imagem rompe com seu referente (a figura negra, a máscara, a careta) e instaura o fotográfico – "o que não pode ser descrito, é a representação que não pode ser representada.[8] O que posso situar mas não descrever e que poderia ser caracterizado como o ato fundador do próprio fotográfico.

A face/máscara resta entre o esquecimento e a reminiscência dos ancestrais. A face se preenche de uma expressividade e de uma significância humanista que se impõe com um excesso de intensidade.

---

[8] Barthes, R. (1992, p. 56).

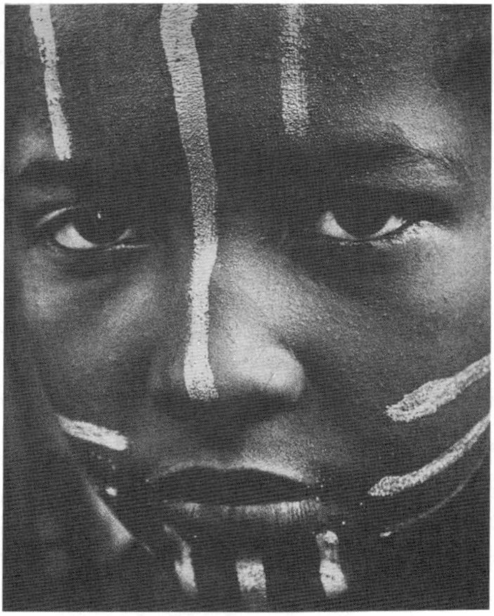

"Pintado para pensar" é o verso – título da foto. O rosto de um menino é um texto, uma tela. Um rosto ainda sem marcas da vida, mas marcado pela tinta branca do ritual iniciático. Trata-se de uma foto-citação. No corpo do noviço as marcas da religiosidade.

O fotógrafo "acerta seu alvo com perfeição". Pensar, talvez seja, o gesto do olhar. Olhar arcaico. "Il retient vers le dedans son amour et sa peur: c'est cela, le Regard".[9]

O *punctum* reside aí. E esses olhos não são os do êxtase místico, que percebem a divindade. Esses olhos olham o fotógrafo e o espectador da foto e os tornam gloriosos. Esse olhar do menino é uma fulguração. Fixo e pensativo, encarando a vida e a morte.

Pintura, escultura e fotografia se friccionam através desse olhar do menino. Relembro Barthes:

---

[9] Barthes, R. (1995, p. 1186)7.

> Ah, se houvesse somente um olhar, o olhar de um sujeito, se alguém na foto me olhasse! Pois a fotografia tem esse poder – que ela perde cada vez mais, a pose frontal sendo ordinariamente julgada arcaica – de me olhar direto nos olhos (...) (Barthes, 1995, p.1188)

Pensar sua cultura, suas tradições transformadas pela História. Alguma coisa mais forte, mais aguda é aí delineada: uma espécie de relação voluntária humana entre os olhos e a boca. Entre essas duas zonas da face, a máscara sublinha as linhas pintadas de branco. A face do menino representa esse momento de glória em que a fotografia extrai uma beleza existencial de uma beleza essencial. Tal a complexidade das funções morfológicas que aí se apresentam: essas faces são de ordem conceitual ou de ordem substancial? O rosto de cada uma das fotos seria ideia ou acontecimento?

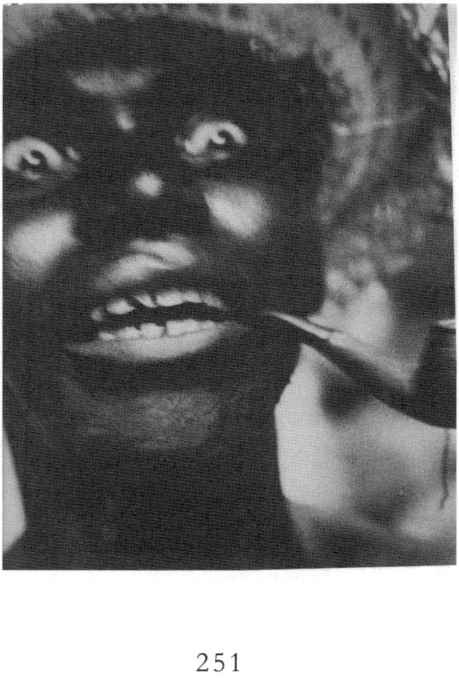

"Oftalmologista da divina luz" re-cita a "Antropologia da face gloriosa". Mais um truão da galeria de A. Omar. Um saci-pererê – ou um Exu? – brinca com o samba no rosto. É uma máscara de dança que se abre em outras para mostrar outras faces, umas por trás das outras – dobras múltiplas. Todas marcadas pelo mistério da loucura, dos exus incorporados, de eguns:

> O egum se aquieta, toma o ritmo e começa a dançar. Canta também, em ioruba, sua voz empastada, rouquenta, como vinda de um fundo misterioso qualquer. Mas que não viesse de dentro dele mesmo. Rouquenta, devagar, monocórdica (...). Um homem até matreiro de despachado, que tem uma falha nos dentes de cima e faz carretos na sua kombi de aluguel (...). E vem de olhos sorrindo, uns olhos crioulos que bem sabem do meu espanto. (J. Antônio, 2001, p.153)

Qual a especialidade dessa alucinação? Pânico, medo, olhar drogado? Qualquer um desses aponta para a dionisíaca glória. Humanas ou não humanas, essas paisagens lunares com os poros, o brilho, as luzes e os olhos esburacados pelo branco vão constituindo essas faces/ máscaras em grandes planos, atravessando momentos líricos ou dramáticos. Arthur Omar realiza, na prática artística, a semiótica de eixo de significância.[10]

"O minotauro"[11]

Carl Einstein definiu a máscara como um "êxtase imóvel".[12] Arthur Omar define a face gloriosa como

---

[10] cf. Deleuze & Guattari. (1980, p. 205-255).

[11] O minotauro tinha o corpo humano com a cabeça de um touro.

[12] Apud Chevalier, J. & Gheerbrant (1990. p. 597).

captações extáticas, momentos em que o sujeito sai de si mesmo, do seu torpor, para atingir um estado fulminante e brevissimamente superior. (Omar, 2000, p.41)

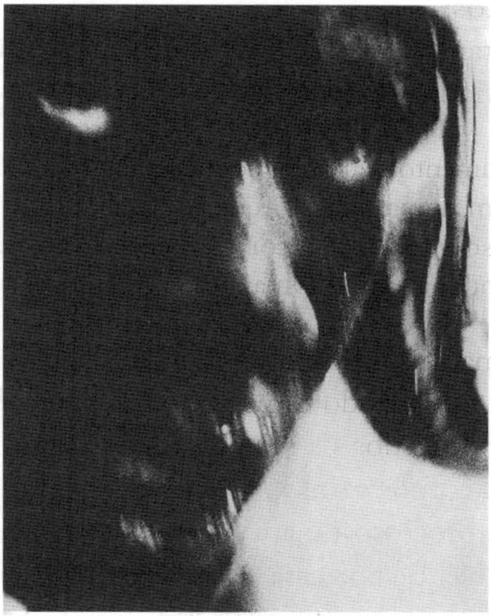

Essa foto re-cita outras do livro, mas retoma especificamente a primeira aqui mostrada: "Leite Zulu"... e também "Antropologia da face gloriosa". Todas enviam ao sentido do êxtase, já observado anteriormente. Apresentam uma concepção do mundo muito importante nas sociedades negro-africanas: a da força vital – força fundadora da metafísica e da ontologia negro-africana.

O efeito de luz e sombra realça a figura negra cuja face, verdadeira máscara, lembra a cabeça de um touro. Como na Grécia, esse monstro simboliza um estado psíquico, inconsciente. Esse minotauro criado pela foto de A. Omar, numa "irrupção da forma", parece estar num transe extático – "Deus, não te vejo com a pupila, mas com o branco dos olhos" (idem, ibidem, p. 41); a boca entreaberta dá a entrever os dentes. É uma boca simultaneamente brilhante e opaca. Boca da embriaguez, dos instintos, da desrazão, que sublinha o êxtase, a "antropologia estática"[13] e que permite ao profano a revelação dos segredos das origens através das cosmogonias, onde surgem os ancestrais míticos.

O "Minotauro" é uma face antiga, uma máscara arcaica cuja expressão traduz

> sentimentos que não conhecemos mais... Rostos que vinham de um abismo que se parece mais com o meu inconsciente do que com a memória do carnaval carioca. (Canongia, apud Omar, 2000, p.18)

A aproximação que faço aqui entre a face e a máscara se justifica também pelo rito do carnaval – temporada de desordem – espaço da rua com todos os seus momentos cotidianos que fazem emergir dos corpos carnavalescos um devir animal, um devir samba, além do processo de atualização da própria máscara.

Seria possível pensar essa obra como uma grande epopeia negra, mesmo que em seu conteúdo nem todas as máscaras guardem a feição de uma máscara afro.

A poética de Arthur Omar não é só da imagem visual, é também a dos títulos – versos que fazem deslizar a fixidez do sentido, do título do verso, do poema, do fato. O título não adere, em termos de sua representação, à foto. Resta a significância possibilitadora de outras imagens poéticas.

Arthur Omar consegue também mostrar o carnaval do Rio de Janeiro através do corpo apresentado como face/máscara.

Traduzindo um modo de percepção, uma possibilidade sempre aberta a uma antropologia de cultura visual em que o passado e o presente se cruzam no mito, Arthur Omar dá a ver uma das formas da cultura afro-brasileira – mostrando que a cultura

---

[13] Título do ensaio de Ligia Canongia. In: Omar, A. op.cit. p. 7.

contemporânea, mesmo que centrada no visual, não dissolve o nexo histórico dos fenômenos culturais, podendo mesmo resgatá-lo através do fotográfico.

A história contada por essas sete imagens me proporcionou uma perplexidade (num oh!) e imediatamente instalou-se um fascínio, que me fez entrar e não mais sair de cada foto. Quanta cultura ali se instaura, se manifesta! Numa primeira leitura – o corpo, a face, a máscara, mas aí também a cultura afro-brasileira, cujo recorte é o carnaval, a rua, o homem com a dança, o ritmo no corpo.

Depois dessa viagem pelas faces/máscaras, acredito, como Barthes, que

> a foto é como a palavra: uma forma que quer imediatamente dizer alguma coisa. Nada a fazer: eu me sinto constrangido de ir ao sentido – ao menos a um sentido. O estatuto desses sistemas é paradoxal: a forma se propõe somente para se ausentar em proveito de um real suposto: o da coisa dita ou da coisa representada. Esta fatalidade une o escritor e o fotógrafo, face ao pintor, mais livre.[14]

---

[14] Barthes, R. (1995, p. 706). Tradução da autora.

Referências bibliográficas

ANTÔNIO, J. **Abraçado ao meu rancor**. São Paulo: Cosac & Naify, 2001.

BARTHES, R. **La chambre claire:** oeuvres complètes. Paris: Seuil, 1995. v.3.

BARTHES, R. **O óbvio e o obtuso**. Porto: Edições 70, 1982.

BELLOUR, R. **Entre imagens**. São Paulo: Papirus, 1997.

CHEVALIER, J.; GHEERBRANT, A. **Dicionário de símbolos**. Rio de Janeiro: José Olympio, 1990.

DELEUZE, G. **Crítica e clínica**. São Paulo: Ed. 34, 1997.

DELEUZE, G. **Mille plateaux**. Paris: Éditions de Minuit. 1980.

OMAR, A. **Antropologia da face gloriosa**. São Paulo: Cosac & Naify, 1997.

OMAR, A. **O zen e a arte gloriosa da fotografia.** São Paulo: Cosac & Naify, 2000.

Os autores

Cuti é pseudônimo de Luiz Silva. Um dos fundadores do Quilombhoje-Literatura (de 1983-1994) e da série *Cadernos Negros*, (de 1978 a 1993). Publicou: *Poemas da carapinha* (1978), *Batuque de tocaia* (1982-poemas), *Suspensão* (1983-teatro), *Flash crioulo sobre o sangue e o sonho* (1987-poemas), *Quizila* (1987-contos), *A pelada peluda no Largo da Bola* (1988, novela juvenil), *Dois nós na noite e outras peças de teatro negro-brasileiro* (1991), *Negros em contos* (1996), *Um desafio submerso: Evocações, de Cruz e Sousa, e seus aspectos de construção poética* (1999), *Sanga* (2002-poemas).

Edimilson de Almeida Pereira – Doutor em Comunicação e Cultura (UFRJ). Pós-doutorado na Universidade de Zurique. Tem vários livros de poemas publicados. Em coautoria com Núbia Pereira M. Gomes publicou os títulos: *Ardis da imagem: exclusão étnica e violência nos discursos da cultura brasileira* (2001), *Flor do não esquecimento: cultura popular e processos de transformação* (2002). Em literatura infantil publicou *O menino de caracóis na cabeça* (2001). Iniciou com Prisca Agustoni a *Coleção Bilbeli* (pré-escolar, 2001).

Florentina da Silva Souza – Doutora em Letras pela UFMG. Professora Adjunta da UFBA. Pesquisa sobre identidades, identidades afro-brasileiras, literatura dos afrodescendentes. Atualmente coordena o Projeto Afro-identidades na Bahia (Prodoc-UFBA).

Jussara Santos – Doutoranda em Literaturas de Língua Portuguesa, PUC Minas. Membro fundador do Grupo Interdisciplinar de Estudos Afro-brasileiros (Gieab), da Fale/UFMG. Contista, com vários textos publicados em jornais alternativos de literatura e na Revista Literária da UFMG. Tem artigos publicados na Revista do Cesp/Fale e nos *Cadernos de Cespuc de Pesquisa*/PUC Minas.

Kátia da Costa Bezerra – PhD pela University of Minnesota e Assistant Professor pela University of Arizona. Tem artigos publicados em revistas nacionais e internacionais, como *Letras & Letras* (Uberlândia), *Letras* (Unicamp), *Latin American Theater Review* (Kansas), *Luso-Brazilian Review* (Wisconsin), *Colonial Latin American Review* (New York).

Maria do Carmo Lanna Figueiredo – Doutora, professora titular de Literatura Brasileira e Comparada da PUC Minas. Publicou o *O romance de Lima Barreto e sua recepção.* Belo Horizonte: Editora Lê. Tem vários artigos publicados em revistas especializadas, nacionais e internacionais, e coordena o projeto financiado pela Fapemig "Leitura e Memória: configurações do leitor na literatura brasileira contemporânea".

Maria José Somerlate Barbosa – Leciona cultura e literatura brasileiras na University of Iowa (USA). Publicou numerosos artigos, capítulos de livros, entrevistas, verbetes para enciclopédias e resenhas críticas em periódicos e revistas especializadas no Brasil e nos Estados Unidos e os seguintes livros: *Clarice Lispector: spinning the webs of passion* (1996), *Clarice Lispector: mutações faiscantes / Sparkling mulations* (edição bilíngue, 1997) e *Clarice Lispector: Des/fiando as Teias da Paixão* (2001), uma tradução de *Spinning the webs of passion.*

Maria Nazareth Soares Fonseca – Doutora em Literatura Comparada pela UFMG. Professora Adjunta do Programa de Pós-graduação em Letras da PUC-Minas. Pesquisadora do CNPq. Tem vários artigos publicados em revistas especializadas nacionais e internacionais. É coautora dos livros: *Palavra e imagem*: leituras cruzadas (2000) e *Tipos de textos, modos de leitura* (2001). Organizou a coletânea *Brasil afro-brasileiro* (2001).

Miriam Alves – Pesquisadora da literatura negra, poeta, contista. Tem poesia e contos publicados no Brasil e no exterior: *Schwarze poesie-Poesia negra*/1988, Köln, Alemanha (antologia port.-alemã); *Ad libitum Sammlung Zerstreuung*/1991, Berlim; *Zauber gegen die Kälte*/1994, Alemanha; *Moving beyond boundaries*/ 1995, Londres; *Finally us*/1995, Colorado; *Callalo*/1995, Baltimore; *Nueva poesia latinamerikanische*/1996, Alemanha; *The Macomère*/1998, Pensilvânia, EUA. Tem textos nos *Cadernos Negros* de 1982-2000.

Vera Casa Nova – Professora da Faculdade de Letras da UFMG. Doutora em Semiótica pela UFRJ. Diversos livros e artigos publicados em revistas especializadas. Principais títulos: *Lições de Almanaques: uma leitura semiótica* (Ed. UFMG): Organização de *Estação Imagem: desafios* (Ed. UFMG). É pesquisadora do CNPq.

Este livro foi composto em tipologia Garamond e impresso em papel Offset 75g/m^2 (miolo) e Cartão Supremo 250g/m^2 (capa), no mês de janeiro de dois mil e doze.